VALIS

VALIS

PHILIP K DICK

TRADUÇÃO
FÁBIO FERNANDES

ALEPH

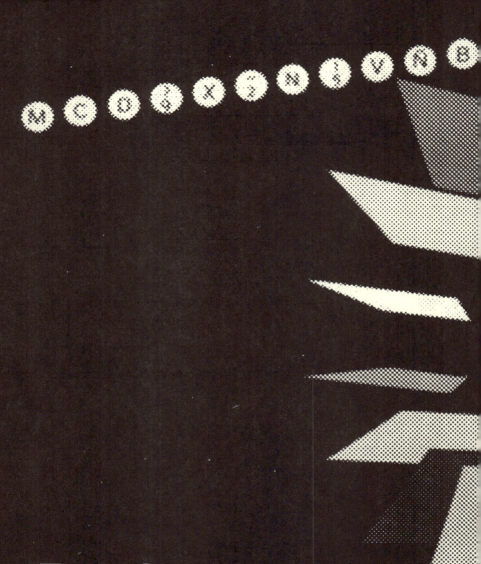

Fraudes –
as ilusões
provocadas
pela loucura –

abundam e se mascaram como o oposto de um espelho:

posam de sanidade.

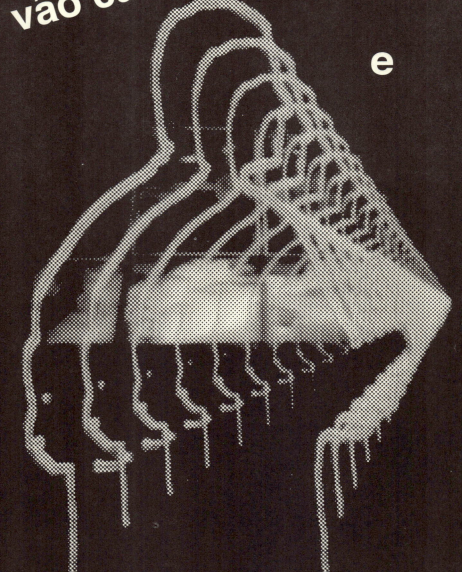

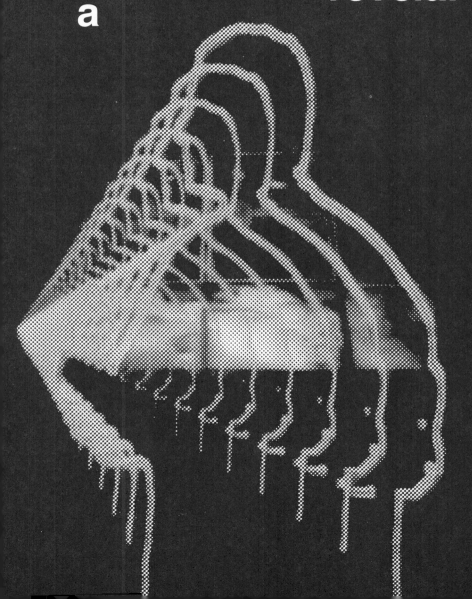

É uma coisa feia de se ver.

Para Russell Galen,
que me mostrou o caminho certo.

VALIS (acrônimo de Vast Active Living Intelligence System – Vasto Sistema Ativo de Inteligência Viva – retirado de um filme norte-americano): Uma perturbação no campo de realidade no qual um vórtice negentrópico automonitorador espontâneo é formado, tendendo progressivamente a subsumir e incorporar seu ambiente em combinações de informações. Caracteriza-se por quase-consciência, sentido de finalidade, inteligência, crescimento e uma coerência armilar.

– Grande Dicionário Soviético
Sexta Edição, 1992

1

O colapso nervoso de Horselover Fat começou no dia em que ele recebeu o telefonema de Gloria perguntando se ele tinha alguma cápsula de Nembutal. Ele perguntou por que ela queria Nembutal, e ela respondeu que pretendia se matar. Ela estava ligando para todo mundo que conhecia. Àquela altura, já tinha cinquenta cápsulas, mas precisava de mais trinta ou quarenta só para se garantir. Na mesma hora, Horselover Fat chegou à conclusão de que aquele era o jeito de ela pedir socorro. Durante anos, Fat teve a ilusão de que podia ajudar as pessoas. Seu psiquiatra lhe disse um dia que, para ficar bem, ele precisaria fazer duas coisas; largar as drogas (o que ele não havia feito) e parar de tentar ajudar as pessoas (ele ainda tentava ajudar as pessoas).

Na verdade, ele não tinha nenhuma cápsula de Nembutal. Não tinha pílulas para dormir de qualquer espécie. Jamais tomava remédio para dormir. O que ele tomava eram anfetaminas. Então, dar a Gloria algum remédio para dormir com o qual ela pudesse se matar estava além de seu poder. De qualquer maneira, ele não teria feito isso mesmo que pudesse.

– Tenho dez – ele disse. Porque, se tivesse dito a verdade, ela teria desligado.

– Então vou até aí – Gloria disse com uma voz racional e calma, o mesmo tom de voz com o qual havia pedido as pílulas.

Então ele percebeu que ela não estava pedindo socorro. Estava tentando morrer. Ela era completamente louca. Se fosse sã, perceberia que era necessário ocultar seu objetivo, porque assim ela tornaria Fat cúmplice. Pois, se ele concordasse com aquilo, teria de desejar que ela morresse. Não havia nenhum motivo para que ele – ou qualquer pessoa – desejasse isso. Gloria era gentil e civilizada, mas tomava muito ácido. Era óbvio que o ácido, desde a última vez em que ele tivera notícias dela, seis meses antes, havia arruinado sua mente.

– O que é que você tem feito? – perguntou Fat.

– Andei internada no Hospital Mount Zion, em São Francisco. Tentei o suicídio e minha mãe me internou lá. Me deram alta na semana passada.

– Você está curada? – ele perguntou.

– Estou – respondeu ela.

Foi aí que Fat começou a pirar. Naquela época ele não sabia, mas havia sido atraído para dentro de um indizível jogo psicológico. Não havia como escapar. Gloria Knudson o havia arruinado, a ele, amigo dela, junto com seu próprio cérebro. Provavelmente ela havia prejudicado mais seis ou sete pessoas, todos amigos que a amavam, ao longo do caminho, com conversas telefônicas semelhantes. Sem dúvida ela havia destruído também sua mãe e seu pai. Fat ouvira no tom de voz racional dela a harpa do niilismo, o tanger da corda do vazio. Ele não estava lidando com uma pessoa; na outra extremidade da linha telefônica havia alguma coisa que funcionava na base de um arco reflexo.

O que ele não sabia na época era que às vezes uma reação adequada à realidade é enlouquecer. Ouvir Gloria pedir racionalmente para morrer era inalar o contágio. Era uma armadilha de dedos chinesa, na qual, quanto mais você puxa os dedos para sair, mas apertada a armadilha fica.

– Onde é que você está agora? – ele perguntou.

– Modesto. Na casa dos meus pais.

Como ele vivia em Marin County, ela estava a horas de distância de carro. Poucas coisas o induziriam a dirigir uma distância dessas. Essa era mais uma prova de loucura: três horas de carro para ir e três para voltar para apanhar dez cápsulas de Nembutal. Por que não simplesmente bater com o carro? Gloria não estava sequer cometendo seu ato irracional de modo racional. Obrigado, Timothy Leary, pensou Fat. Você e sua promoção da alegria da consciência expandida por intermédio das drogas.

Ele não sabia que sua própria vida estava em perigo. Era o ano de 1971. Em 1972 ele estaria ao norte, em Vancouver, Colúmbia Britânica, envolvido numa tentativa de se matar, sozinho, pobre e apavorado, em uma cidade estrangeira. Naquele momento, estava sendo poupado dessa informação. Tudo o que ele queria fazer era atrair Gloria até Marin County para que pudesse ajudá-la. Um dos maiores atos de misericórdia de Deus é que ele nos mantêm perpetuamente ignorantes. Em 1976, totalmente louco de tristeza, Horselover Fat cortaria os pulsos (porque a tentativa de suicídio de Vancouver havia fracassado), tomaria quarenta e nove tabletes de digitalis de alto grau, e se sentaria numa garagem fechada com o motor do carro ligado: isso também não dera certo. Bem, o corpo tem poderes que a mente desconhece; a mente de Gloria tinha controle total sobre seu corpo; ela era *racionalmente* insana.

A maioria dos comportamentos insanos pode ser identificada com o bizarro e o teatral. Você coloca uma panela na cabeça e enrola uma toalha na cintura, se pinta de roxo e sai por aí. Gloria estava calma como sempre estivera; educada e civilizada. Se tivesse vivido na Roma ou no Japão antigos, teria passado despercebida. Sua capacidade de dirigir provavelmente havia permanecido inalterada. Ela pararia em todos os sinais vermelhos e não ultrapassaria o limite de velocidade – em sua viagem para apanhar as dez cápsulas de Nembutal.

Eu sou Horselover Fat, e estou escrevendo isto na terceira pessoa para obter uma objetividade que é tremendamente necessária.

Eu não amava Gloria Knudson, mas gostava dela. Em Berkeley, ela e seu marido deram festas elegantes, e eu e minha mulher sempre éramos convidados. Gloria passava horas preparando canapés e servindo vinhos diferentes, e se arrumava toda, e ficava linda, com seus cabelos louros encaracolados curtinhos. De qualquer maneira, Horselover Fat não tinha nenhuma cápsula de Nembutal para ela, e uma semana depois Gloria se jogou de uma janela do décimo andar do Synanon Building, em Oakland, Califórnia, e virou patê na calçada do MacArthur Boulevard, e Horselover Fat continuou seu longo e insidioso declínio para a angústia e a doença, o tipo de caos que os astrofísicos dizem ser o destino reservado para todo o universo. Um dia, ele acabou esquecendo qual acontecimento havia iniciado seu declínio para a entropia; Deus oculta misericordiosamente de nós o passado, e também o futuro. Por dois meses, depois que ficou sabendo do suicídio de Gloria, ele ficou chorando, vendo TV e tomando mais drogas: seu cérebro também estava indo embora, mas ele não sabia disso. Infinita é a misericórdia de Deus.

Na verdade, Fat havia perdido a própria esposa, um ano antes, por motivo de doença mental. Era como uma praga. Ninguém sabia dizer ao certo o quanto disso se devia às drogas. Aquela época nos Estados Unidos – 1960 a 1970 – e aquele lugar, a Área da Baía do Norte da Califórnia, eram algo de completamente doentio. Lamento dizer isso, mas é a verdade. Expressões sofisticadas e teorias ornamentadas não podem ocultar esse fato. As autoridades ficaram tão psicóticas quanto aqueles que perseguiam. Elas queriam prender todas as pessoas que não fossem clones do *establishment*. As autoridades estavam cheias de ódio. Fat havia visto policiais o encararem rosnando com a ferocidade de cães. No dia em que tiraram Ângela Davis, a marxista negra, da prisão de Marin County, as autoridades botaram abaixo o centro cívico inteiro. Fizeram isso para surpreender os radicais que pudessem ter a intenção de provocar baderna. Os cabos dos elevadores foram arrancados; portas receberam novas etiquetas com informações erradas; o promotor público se escondeu. Fat viu tudo isso. Ele havia ido até o centro cívico naquele dia para devolver um livro à biblioteca. Na catraca eletrônica da entrada do centro cívico, dois tiras rasgaram o livro e papéis que Fat levava consigo. Ele ficou perplexo. Aquele dia inteiro o deixou perplexo. Na lanchonete, um tira armado observava todo mundo comer. Fat voltou para casa de táxi, com medo de seu próprio carro e pensando se não estava ficando louco. Ele estava, mas todas as outras pessoas também estavam.

Eu sou um escritor de ficção científica por profissão. Trabalho com fantasias. Minha vida é uma fantasia. Mesmo assim, Gloria Knudson está num caixão em Modesto, Califórnia. Há uma foto das coroas fúnebres dela no meu álbum de fotografias. É uma foto colorida, por isso você pode ver como as coroas são bonitas. Ao fundo, está estacionado um Volkswagen. Dá para me ver me esgueirando para dentro do carro, no meio do enterro. Não consigo suportar mais.

Depois da cerimônia fúnebre, o ex-marido de Gloria, Bob, e eu, mais um lacrimoso amigo dele – e dela – fomos almoçar tarde num restaurante fino em Modesto, perto do cemitério. A garçonete nos fez sentar nos fundos porque nós três parecíamos hippies, embora estivéssemos de terno e gravata. Cagamos para isso. Nem me lembro do que conversamos. Na noite anterior, Bob e eu – quero dizer, Bob e Horselover Fat – fomos de carro até Oakland para ver o filme *Patton*. Pouco antes da cerimônia fúnebre, Fat viu os pais de Gloria pela primeira vez. Do mesmo modo que sua falecida filha, eles o trataram com a mais profunda civilidade. Vários amigos de Gloria estavam reunidos na sala de estar no estilo de rancho californiano cafona, recordando a pessoa que os uniu. Naturalmente, a sra. Knudson usava maquiagem demais; mulheres sempre põem maquiagem demais quando alguém morre. Fat fez um agrado no gato da garota morta, presidente Mao. Lembrou-se dos poucos dias que Gloria havia passado com ele na viagem fútil até sua casa para buscar o Nembutal que ele não tinha. Ela recebeu imperturbável a revelação da mentira, até mesmo com uma certa neutralidade. Quando você vai morrer, não se importa com coisas pequenas.

– Eu tomei tudo – Fat havia lhe dito, uma mentira atrás da outra.

Decidiram pegar o carro e ir até a praia, a grande praia oceânica da Península de Point Reyes. No Volkswagen de Gloria, com ela dirigindo (jamais lhe ocorreu que ela pudesse, num impulso, destruí-lo, destruir a si própria e o carro) e, uma hora depois, estavam sentados juntos na areia, fumando maconha.

O que Fat queria saber mais do que tudo era por que ela tinha a intenção de se matar.

Gloria estava vestindo um jeans que já havia sido lavado muitas vezes e uma camiseta com o rosto cínico de Mick Jagger estampado. Fat reparou que ela tinha as unhas dos pés pintadas de cor-de-rosa e que estavam perfeitas. Pensou consigo mesmo: ela morreu do jeito que viveu.

– Eles roubaram minha conta bancária – disse Gloria.

Depois de algum tempo ele percebeu, pela narração medida e dita com lucidez, que "eles" não existiam. Gloria desenrolou um panorama de total e incansável loucura, de construção lapidar. Ela havia preenchido todos os detalhes com ferramentas tão precisas quanto instrumentos dentários. Não existia vácuo em nenhum ponto de seu relato. Ele não conseguia encontrar erro algum, exceto, claro, pela premissa, que era a de que todo mundo a odiava, queria pegá-la, e ela não valia nada em nenhum aspecto. Enquanto ela falava, começou a desaparecer. Ele a viu sumir; foi impressionante. Gloria, de sua maneira calculada, foi, palavra por palavra, desaparecendo da existência por meio da fala. Era a racionalidade a serviço de... bem, ele pensou, a serviço do não ser. A mente dela havia se tornado um grande e genial apagador. Tudo o que realmente permanecia agora era a sua casca; ou seja, seu cadáver desabitado.

Agora ela está morta, ele percebeu naquele dia na praia.

Depois que haviam fumado toda a maconha que tinham, foram dar uma caminhada, e ficaram falando sobre algas marinhas e a altura das ondas. Havia algumas pessoas sentadas ou caminhando em alguns pontos da praia, mas em sua maior parte ela estava deserta. Havia placas ameaçando rebocamento de carros. Por tudo o que lhe era mais sagrado, Fat não conseguia entender por que Gloria simplesmente não entrava no mar. Ele simplesmente não conseguia saber o que ela estava pensando. Ela só conseguia pensar no Nembutal de que ainda precisava, ou imaginava que precisava.

– Meu álbum favorito do Grateful Dead é *Workingman's Dead* – Gloria disse num determinado momento. – Mas acho que eles não deveriam defender o uso da cocaína. Tem muita garotada que ouve rock.

– Eles não defendem isso. A canção é somente sobre alguém que a consome. E isso, indiretamente, o matou; ele foi atropelado pelo trem.

– Mas foi por isso que eu comecei a tomar drogas – disse Gloria.

– Por causa do Grateful Dead?

– Porque – disse Gloria – todo mundo queria que eu tomasse. Estou cansada de fazer o que as outras pessoas querem que eu faça.

– Não se mate – disse Fat. – Mude-se para a minha casa. Estou morando sozinho. Eu gosto muito de você. Experimente por algum tempo, pelo menos. Eu e meus amigos ajudamos você a mudar suas coisas para lá. A gente pode fazer um bocado de coisas, tipo ir a lugares, como a praia hoje. Não está um barato aqui?

Gloria não disse nada.

– Eu ia me sentir muito mal – disse Fat. – Pelo resto da minha vida, se você se matasse. – Assim, conforme percebeu mais tarde, ele a presenteou com todos os motivos errados para viver. Ela estaria fazendo isso como um favor aos outros. Ele não poderia ter encontrado uma razão pior para dar, mesmo que passasse anos procurando. Melhor passar por cima dela com o Volkswagen. É por isso que centrais de valorização da vida não têm malucos em suas linhas telefônicas; Fat veio a saber disso mais tarde, em Vancouver, quando, ele próprio, com vontade de se suicidar, ligou para o Centro de Crise da Colúmbia Britânica e recebeu conselhos de especialistas. Não havia relação entre isso e o que ele disse a Gloria naquele dia.

Parando para retirar uma pedrinha que havia ficado presa entre os dedos do pé, Gloria disse:

– Eu gostaria de passar a noite na sua casa hoje.

Ao ouvir isso, Fat teve visões involuntárias de sexo.

– Maneiro – ele disse, pois era assim que ele falava naquela época. A contracultura possuía um livro inteiro de expressões idiomáticas que beiravam a não significação. Fat costumava reunir um monte delas ao mesmo tempo. Foi o que fez naquele momento, iludido por sua própria carnalidade a imaginar que havia salvo a vida de sua amiga. Seu juízo, que também não valia lá grande coisa, caiu para um novo nadir de acuidade. A existência de uma boa pessoa estava por um fio, um fio que Fat segurava, e, naquele instante, ele só conseguia pensar em dar umazinha. – Saquei – continuou a tagarelar enquanto caminhavam. – Falou e disse.

Alguns dias depois ela estava morta. Passaram aquela noite juntos, e dormiram com a roupa do corpo; não fizeram amor; na tarde seguinte, Gloria foi embora ostensivamente para pegar suas coisas na casa dos pais em Modesto. Ele nunca mais voltou a vê-la. Esperou vários dias que ela aparecesse, e então um dia o telefone tocou e era o ex-marido dela, Bob.

– Onde é que você está agora? – perguntou Bob.

A questão o deixou pasmo; ele estava em casa, onde seu telefone ficava, na cozinha. A voz de Bob estava calma.

– Eu estou aqui – disse Fat.

– Gloria se matou hoje – disse Bob.

Tenho uma foto de Gloria segurando o presidente Mao nos braços; Gloria está ajoelhada, sorrindo. Os olhos brilham. O presidente Mao está tentando pular fora. À esquerda deles, pode-se ver parte de uma árvore de Natal. No verso da foto, a sra. Knudson escreveu em letras bem caligrafadas:

Como a fizemos sentir gratidão por nosso amor.

Nunca consegui entender se a sra. Knudson havia escrito isso depois da morte de Gloria ou antes. Os Knudson me enviaram a foto pelo correio um mês – enviaram a foto pelo correio a Horselover Fat um mês – depois do enterro de Gloria. Fat havia escrito pedindo uma foto dela. Primeiro pediu a Bob, que respondeu num tom grosseiro: "Pra que é que você quer uma foto de Gloria?", e Fat não tinha resposta para isso. Quando Fat fez com que eu começasse a escrever isto, me perguntou por que eu achava que Bob Langley ficou tão irritado com esse pedido. Não sei. Não me interessa. Talvez Bob achasse que Gloria e Fat haviam passado uma noite juntos e tivesse sentido ciúmes. Fat costumava dizer que Bob Langley era esquizoide; ele afirmava que o próprio Bob havia lhe dito isso. Um esquizoide não dispõe de afeto para acompanhar o pensamento; ele tem o que se chama de "achatamento de afeto". Um esquizoide não veria motivo para não lhe dizer isso a seu próprio respeito. Por outro lado, Bob se curvou depois do serviço funerário e colocou uma rosa sobre o caixão de Gloria. Foi nesse momento que Fat tinha saído se arrastando até o VW. Qual das reações é a mais apropriada? Fat chorando sozinho no carro estacionado, ou o ex-marido curvando-se com a rosa na mão, sem dizer nada, sem demonstrar nada, mas fazendo alguma coisa... Fat não contribuiu com nada para o enterro, a não ser um buquê de flores que comprou às pressas na viagem a Modesto. Entregou as flores para a sra. Knudson, que disse que elas eram lindas. Bob as havia escolhido.

Após o enterro, no restaurante caro onde a garçonete os mudara de lugar para que ficassem longe da vista de todos, Fat perguntou a Bob o que Gloria tinha ido fazer no Synanon, já que ela deveria estar pegando suas coisas e voltando a Marin County para morar com ele – era o que ele pensava.

– Carmina convenceu-a a ir ao Synanon – disse Bob. Essa era a sra. Knudson. – Devido ao seu histórico de envolvimento com drogas.

Timothy, o amigo que Fat não conhecia, disse:

– Eles certamente não ajudaram muito.

O que havia acontecido foi que Gloria entrou pela porta da frente do Synanon e eles começaram a jogar com ela a partir daquele instante. Alguém, de propósito, havia passado por ela enquanto estava sentada esperando para ser entrevistada, e disse como ela era feia. A próxima pessoa que passou por ela disse que seu cabelo parecia um ninho de rato. Gloria sempre fora sensível a comentários sobre seu cabelo encaracolado. Ela queria que fosse comprido como todos os outros cabelos do mundo. O que o terceiro membro do Synanon teria dito não importa, porque a essa altura Gloria já havia subido pela escada até o décimo andar.

– É assim que as coisas funcionam no Synanon? – perguntou Fat.

– É uma técnica para destruir a personalidade – disse Bob. – É uma terapia fascista que torna a pessoa totalmente direcionada para fora e dependente do grupo. Então eles podem construir uma nova personalidade que não seja orientada para as drogas.

– Será que eles não perceberam que ela era suicida? – perguntou Timothy.

– Claro que perceberam – Bob respondeu. – Ela ligou e conversou com eles; eles sabiam o nome dela e o motivo pelo qual estava ali.

– Você conversou com eles depois da morte dela? – perguntou Fat.

Bob respondeu:

– Liguei pra eles e pedi pra falar com o encarregado. Eu disse pra esse cara que eles tinham matado minha esposa, e o homem disse que eles queriam que eu fosse até lá e ensinasse a eles como lidar com suicidas. Ele estava superchateado. Senti a maior pena dele.

Nesse ponto, ouvindo isso, Fat decidiu que Bob também não estava regulando bem. Bob sentiu pena do Synanon. Bob estava fodido das ideias. Todo mundo estava fodido das ideias, incluindo

Carmina Knudson. Não havia restado uma pessoa sã no Norte da Califórnia. Já estava na hora de se mudar para outro lugar. Ficou sentado ali, comendo sua salada e se perguntando pra onde poderia ir. Sair do país. Fugir para o Canadá, assim como os que se recusavam a ser recrutados para a guerra. Ele próprio conhecia dez sujeitos que haviam se mandado sorrateiramente para o Canadá para não lutar no Vietnã. Provavelmente em Vancouver ele daria de cara com meia dúzia de conhecidos. Diziam que Vancouver era uma das cidades mais bonitas do mundo. Assim como São Francisco, era um grande porto. Ele poderia recomeçar a vida do zero e esquecer o passado.

Estava ali, brincando com a salada, quando se deu conta de que, quando Bob ligou, não havia dito "Gloria se matou", mas "Gloria se matou hoje", como se fosse inevitável que ela o faria um dia ou outro. Talvez essa suposição tivesse provocado tudo. Gloria estivera sendo cronometrada, como se estivesse fazendo uma prova na escola. Quem era o louco ali, afinal? Gloria ou ele mesmo (provavelmente ele mesmo) ou o ex-marido dela ou todos eles, a Área da Baía, não louco no sentido genérico da palavra mas no sentido estritamente técnico? Deixemos claro que um dos primeiros sintomas da psicose é que a pessoa sente que talvez esteja se tornando psicótica. É outra armadilha chinesa de dedos. Você não consegue pensar nisso sem se tornar parte disso. Pensando na loucura, Horselover Fat foi escorregando pouco a pouco para dentro da loucura.

Quisera eu ter podido ajudá-lo.

2

Embora não houvesse nada que eu pudesse ter feito para ajudar Horselover Fat, ele conseguiu escapar da morte. A primeira coisa que apareceu para salvá-lo tomou a forma de uma colegial de dezoito anos que morava na mesma rua que ele, mais abaixo, e a segunda foi Deus. Dos dois, a garota fez o melhor serviço.

Não sei bem se Deus fez qualquer coisa que fosse por ele; na verdade, de algumas maneiras, Deus o fez se sentir mais doente. Este era um assunto sobre o qual Fat e eu não concordávamos nunca. Fat tinha certeza de que Deus o havia curado completamente. Isso não é possível. Existe uma linha no *I Ching* que diz "sempre doente mas nunca morre". Este é o meu amigo.

Stephanie entrou na vida de Fat como traficante de drogas. Depois da morte de Gloria, ele tomou tanta droga que precisou comprar de cada fonte disponível. Comprar droga de garotada de colegial não é uma coisa inteligente. Não tem nada a ver com a droga propriamente dita, mas com a lei e com a moralidade. Assim que você começa a comprar droga de crianças, fica um homem marcado. Tenho certeza de que o motivo para isso é óbvio. Mas o negócio que eu sabia – e as autoridades não – era o seguinte: Horselover Fat não estava interessado no duro nas drogas que

Stephanie tinha para vender. Ela trabalhava com haxixe e maconha, mas nunca com anfetaminas. Ela não gostava de anfetaminas. Stephanie nunca vendia nada que não aprovasse. Jamais vendia psicotrópicos, não importava quanta pressão fizessem sobre ela. De vez em quando vendia cocaína. Ninguém conseguia entender direito o raciocínio dela, mas era uma forma de raciocínio. No sentido normal, Stephanie simplesmente não pensava. Mas ela tomava decisões, e assim que as tomava ninguém conseguia demovê-la. Fat gostava dela.

Era aí que estava o xis do negócio; ele gostava dela, e não das drogas, mas, para manter um relacionamento com ela, precisava ser um comprador, o que significava que ele precisava usar haxixe. Para Stephanie, haxixe era o começo e o fim da vida – da vida que valia a pena viver, melhor dizendo.

Se Deus vinha num pífio segundo lugar, pelo menos ele não estava fazendo nada de ilegal, como Stephanie estava. Fat estava convencido de que Stephanie iria acabar na cadeia; esperava que ela fosse presa qualquer dia daqueles. Todos os amigos de Fat esperavam que ele fosse preso qualquer dia daqueles. Nós ficávamos preocupados com isso e com seu lento declínio para a depressão, a psicose e o isolamento. Fat se preocupava com Stephanie. Stephanie se preocupava com o preço do haxixe. Nós costumávamos imaginá-la subitamente se sentando na cama no meio da noite e exclamando: "A coca subiu para cem dólares o grama!". Ela se preocupava com o preço das drogas como as mulheres normais se preocupavam com o preço do café.

Nós costumávamos discutir que Stephanie não poderia ter existido antes dos anos sessenta. As drogas haviam provocado seu nascimento, elas a haviam invocado e ela havia brotado do próprio chão. Ela era um coeficiente da droga, parte de uma equação. E, no entanto, foi por intermédio dela que Fat acabou encontrando seu caminho para Deus. Não por intermédio da droga dela; isso não teve nada a ver com a droga. Não há porta para Deus que passe pela droga; esta é uma mentira vendida pelos inescrupulosos.

O meio pelo qual Stephanie levou Horselover Fat até Deus foi um pequeno pote de barro que ela fez em seu torno de cerâmica, um torno que Fat a havia ajudado a pagar, como presente pelo seu aniversário de dezoito anos. Quando ele fugiu para o Canadá, levou o pote junto, embrulhado em shorts, meias e camisas, em sua única maleta.

Parecia um pote comum; achatado e marrom-claro, entremeado com um pouco de esmalte azul como arremate. Stephanie não era nenhuma expert em cerâmica. Aquele pote foi um dos primeiros que ela havia feito, pelo menos fora de suas aulas de cerâmica no segundo grau. Naturalmente, um dos seus primeiros potes iria para Fat. Ela e ele tiveram um relacionamento íntimo. Quando ele ficava triste, Stephanie o tranquilizava dando-lhe uma carga extra de energia com seu cachimbo de haxixe. No entanto, o pote tinha uma coisa de incomum. Dentro dele, Deus jazia adormecido. Ele havia ficado adormecido dentro do pote por um longo tempo, um tempo quase longo demais. Existe uma teoria entre algumas religiões de que Deus intervém na décima primeira hora. Talvez seja verdade; não sei. No caso de Horselover Fat, Deus esperou até três minutos antes das doze, e mesmo assim o que ele fez quase não adiantou de nada. Quase não adiantou de nada e foi praticamente tarde demais. Você não pode responsabilizar Stephanie por isso; ela fez o pote, esmaltou-o e o queimou assim que ganhou o torno. Ela deu o melhor de si para ajudar seu amigo Fat, que, assim como Gloria antes dele, estava começando a morrer. Ela ajudou seu amigo da maneira que Fat havia tentado ajudar sua amiga, só que Stephanie fez um trabalho melhor. Mas essa era a diferença entre ela e Fat. Em uma crise, ela sabia o que fazer. Fat não. Portanto, Fat está vivo hoje e Gloria não. Fat teve uma amiga melhor do que Gloria havia tido. Talvez ele tivesse desejado justamente o oposto, mas a escolha não era dele. Nós não servimos as pessoas; o universo serve. O universo toma certas decisões, e com base nessas decisões algumas pessoas vivem e outras morrem. É uma lei dura. Mas toda criatura obedece a ela por necessidade. Fat ganhou Deus, e Gloria

Knudson ganhou a morte. É injusto e Fat seria a primeira pessoa a dizer isso. Vamos dar um crédito a ele por isso.

Depois de ter encontrado Deus, Fat desenvolveu um amor por ele que não era normal. Não é o que normalmente significa quando se diz que alguém "ama Deus". Com Fat, o negócio era fome mesmo. E, o que era ainda mais estranho, ele nos explicava que Deus o havia machucado e mesmo assim ainda ansiava por ele, como um bêbado anseia por bebida. Deus, ele nos disse, havia disparado um raio de luz cor-de-rosa diretamente para ele, em sua cabeça, em seus olhos; Fat havia ficado temporariamente cego, e sua cabeça ficou doendo por dias. Era fácil, disse ele, descrever o raio de luz rosa; é exatamente como quando você vê uma pós-imagem de fosfeno quando batem um flash na sua cara. Fat ficou espiritualmente assombrado por aquela cor. Às vezes ela aparecia em uma tela de TV. Ele vivia para aquela luz, aquela cor em particular.

Mas ele nunca mais conseguiu encontrá-la novamente. Nada podia gerar aquela cor de luz a não ser Deus. Em outras palavras, a luz normal não continha aquela cor. Um dia Fat estudou uma tabela de cores, uma tabela do espectro visível. A cor não estava lá. Ele havia visto uma cor que ninguém consegue ver; ela ficava além do fim da tabela.

O que é que vem depois da luz em termos de frequência? Calor? Ondas de rádio? Eu deveria saber, mas não sei. Fat me disse (não sei até que ponto isso é verdade) que no espectro solar o que ele viu tinha acima de setecentos milimicra; em termos de Linhas de Fraunhofer, passava por B na direção de A. Entendam como quiserem. Eu entendi como um sintoma da crise nervosa de Fat. Pessoas que sofrem crises nervosas frequentemente fazem muitas pesquisas, para encontrar explicações para o que estão sofrendo. A pesquisa, claro, não dá certo.

Ela não dá certo até onde sabemos, mas o fato infeliz é que às vezes fornece uma racionalização espúria para a mente em processo de desintegração – como os "eles" de Gloria. Procurei as Linhas de Fraunhofer uma vez, e não existe "A". A indicação de letra mais antiga que consegui encontrar foi B. Ela vai de G a B, do ultravioleta ao infravermelho. É isso. Não tem mais. O que Fat viu, ou achou que viu, não era luz.

Depois que ele retornou do Canadá – depois que viu Deus – Fat e eu passamos muito tempo juntos, e, certa vez, em uma de nossas saídas noturnas – um acontecimento frequente em que saíamos para passear de carro em busca de ação, para ver o que estava rolando – estávamos estacionando meu carro quando subitamente um ponto de luz rosa apareceu no meu braço esquerdo. Eu já sabia o que era, embora jamais tivesse visto uma coisa dessas antes; alguém havia apontado um raio laser para cima de nós.

– Isso é um laser – eu disse a Fat, que também havia visto, pois o ponto estava se movendo para todo lugar, para cima de postes telefônicos e para a parede acimentada da garagem.

Dois adolescentes estavam do outro lado da rua, segurando um objeto quadrado.

– Foram eles que construíram essa coisa desgraçada – eu disse.

Os garotos se aproximaram de nós, sorrindo de orelha a orelha. Eles nos contaram que haviam construído o laser a partir de um kit. Nós dissemos a eles que ficamos muito impressionados, e eles saíram para assustar outras pessoas.

– Foi essa cor rosa? – perguntei a Fat.

Ele não disse nada. Mas tive a impressão de que não estava sendo inteiramente honesto comigo. Tive a sensação de que já tinha visto aquela cor dele. Por que ele não dizia isso, se era mesmo essa cor, não sei. Talvez a ideia estragasse uma teoria mais elegante. Os perturbados mentalmente não empregam o Princípio da Parcimônia Científica: a teoria mais simples para explicar um conjunto determinado de dados. Eles vão logo para o barroco.

O ponto cardeal que Fat havia determinado em relação à sua experiência com o raio rosa que o havia ferido e cegado era o seguinte: ele afirmava que instantaneamente – assim que o raio o atingira – ele passou a saber coisas que jamais soubera antes. Ele sabia, especificamente, que seu filho de cinco anos de idade tinha um defeito de nascimento não diagnosticado e ele sabia de que consistia esse defeito de nascimento, até os menores detalhes anatômicos. Até, na verdade, os dados médicos específicos para relatar ao médico. Eu queria saber como ele contou isso ao médico. Como ele explicou que conhecia os detalhes médicos. Seu cérebro tinha aprisionado todas as informações que o raio de luz rosa havia marretado dentro dele, mas como ele explicaria a posse desse conhecimento? Mais tarde Fat desenvolveu uma teoria de que o universo é feito de informação. Ele começou a escrever um diário – na verdade, já andava fazendo isso há algum tempo: o ato furtivo de uma pessoa perturbada. Seu encontro com Deus estava todo ali nas páginas, com sua – a de Fat, não a de Deus – grafia.

O termo "diário" é meu, não de Fat. O termo que ele utilizou foi "exegese", um termo teológico que significava um escrito que explica ou interpreta uma parte das Escrituras. Fat acreditava que as informações disparadas para ele e progressivamente enfiadas em sua cabeça em ondas sucessivas tinham uma origem sagrada e portanto deveriam ser consideradas uma forma de escritura, mesmo que simplesmente se aplicassem à hérnia inguinal direita não diagnosticada de seu filho que havia ressaltado o hidrocele e descido para o saco escrotal. Esta era a notícia que Fat tinha para o doutor. A notícia acabou se confirmando, quando a ex-esposa de Fat levou Christopher para fazer um exame. A cirurgia foi marcada para o dia seguinte, ou seja, o mais rápido possível. Como se nada fosse, o cirurgião informou a Fat e sua ex-esposa que a vida de Christopher estivera em perigo por anos. Ele poderia ter morrido durante a noite por um estrangulamento provocado por um pedaço de seu próprio estômago. Foi muita sorte, disse o médico, que eles tivessem descoberto isso. Daí novamente o "eles" de Gloria, só que daquela vez os "eles" realmente existiam.

A cirurgia foi um sucesso, e Christopher parou de ser uma criança tão resmungona. Ele sentia dores desde o nascimento.

Depois disso, Fat e sua ex-esposa levaram seu filho para outro clínico geral, um que enxergava.

Um dos parágrafos do diário de Fat me impressionou o suficiente para copiá-lo e incluí-lo aqui. Ele não trata de hérnias inguinais direitas, mas é de natureza mais genérica, e expressa a opinião crescente de Fat de que a natureza do universo é informação. Ele havia começado a acreditar nisso porque para ele o universo – seu universo – estava de fato se transformando rapidamente em informação. Assim que Deus começava a falar com ele, não parecia parar mais. Não acho que esse tipo de situação esteja relatado na Bíblia.

Registro 37 do diário. Pensamentos do Cérebro são vivenciados por nós como arranjos e rearranjos – mudança – em um universo físico; mas o que realmente acontece é que substancializamos informação e processamento de informações. Não vemos meramente os pensamentos como objetos, mas como o movimento, ou, de modo mais preciso, a disposição de objetos: como eles são vinculados uns aos outros. Mas não conseguimos ler os padrões de disposição; não conseguimos extrair as informações que existem dentro dele – isto é, ele como informação, porque é exatamente o que ele é. A vinculação e a revinculação de objetos pelo Cérebro são, na verdade, uma linguagem, mas não uma linguagem como a nossa (já que ele está se dirigindo a si mesmo, e não a alguém ou alguma coisa fora de si mesmo).

Fat continuou trabalhando esse tema em particular sem parar, tanto neste diário quanto em seu discurso oral para seus amigos. Ele tinha certeza de que o universo havia começado a falar com ele. Outro registro de seu diário diz o seguinte:

36. Nós deveríamos ser capazes de ouvir essa informação, ou narrativa, como uma voz neutra dentro de nós. Mas alguma coisa deu errado. Toda a criação é uma linguagem e nada senão linguagem, que por algum motivo inexplicável não conseguimos ler por fora e não conseguimos ouvir por dentro. Então eu digo isto: nós nos tornamos idiotas. Alguma coisa aconteceu com nossa inteligência. Meu raciocínio é o seguinte: o

arranjo de partes do Cérebro é uma linguagem. Nós somos partes do Cérebro; logo, somos linguagem. Por que, então, não sabemos disso? Não sabemos sequer o que somos, quanto mais o que é a realidade exterior da qual somos partes. A origem da palavra "idiota" é a palavra "particular". Cada um de nós se tornou particular, e não compartilha mais o pensamento comum do Cérebro, a não ser em um nível subliminar. Assim, nossa vida e objetivo reais são conduzidos abaixo de nosso limiar de consciência.

Ao que eu pessoalmente me sinto tentado a dizer: Fale por você mesmo, Fat.

No decorrer de um longo período de tempo (ou "Desertos de Vasta Eternidade", conforme ele teria denominado), Fat desenvolveu muitas teorias incomuns para justificar seu contato com Deus, e as informações derivavam daí. Uma delas em particular me soou como interessante, pois era diferente das outras. Era uma espécie de capitulação mental de Fat pelo que ele estava passando. Essa teoria sustentava que na verdade ele não estava vivenciando absolutamente nada. Partes de seu cérebro estavam sendo seletivamente estimuladas por feixes de energia coesa que emanavam de um ponto distante, talvez milhões de quilômetros de distância. Esses estímulos cerebrais seletivos geravam em sua cabeça a *impressão* – para ele – de que, na verdade, estava vendo e ouvindo palavras, imagens, figuras de pessoas, páginas impressas; resumindo, Deus e a Mensagem de Deus, ou, como Fat gostava de chamar, o Logos. Mas (aquela teoria em particular sustentava) ele realmente apenas imaginava que vivenciava essas coisas. Elas lembravam hologramas. O que me afetou foi a bizarrice de um lunático descontando suas alucinações dessa maneira sofisticada; Fat havia intelectualmente conseguido não entrar no jogo da loucura e ainda desfrutar de seus sons e imagens. Será que isso indicava que ele havia começado a melhorar? Dificilmente. Agora ele sustentava a visão de que "eles" ou Deus ou alguém possuía um raio de energia muito concentrado e rico em informações apontado para a cabeça de Fat.

Com relação a isso, não vi a menor melhora, mas representou uma mudança. Fat podia agora honestamente colocar de lado suas alucinações, o que significava que ele as reconhecia como tais. Mas, assim como Gloria, ele agora tinha um "eles". Isso me parecia uma vitória de Pirro. A vida de Fat me parecia uma ladainha que ficava repetindo exatamente isso, por exemplo a maneira como ele havia salvado Gloria.

A exegese na qual Fat trabalhou meses a fio me pareceu uma vitória de Pirro, se é que houve vitória: nesse caso, uma tentativa de uma mente bloqueada de tirar algum sentido do inescrutável. Talvez seja essa a questão fundamental da doença mental: eventos incompreensíveis acontecem; sua vida se torna uma lata de lixo para flutuações, semelhantes a boatos, do que costumava ser a realidade. E não só isso – como se não fosse o bastante –, mas você, assim como Fat, fica ponderando para sempre sobre essas flutuações num esforço para ordená-las em uma coerência, quando na verdade o único sentido que elas têm é o sentido que você impõe a elas, pela necessidade de restaurar tudo em formas e processos que consegue reconhecer. A primeira coisa a ir embora na doença mental é o familiar. E o que toma seu lugar é uma péssima notícia, porque não só você não consegue compreender o que é familiar como também não consegue comunicar isso para outras pessoas. O louco vivencia uma coisa, mas o que essa coisa é ou de onde ela vem, ele não sabe.

No meio de sua paisagem estilhaçada, que podemos traçar até a morte de Gloria Knudson, Fat imaginou que Deus o havia curado. Assim que você começa a reparar nas vitórias de Pirro, elas parecem brotar em abundância.

Isso me lembra uma garota que conheci um dia e que estava morrendo de câncer. Eu a visitei no hospital e não a reconheci; sentada ali em seu leito, ela parecia um velhinho careca. Por causa da quimioterapia, ela havia inchado igual a uma uva enorme. Por causa do câncer e da terapia, ela ficara praticamente cega, quase surda, sofria espasmos constantes, e quando eu me curvava para chegar mais perto dela e perguntar como estava se sentindo, ela respondia, quando conseguia entender minha pergunta: "Sinto que Deus está me curando". Ela tinha inclinação religiosa, e havia feito planos para entrar para uma ordem religiosa. Na mesinha de metal ao lado da cama ela tinha colocado, ou outra pessoa o havia feito, seu rosário. Na minha opinião, um FODA-SE, DEUS teria sido apropriado. O rosário não.

Mesmo assim, para sermos justos, tenho de admitir que Deus – ou alguém que se chama Deus, uma distinção meramente semântica – havia disparado uma informação preciosa na cabeça de Horselover Fat, por intermédio da qual a vida de seu filho Christopher havia sido salva. Algumas pessoas Deus cura, outras ele mata. Fat nega que Deus mate qualquer pessoa. Fat diz: Deus jamais machuca alguém. A doença, a dor e o sofrimento imerecidos não surgem de Deus, mas de outro lugar, ao que eu digo: Como foi que esse outro lugar surgiu? Existem dois deuses? Ou será que parte do universo está fora do controle de Deus? Fat costumava citar Platão. Na cosmologia de Platão, o *noûs* ou Mente persuade *ananke* ou a necessidade cega – ou o acaso cego, segundo alguns especialistas – à submissão. O *noûs* por acaso passou e para sua surpresa descobriu o acaso cego: caos, em outras palavras, sobre o qual o *noûs* impõe a ordem (embora Platão não explique em escrito algum como se realiza essa "persuasão"). Segundo Fat, o câncer de minha amiga consistia de uma desordem que ainda não havia sido persuadida a assumir uma forma senciente. *Noûs* ou Deus ainda não a havia alcançado, e então eu retruquei: "Bem, quando ele apareceu já era tarde demais". Fat não tinha como responder a isso, pelo menos em termos de resposta oral. Provavelmente ele saiu de fininho e escreveu a respeito em seu diário. Ele ficava acordado até as quatro da manhã toda noite rabiscando em seu diário. Suponho que todos os segredos do universo estejam dentro dele, em algum lugar no meio dos escombros.

Nós gostávamos de atrair Fat para discussões teológicas porque ele sempre ficava irritado, assumindo o ponto de vista de que o que havíamos dito sobre o assunto importava – que o assunto propriamente dito importava. Àquela altura ele já estava totalmente pirado. Nós gostávamos de introduzir a discussão com algum comentário ao acaso: "Bem, Deus me aplicou uma multa na rodovia hoje", ou coisa do gênero. Fat caía como um patinho na armadilha e desandava a falar. Nós gostávamos de matar o tempo assim, torturando Fat de maneira benigna. Depois que saíamos de sua casa, ainda tínhamos a satisfação adicional de saber que ele estaria anotando tudo no diário. Naturalmente, no diário era a sua visão que sempre prevalecia.

Não havia necessidade de atrair Fat para nenhuma armadilha com perguntas bobas, como "Se Deus pode fazer tudo, ele pode cavar um fosso tão largo que não consiga saltar sobre ele?". Nós tínhamos um bocado de perguntas de verdade que eram indefensáveis para Fat. Nosso amigo Kevin sempre começava seu ataque assim: "E o meu gato morto?", Kevin perguntava. Muitos anos atrás, Kevin saíra para passear com seu gato no começo da noite. A besta do Kevin esquecera de colocar uma coleira com cabresto no gato, e o gato saiu em disparada; foi parar bem debaixo do pneu dianteiro de um carro que passava. Quando pegou os restos do gato, ele ainda estava vivo, respirando com borbulhas de sangue e olhando para ele horrorizado. Kevin gostava de dizer: "No dia do Juízo Final, quando eu for levado para diante do grande juiz, eu vou dizer: 'Espere um segundo', e aí vou tirar meu gato morto de dentro do casaco. 'Como é que você explica *isto*?' É o que eu vou perguntar". A essa altura, Kevin costumava dizer, o gato estaria mais duro que um pedaço de pau e igual a uma panela; ele iria segurar o gato pelo cabo, ou seja, a cauda, e esperar uma resposta que o satisfizesse.

Fat disse: – Nenhuma resposta iria satisfazer você.

– Nenhuma resposta que você pudesse dar – desdenhou Kevin.

– Ok, então Deus salvou a vida do seu filho; por que é que ele não fez meu gato atravessar a rua cinco segundos depois? *Três* segundos depois? Teria sido um problema muito grande fazer isso? Claro, suponho que um gato não seja importante.

– Sabe, Kevin – ressaltei certa vez –, você podia ter colocado uma coleira no gato.

– Não – disse Fat. – Ele tem razão. Isso tem me incomodado. Para ele o gato é um símbolo de tudo sobre o universo que ele não compreende.

– Eu compreendo muito bem – Kevin disse amargo. – Só acho que o universo está fodido das ideias. Ou Deus não tem poder nenhum, ou é burro, ou então está cagando e andando. Ou as três coisas. Ele é mau, burro e fraco. Acho que vou começar a minha própria exegese.

– Mas Deus não fala com você – eu disse.

– Você sabe quem fala com Horse? – perguntou Kevin. – Quem realmente fala com Horse no meio da noite? Pessoas do planeta Burro. Horse, como é mesmo o nome da sabedoria de Deus? Santa o quê?

– Hagia Sophia – Horse disse com cautela.

Kevin disse:

– Como é que se diz Hagia Estúpida? Santa Estúpida?

– Hagia Moron – disse Horse. Ele sempre se defendia cedendo. – *Moron* é uma palavra grega como Hagia. Descobri isso quando estava procurando a pronúncia de oxímoro.

– Só que o sufixo -*on* é a terminação neutra – eu disse.*

Isso dá a você uma ideia de onde nossas discussões teológicas tendiam a acabar. Três pessoas mal informadas discordando umas das outras. Nós também tínhamos nosso amigo católico romano, David, e a garota que estava morrendo de câncer, Sherri. Ela entrara em remissão e o hospital lhe havia dado alta. Até certo ponto sua audição e visão estavam comprometidas permanentemente, mas tirando isso ela parecia estar bem.

Fat, claro, usava isso como argumento para Deus e seu amor curativo, assim como David e, claro, a própria Sherri. Kevin via a

---

* *Moron*, em inglês, significa imbecil, idiota. O jogo de palavras demonstrou ser intraduzível pela questão da origem grega da palavra, citada no fim do parágrafo (oxímoro, em inglês, é *oxymoron*). Qualquer tradução nesse caso invalidaria o sentido do diálogo, razão pela qual se decidiu manter a palavra *moron* no texto. [N. de T.]

remissão dela como um milagre da terapia de radiação, da quimioterapia e da sorte. Além disso, ele nos confidenciou, a remissão era temporária. A qualquer momento, Sherri poderia ficar doente novamente. Kevin deu a entender, em tom soturno, que da próxima vez que ela ficasse doente não haveria remissão. Às vezes achávamos que era isso o que ele esperava, já que confirmaria a visão que ele tinha do universo.

O item principal da sacola de truques verbais de Kevin era que o universo consistia de angústia e hostilidade e ele ia pegar você no final. Ele olhava para o universo da maneira como a maioria das pessoas olha para uma conta que não foi paga; no fim das contas você será obrigado a pagar. O universo te dá corda, deixa você se debater à vontade, e depois puxa para você se enforcar. Kevin vivia esperando que isso acontecesse com ele, comigo, com David e especialmente com Sherri. Quanto a Horselover Fat, Kevin acreditava que a linha já devia ter sido puxada há anos. Há muito tempo que Fat já havia passado da parte do ciclo onde puxam você de volta. Ele considerava Fat não somente um condenado em potencial, mas um condenado de verdade.

Fat teve o bom senso de não discutir Gloria Knudson e sua morte na frente de Kevin. Se ele o tivesse feito, Kevin a teria acrescentado ao seu gato morto. Ficaria falando sobre como a tiraria de dentro de seu casaco no dia do juízo final, junto com o gato.

Por ser católico, David sempre levava tudo para o lado errado, construindo uma trilha que desembocava na questão do livre-arbítrio do homem. Isso costumava irritar até mesmo a mim. Uma vez perguntei a ele se o câncer de Sherri consistia em algum exemplo de livre-arbítrio, porque eu sabia que David se mantinha atualizado com todas as últimas novidades no campo de psicologia e cometeria o erro de afirmar que Sherri havia inconscientemente desejado adquirir câncer e por isso havia desativado seu sistema imunológico, um pensamento que andava pelos círculos psicológicos avançados da época. É claro que David caiu direitinho e fez questão de dizer isso.

– Então por que ela melhorou? – perguntei. – Ela quis subconscientemente ficar bem?

David fez uma cara de perplexidade. Se ele estava atribuindo a doença de Sherri à cabeça dela, ele tinha de admitir que devia atribuir a remissão a causas mundanas, e não sobrenaturais. Deus não tinha nada a ver com aquilo.

– O que C. S. Lewis diria – começou David, o que imediatamente irritou Fat, que estava presente. Ele ficava louco quando David recorria a C. S. Lewis para justificar sua ortodoxia de botequim.

– Talvez Sherri tenha passado por cima de Deus – eu disse. – Deus queria que ela ficasse doente e ela lutou para melhorar. – O impulso do argumento que David estava para lançar seria naturalmente o de que Sherri havia adquirido câncer neuroticamente porque era pirada, mas Deus havia entrado no meio e a salvo. Eu me antecipei e virei a mesa.

– Não – disse Fat. – Foi o contrário. Foi igual a quando ele me curou.

Felizmente, Kevin não estava presente. Ele não considerava Fat curado (e ninguém mais também), e de qualquer maneira Deus não fez isso. Esta é uma lógica que Freud ataca, a propósito, a estrutura de autocancelamento de duas proposições. Freud considerava essa estrutura uma revelação de racionalização. Alguém é acusado de roubar um cavalo, ao que responde: "Eu não roubo cavalos, e de qualquer maneira o seu cavalo é uma porcaria". Se você ponderar o raciocínio por trás disso, poderá ver o verdadeiro processo de pensamento por trás dele. A segunda declaração não reforça a primeira. Ela apenas parece que o faz. Em termos de nossas perpétuas disputas teológicas – trazidas pelo suposto encontro de Fat com o divino – a estrutura de autocancelamento de duas proposições teria o seguinte aspecto:

1) Deus não existe.

2) E, de qualquer maneira, ele é uma besta.

Um estudo cuidadoso das diatribes cínicas de Kevin revela essa estrutura a cada etapa. David continuava citando C. S. Lewis sem parar; Kevin se contradizia logicamente em sua dedicação a difamar Deus; Fat fazia referências obscuras a informações disparadas em sua cabeça por um raio de luz rosa; Sherri, que havia sofrido pavorosamente, tentava soltar frases piedosas sem muito fôlego; eu mudava de lado de acordo com a pessoa com quem estivesse conversando no momento. Nenhum de nós tinha controle sobre a situação, mas tínhamos muito tempo livre para desperdiçar dessa maneira. Àquela altura, a febre da ingestão de drogas havia terminado, e todo mundo havia começado a procurar alguma nova obsessão. Para nós, a nova obsessão, graças a Fat, era teologia.

Uma antiga citação predileta de Fat:

"E posso eu pensar que o grande Jeová dorme,
Como Shemosh, e divindades tão fabulosas?
Ah, não! O céu ouviu meus pensamentos, e os escreveu...
Assim deve ser."

Fat não gosta de citar o resto.

"É isto o que perturba meu cérebro,
e derrama em meu peito mil dores,
que me levam à loucura..."

É de uma ária de Haendel. Fat e eu costumávamos ouvi-la em meu LP que tinha a ária "Let the Bright Seraphim" na interpretação de Richard Lewis. "Deeper, and deeper still".

Um dia eu disse a Fat que outra ária do disco descrevia sua mente com perfeição.

– Qual ária? – Fat perguntou com hesitação.

– "Eclipse total" – respondi.

"Eclipse total! Não há sol, não há lua,
Tudo escuro em meio ao quente sol do meio-dia!
Ah, luz gloriosa! Não há raio alegre
Para alegrar meus olhos com o dia bem-vindo!
Por que, pois, privaste Vosso decreto primeiro?
Sol, lua e estrelas são negras para mim!"*

Ao que Fat disse:
– No meu caso, o oposto é verdadeiro. Eu sou iluminado pela luz sagrada que foi disparada para mim de outro mundo. Vejo o que nenhum outro homem vê.
Ele tinha razão.

---

* As árias de Haendel citadas neste trecho são da ópera *Sansão*, composta em 1741. [N. de T.]

3

Uma pergunta com a qual tivemos de aprender a lidar durante a década das drogas foi: como você conta a uma pessoa que o cérebro dela está ferrado? Essa questão havia agora se inserido no mundo teológico de Horselover Fat como um problema para nós – seus amigos – resolverem. Teria sido simples amarrar as duas coisas no caso de Fat: as drogas que ele consumiu nos anos sessenta haviam transformado sua cabeça em picles nos anos setenta. Se eu pudesse ter arrumado as coisas de modo a pensar assim, eu o teria feito; gosto de soluções que respondam a uma série de problemas simultaneamente. Mas eu realmente não conseguia pensar assim. Fat não havia tomado drogas psicodélicas, pelo menos não a sério. Uma vez, em 1964, quando o LSD-25 da Sandoz ainda podia ser adquirido – especialmente em Berkeley –, Fat tomara uma dose grande e ab-reagira de volta no tempo ou fora lançado para a frente no tempo ou para cima, fora do tempo; de qualquer modo, ele havia falado em latim e acreditava que o *Dies Irae*, o Dia da Ira, havia chegado. Ele podia ouvir Deus andando tremendamente furioso. Por oito horas Fat havia orado e gemido em latim. Mais tarde, ele afirmou que durante sua viagem só conseguia pensar em latim e falar em latim; havia descoberto um livro com uma citação em latim, e conseguiu lê-la com a mesma facilidade com que normalmente lia em inglês. Bem, talvez a etiologia de sua loucura divina posterior estivesse ali. Seu cérebro, em 1964, gostou da viagem de ácido e a gravou, para futuro replay.

Por outro lado, essa linha de raciocínio meramente relega a questão de volta a 1964. Até onde consigo determinar, a capacidade de ler, pensar e falar em latim não é normal para uma viagem de ácido. Fat não sabe latim. Ele não sabe falar nada em latim agora. Não sabia falar em latim antes de tomar aquela dose imensa de LSD-25 da Sandoz. Mais tarde, quando suas experiências religiosas começaram, ele se descobriu pensando em um idioma estrangeiro que *não* compreendia (ele havia compreendido seu próprio latim em 1964). Foneticamente, ele havia escrito algumas das palavras, lembradas aleatoriamente. Para ele, elas não constituíam linguagem alguma, e hesitava em mostrar a qualquer pessoa o que havia colocado no papel. Sua esposa – sua esposa posterior, Beth – havia estudado um ano de grego no segundo grau e reconheceu o que Fat havia escrito, com erros, como grego *koiné*. Ou pelo menos algum tipo de grego, ático ou *koiné*.

A palavra grega *koiné* significa simplesmente comum. Na época do Novo Testamento, o *koiné* havia se tornado a língua franca do Oriente Médio, substituindo o aramaico, que anteriormente suplantara o acadiano (eu sei dessas coisas porque sou escritor profissional e é essencial que eu possua um conhecimento acadêmico de idiomas). Os manuscritos do Novo Testamento sobreviveram em grego *koiné*, embora provavelmente Q, a fonte dos sinópticos, tenha sido escrita em aramaico, que é, na verdade, uma forma do hebraico. Jesus falava aramaico. Logo, quando Horselover Fat começou a pensar em grego *koiné*, estava pensando na linguagem em que São Lucas e São Paulo – que eram amigos íntimos – costumavam, pelo menos, escrever. O *koiné* parece engraçado quando escrito porque os escribas não deixavam espaços entre as palavras. Isso pode levar a muitas traduções peculiares, já que o tradutor coloca os espaços onde sentir que é apropriado ou, na verdade, onde ele quiser mesmo. Vamos observar este exemplo em inglês:

GOD IS NO WHERE

GOD IS NOWHERE*

Na verdade, essas questões foram apontadas para mim por Beth, que jamais havia levado as experiências religiosas de Fat a sério até vê-lo escrever foneticamente diversas palavras em *koiné*, com a qual, ela sabia, ele não tinha a menor experiência, e não conseguia reconhecer sequer como sendo uma linguagem genuína. O que Fat afirmava era – bem, Fat afirmava muitas coisas. Não devo iniciar nenhuma frase com "O que Fat afirmava era". Durante os anos – anos mesmo! – em que ele trabalhou em sua exegese, Fat deve ter criado mais teorias do que estrelas no universo. Todo dia ele desenvolvia uma teoria nova, mais inteligente, mais empolgante e mais fodida das ideias. Deus, entretanto, permanecia um tema constante. Fat se aventurava para longe da crença em Deus da mesma maneira que um cachorro tímido que eu tive um dia se aventurava para fora do jardim da frente da casa. Ele – os dois – dava primeiro um passo, depois outro, depois talvez um terceiro e aí se virava e corria freneticamente de volta para seu território familiar. Deus, para Fat, constituía um território no qual ele havia demarcado seu lote. Infelizmente para ele, seguindo a experiência inicial, Fat não conseguia encontrar o caminho de volta a esse território.

Deveriam criar uma cláusula dizendo que, se você encontrasse Deus, devia ficar com ele para si. Para Fat, encontrar Deus (se é que ele de fato encontrou Deus) acabou se tornando um pé-no-saco, um suprimento de alegria cada vez menor, que afundava cada vez mais como o conteúdo de um saquinho de anfetaminas. Quem tra-

---

* A tradução para a língua portuguesa perde o jogo de palavras. Uma opção possível seria:
DEUS NÃO ESTÁ ONDE
DEUS NÃO ESTÁ EM LUGAR ALGUM. [N. de T.]

fica Deus? Fat sabia que as igrejas não podiam ajudar, embora ele tivesse se consultado com um dos sacerdotes de David. Não ajudou. Nada ajudava. Kevin sugeriu drogas. Como eu estava envolvido com literatura, recomendei que ele lesse os poetas metafísicos menores ingleses do século dezessete, como Vaughan e Herbert:

"Ele sabe que tem um lar, mas mal sabe onde,
Ele diz que é tão longe
Que já até se esqueceu de como chegar lá."

Isso é do poema "Homem", de Vaughan. Até onde consegui averiguar, Fat havia involuído ao nível desses poetas, e, naquela época, havia se tornado um anacronismo. O universo tem o hábito de deletar anacronismos. Eu percebia que era o que ia acontecer a Fat se ele não segurasse a onda.

De todas as sugestões dadas a Fat, a que pareceu mais promissora foi a de Sherri, que ainda estava conosco em estado de remissão.

– O que você deveria fazer – ela disse a Fat durante uma de suas horas mais sombrias – é começar a estudar as características do T-34.

Fat perguntou o que era aquilo. Acontece que Sherri havia lido um livro sobre armamento soviético da época da Segunda Guerra Mundial. O tanque T-34 havia sido a salvação da União Soviética e, por conseguinte, a salvação de todas as Potências Aliadas – e, por extensão, a salvação de Horselover Fat, já que sem o T-34 ele estaria falando não inglês, nem latim, nem o *koiné,* mas alemão.

– O T-34 – explicou Sherri – se movia com muita velocidade. Em Kursk eles derrubaram até mesmo os tanques Porsche Elefant. Você não faz ideia do que fizeram com o Quarto Exército Panzer.

– Então ela começou a desenhar esboços da situação em Kursk em 1943, dando números. Fat e o resto de nós ficamos sem entender nada. Aquele era um lado de Sherri que não conhecíamos até então. – Foi preciso que o próprio Zhukov virasse o jogo contra os panzers – Sherri continuou, sem fôlego. – Vatutin fez a maior cagada. Ele foi mais tarde assassinado por partidários pró-nazistas. Agora, pensem no tanque Tiger que os alemães tinham e seus Panthers. – Ela nos mostrou fotografias de diversos tanques e relatou com deleite como o general Koniev havia atravessado com sucesso os rios Dniester e Prut em vinte e seis de março.

Basicamente, a ideia de Sherri tinha a ver com puxar a mente de Fat de volta do cósmico e do abstrato e trazê-la para o particular. Ela havia tido a ideia prática de que nada é mais real do que um enorme tanque soviético da Segunda Guerra Mundial. Ela queria oferecer uma antitoxina para a loucura de Fat. Contudo, a recitação dela, completada com mapas e fotografias, só serviu para lembrá-lo da noite em que ele e Bob haviam visto o filme *Patton* antes de irem ao funeral de Gloria. Naturalmente, Sherri não sabia disso.

– Acho que ele devia começar a fazer costura – disse Kevin.

– Você não tem uma máquina de costura, Sherri? Ensine ele a usá-la.

Demonstrando um alto grau de teimosia, Sherri continuou:

– As batalhas de tanques em Kursk envolveram mais de quatro mil veículos blindados. Foi a maior batalha de blindados da história. Todo mundo sabe de Stalingrado, mas ninguém sabe de Kursk. A verdadeira vitória da União Soviética aconteceu em Kursk. Quando você leva em conta...

– Kevin – interrompeu David –, o que os alemães deviam ter feito era mostrar aos russos um gato morto e pedir a eles que explicassem isso.

– Isso teria interrompido a ofensiva soviética na mesma hora – eu disse. – Zhukov ainda estaria tentando explicar a morte do gato.

Para Kevin, Sherri disse:

– Em vista da vitória arrasadora do lado do bem em Kursk, como é que vocês podem ficar reclamando de um gato?

– Na Bíblia, existe alguma coisa a respeito de pardais que caem – disse Kevin. – Sobre o seu olho estar neles. É isso o que há de errado com Deus; ele só tem um olho.

– Será que Deus venceu a batalha em Kursk? – perguntei a Sherri. – Isso deve ser novidade para os russos, especialmente aqueles que construíram os tanques, pilotaram-nos e foram mortos.

Sherri respondeu com paciência:

– Deus nos usa como instrumentos por intermédio dos quais ele trabalha.

– Bem – disse Kevin –, com relação ao Horse, Deus tem um instrumento defeituoso. Ou quem sabe os dois não são defeituosos, como uma velhinha de oitenta anos dirigindo um fusquinha com um tanque de gasolina furado?

– Os alemães teriam que explicar o gato morto de Kevin – disse Fat. – Não é qualquer gato. Para Kevin, só vale se for aquele gato.

– Aquele gato – disse Kevin – não existiu durante a Segunda Guerra Mundial.

– Você chorou a morte dele naquela época? – perguntou Fat.

– Como poderia? – perguntou Kevin. – Ele não existia.

– Então a condição dele era a mesma de agora – disse Fat.

– Errado – disse Kevin.

– Errado de que maneira? – perguntou Fat. – Como a não existência dele naquela época difere da não existência dele agora?

– Kevin tem o cadáver agora – disse David. – Para segurar. Essa era toda a razão da existência do gato. Ele viveu para se tornar um cadáver pelo qual Kevin pudesse refutar a bondade de Deus.

– Kevin – disse Fat. – Quem criou seu gato?

– Deus – disse Kevin.

– Então Deus criou uma refutação de sua própria bondade – disse Sherri. – Pela sua lógica.

– Deus é burro – disse Kevin. – Nós temos uma divindade burra. Eu já disse isso antes.

Sherri perguntou:

– É preciso ter muita habilidade para criar um gato?

– Você só precisa de dois gatos – disse Kevin. – Um macho e uma fêmea. – Mas ele obviamente conseguia ver para onde ela o estava conduzindo. – É preciso... – ele parou e sorriu. – Ok, é preciso habilidade sim, se você pressupõe que o universo tenha alguma finalidade.

– Você não vê nenhuma finalidade nele? – perguntou Sherri.

Hesitando, Kevin respondeu:

– Criaturas vivas têm finalidade.

– Quem põe a finalidade nelas? – Sherri perguntou.

– Elas... – Kevin hesitou mais uma vez. – Elas são seu objetivo. Elas e seu objetivo não podem ser separados.

– Então um animal é uma expressão de finalidade – disse Sherri.

– Então existe uma finalidade no universo.

– Em pequenas partes dele.

– E a falta de finalidade gera finalidade.

Kevin olhou de banda para ela.

– Vá se foder – ele disse.

Em minha opinião, a postura cínica de Kevin havia colaborado mais para ratificar a loucura de Fat do que qualquer outro fator isolado – qualquer outro, ou seja, além da causa original, fosse ela qual fosse. Kevin havia se tornado o instrumento não intencional daquela causa original, uma descoberta que não havia escapado a Fat. De nenhum jeito, maneira ou forma Kevin representava uma alternativa viável à doença mental. Seu sorriso cínico tinha o ar do sorriso da morte; ele sorria como uma caveira triunfante. Kevin vivia para derrotar a vida. No começo, eu fiquei surpreso como Fat suportava Kevin, mas depois entendi por quê. Toda vez que Kevin desmantelava o sistema de ilusões de Fat – zombava deles e os pisoteava – Fat ganhava força. Se a zombaria fosse o único antídoto para sua moléstia, ele estava bem melhor como estava. Mesmo depauperado como estava, Fat conseguia ver isso. A verdade era que, no duro, no duro, Kevin também conseguia ver isso. Mas ele evidentemente tinha um loop de feedback em sua cabeça que fazia com que aumentasse os ataques em vez de abandoná-los. Seu fracasso reforçou os esforços dele. Então os ataques aumentaram e a força de Fat cresceu. Parecia um mito grego.

Na exegese de Horselover Fat, o tema dessa questão é apresentado diversas vezes. Fat acreditava que um vestígio de irracionalidade permeava todo o universo, até Deus ou a Mente Definitiva, que estava por trás dele. Ele escreveu:

38. Por perdas e tristezas, a Mente acabou se tornando louca. Logo, nós, como partes do universo, o Cérebro, somos parcialmente loucos.

Obviamente ele havia extrapolado isso para proporções cósmicas, a partir de sua própria perda de Gloria.

35. A Mente não está falando conosco, mas por intermédio de nós. Sua narrativa passa através de nós e sua tristeza nos infunde de modo irracional. Como Platão discerniu, existe um vestígio de irracionalidade na Alma do Mundo.

O Registro 32 explica mais a esse respeito:

As informações em mutação que vivenciamos como Mundo são uma narrativa que se desenrola. *Ela nos conta sobre a morte de uma mulher* **(o itálico é meu). Essa mulher, que morreu há muito tempo, era um dos gêmeos primordiais. Ela era uma das metades da sizígia divina. O objetivo da narrativa é a recordação dela e de sua morte. A Mente não deseja esquecê-la. Logo, o processo de raciocínio do Cérebro consiste em um registro permanente de sua existência, e, se lido, será compreendido dessa maneira. Todas as informações processadas pelo Cérebro – vivenciadas por nós como a distribuição e redistribuição de objetos físicos – são uma tentativa dessa preservação dela; pedras, paus, amebas, são vestígios dela. O registro da existência dela e de sua morte está ordenado no nível mais mesquinho de realidade pela Mente que sofre e que agora está sozinha.**

Se, ao ler isso, você não conseguir ver que Fat está escrevendo a respeito de si próprio, então você não entendeu nada.

Por outro lado, não estou negando que Fat fosse totalmente surtado. Ele começou a declinar quando Gloria ligou para ele e desde então não parou mais de rolar ladeira abaixo. Ao contrário de Sherri e seu câncer, Fat não teve remissão. Encontrar Deus não foi remissão. Mas provavelmente não piorou as coisas, apesar das observações cínicas de Kevin. Não se pode dizer que um encontro com Deus seja para a doença mental o que a morte é para o câncer: o resultado lógico de um processo de doença degenerativa. O termo técnico – o termo técnico teológico, não psiquiátrico – é teofania. Uma teofania consiste em uma autorrevelação da parte do divino. Não consiste em algo que aquele que percebe faz; consiste em alguma coisa que o divino – o Deus ou deuses, o grande poder – faz. Moisés não criou a sarça ardente. Elias, no Monte Horeb, não gerou aquela voz que murmurava baixinho. Como vamos distinguir uma genuína teofania de uma mera alucinação da parte do percipiente? Se a voz diz a ele alguma coisa que ele não sabe e *não tinha como saber*, então talvez estejamos lidando com a coisa genuína, e não a espúria. Fat não conhecia grego *koiné*. Será que isso prova alguma coisa? Ele não sabia do defeito de nascença de seu filho – pelo menos não conscientemente. Talvez soubesse a respeito da hérnia quase estrangulada inconscientemente, e apenas não queria enfrentá-la. Existe também um mecanismo por intermédio do qual ele poderia ter conhecido o *koiné*; ele tem a ver com a memória filogênica, a experiência que foi relatada por Jung; ele a denomina o inconsciente coletivo ou racial. A ontogenia – isto é, o indivíduo – recapitula sua filogenia – isto é, a espécie – e, como isso é de modo geral aceito, então talvez aqui exista uma base para que a mente de Fat enuncie uma linguagem falada dois mil anos atrás. Se existiam memórias filogênicas enterradas na mente humana individual, isto seria de se esperar. Mas o conceito de Jung é especulativo. Ninguém foi realmente capaz de verificar isso.

Se você garantir a possibilidade de uma entidade divina, não pode negar a ela o poder da autorrevelação; obviamente qualquer entidade ou ser digno do termo "deus" possuiria, sem esforço, essa habilidade. A verdadeira questão (conforme a vejo) não é "Por que teofanias?", mas, "Por que não acontecem mais teofanias?". O conceito central que explica isso é a ideia do *deus absconditus*, o deus oculto, escondido, secreto ou desconhecido. Por algum motivo Jung considera essa ideia uma ideia desacreditada. Mas, se Deus existe, ele deve ser um *deus absconditus* – com a exceção de suas raras teofanias, ou então ele não existe. Este último ponto de vista faz mais sentido, a não ser pelas teofanias, por mais raras que sejam. Basta uma teofania absolutamente confirmada e o último ponto de vista se torna invalidado.

A vividez da impressão que uma suposta teofania provoca no perceptor não é prova de autenticidade. Tampouco uma percepção grupal (conforme Spinoza supôs, o universo inteiro pode ser uma teofania, mas aí também o universo pode nem existir, como os idealistas budistas concluíram). Qualquer teofania suposta e alegada pode ser uma fraude porque tudo pode ser uma fraude, de selos a crânios de fósseis a buracos negros no espaço.

O fato de que o universo inteiro – conforme o vivenciamos – poderia ser uma fraude é uma ideia que foi mais bem expressada por Heráclito. Quando você compreende o conceito dele, ou passa a ter dúvidas em sua cabeça, está pronto para lidar com a questão de Deus.

"É necessário ter compreensão (*noûs*) para ser capaz de interpretar as evidências dos olhos e dos ouvidos. O passo que leva do óbvio até a verdade latente é como a tradução de enunciados em um idioma estrangeiro para a maioria dos homens. Heráclito... no *Fragmento 56* diz que os homens, com relação ao conhecimento das coisas perceptíveis, 'são as vítimas da ilusão, assim como Homero o foi'. Para atingir a verdade a partir das aparências, é necessário interpretar, matar a charada... mas, embora isso pareça estar dentro da capacidade dos homens, é uma coisa que a maioria dos homens nunca faz. Heráclito é muito veemente em seus ataques à estupidez dos homens comuns, e do que se faz passar por conhecimento entre eles. Eles são comparados a sonâmbulos em mundos particulares, seus próprios."

Assim diz Edward Hussey, palestrante de Filosofia Antiga da Universidade de Oxford e *fellow* do All Souls College, em seu livro *The Presocratics*, publicado pela Charles Scribner's Sons, Nova York, 1972, páginas 37-38. Em toda a minha leitura eu – quero dizer, Horselover Fat – nunca encontrou nada mais significativo do que isso como um insight sobre a natureza da realidade. No *Fragmento 123*, Heráclito diz: "A natureza das coisas tem o hábito de se esconder". E no *Fragmento 54* ele diz: "A estrutura latente é senhora da estrutura óbvia", ao que Edward Hussey acrescenta: "Consequentemente, ele (Heráclito) necessariamente concordava... que a realidade estava até determinado ponto 'oculta'". Então, se a realidade "[está] até determinado ponto 'oculta'", então o que significa "teofania"? Pois uma teofania é uma invasão perpetrada por Deus, uma invasão que equivale a uma invasão de nosso mundo; e no entanto nosso mundo é apenas aparente; ele é apenas "estrutura óbvia", que está sob o domínio da "estrutura latente" invisível. Horselover Fat gostaria que você considerasse isso acima de todas as outras coisas. Porque, se Heráclito estiver correto, na verdade não existe realidade além daquela das teofanias; o resto é ilusão; e nesse caso só Fat, entre nós todos, compreende a verdade, e Fat, desde a ligação telefônica de Gloria, ficou louco.

Gente louca – conforme a definição psicológica, não a jurídica – não está em contato com a realidade. Horselover Fat é louco; logo, ele não está em contato com a realidade. Registro nº 30 de sua exegese:

O mundo fenomênico não existe; ele é uma hipóstase da informação processada pela Mente.

35. A Mente não está falando conosco, mas por intermédio de nós. Sua narrativa passa através de nós e sua tristeza nos infunde de modo irracional. Como Platão discerniu, existe um vestígio de irracionalidade na Alma do Mundo.

Em outras palavras, o universo propriamente dito – e a Mente por trás dele – é louco. Logo, alguém em contato com a realidade está, por definição, em contato com o insano: infundido pelo irracional.

Em essência, Fat monitorou a própria mente e descobriu que ela era defeituosa. Então, usando essa mente, ele monitorou a realidade exterior, aquela que é chamada de macrocosmo. E descobriu que ela também era defeituosa. Assim como os filósofos herméticos estipularam, o macrocosmo e o microcosmo espelham um ao outro fielmente. Fat, utilizando um instrumento defeituoso, analisou um sujeito defeituoso, e com essa análise obteve de volta o relatório de que tudo estava errado.

E, além disso, não havia como escapar. A interligação entre o instrumento defeituoso e o sujeito defeituoso produziu outra perfeita armadilha chinesa de dedos. Apanhado em seu próprio labirinto, como Dédalo, que construiu o labirinto para o Rei Minos de Creta e depois caiu dentro dele e não conseguiu sair. Provavelmente Dédalo ainda está lá, e nós também. A única diferença entre nós e Horselover Fat é que Fat conhece sua situação e nós não; logo, Fat é louco e nós somos normais. "Eles são comparados a pessoas que dormem em mundos particulares, de sua própria criação", como disse Hussey, e ele saberia; ele é a mais famosa autoridade viva sobre o pensamento grego antigo, com a possível exceção de Francis Cornford. E é Cornford quem diz que Platão acreditava que existia um elemento do irracional na Alma do Mundo.[1]

Não existe rota para fora do labirinto. O labirinto se move com você, pois ele está vivo.

PARSIFAL: Eu ando apenas um pouco, mas parece que muito caminhei.

GURNEMANZ: Vede, meu filho, aqui o tempo se transforma em espaço.

(Toda a paisagem se torna indistinta. Uma floresta desaparece e uma parede de rochas rugosas se materializa, através da qual pode ser visto um portão. Os dois homens atravessam o portão. O

---

[1] *Plato's Cosmology. The Timaeus of Plato*, Library of Liberal Arts, Nova York, 1937.

que aconteceu com a floresta? Os dois homens não chegaram realmente a se mover; eles não foram a lugar algum, e no entanto eles não estão agora onde estavam originalmente. *Aqui o tempo se transforma em espaço.* Wagner começou *Parsifal* em 1845. Ele morreu em 1873, muito antes de Hermann Minkowski postular o espaço-tempo quadridimensional (1908). A fonte de *Parsifal* consistia em lendas celtas, e a pesquisa de Wagner sobre o budismo para sua ópera nunca escrita sobre o Buda que se chamaria *Os Vencedores* (*Die Sieger*). De onde Richard Wagner tirou a ideia de que o tempo podia se transformar em espaço?)

E se o tempo pode se transformar em espaço, será que o espaço pode se transformar em tempo?

No livro *Mito e realidade*, de Mircea Eliade, um dos capítulos é intitulado "O tempo pode ser superado". É um propósito básico do ritual e do sacramento místicos superar o tempo. Horselover Fat se percebeu pensando em um idioma utilizado há dois mil anos, o idioma no qual São Paulo escreveu. *Aqui o tempo se transforma em espaço.* Fat me contou outra característica de seu encontro com Deus: subitamente a paisagem da Califórnia, EUA, 1974, desapareceu, e a paisagem de Roma do primeiro século da era cristã se materializou. Ele vivenciou uma superposição das duas por algum tempo, como técnicas familiares do cinema. Da fotografia. Por quê? Como? Deus explicou muitas coisas a Fat, mas jamais explicou isso, a não ser por esta afirmação críptica: está no registro 3 do diário. **3. Ele faz com que as coisas pareçam diferentes para que pareça que o tempo passou.** Quem é "ele"? Devemos inferir que o tempo *não passou* de verdade? E será que ele algum dia de fato passou? Existiu um dia um tempo real, e falando nisso, um mundo real, e agora existe um tempo forjado e um mundo forjado, como uma espécie de bolha crescendo e apresentando um aspecto diferente, mas na verdade estático?

Horselover Fat achou adequado colocar essa declaração no início de seu diário ou exegese ou seja lá como ele chama isso. O registro 4 do diário, o seguinte, diz isto:

A matéria é plástica em face da Mente.

Será que existe algum mundo lá fora, afinal? Para todos os fins, Gurnemanz e Parsifal estão parados, e a paisagem muda; então eles se tornam localizados em outro espaço: um espaço que antes havia sido vivenciado como tempo. Fat pensou em uma linguagem de dois mil anos atrás e viu o mundo antigo apropriado a essa linguagem; o conteúdo interior de sua mente se encaixou em suas percepções do mundo exterior. Alguma espécie de lógica parece envolvida aqui. Quem sabe aconteceu uma disfunção temporal. Mas por que a esposa dele, Beth, não a vivenciou também? Ela estava vivendo com ele quando ele teve seu encontro com o divino. Para ela, nada mudou, a não ser (como ela me contou) que ouvia estranhos sons de estalos, como alguma coisa sobrecarregada; objetos empurrados ao ponto onde explodiam, como se tivessem sido espremidos, espremidos com muita energia.

Tanto Fat quanto sua esposa me contaram outro aspecto daqueles dias, em março de 1974. Seus animais de estimação passaram por uma metamorfose peculiar. Os animais pareciam mais inteligentes e mais tranquilos. Isto é, até que ambos os animais morreram com tumores malignos enormes.

Tanto Fat quanto sua esposa me disseram uma coisa a respeito de seus animais que não saiu da minha cabeça desde então. Durante aquele período, os animais pareciam estar tentando se comunicar com eles, tentando usar linguagem. Isso não pode ser descartado como parte da psicose de Fat – nem isso nem a morte dos animais.

A primeira coisa que deu errado, segundo Fat, teve a ver com o rádio. Escutando o rádio determinada noite – durante muito tempo ele não conseguia dormir –, ouviu o rádio dizer coisas horríveis, frases que não poderia estar dizendo. Beth estava dormindo e perdeu isso. Então isso poderia ter sido a mente de Fat sendo destruída; nessa época sua psique estava se desintegrando a uma velocidade terrível.

A doença mental não tem a menor graça.

4

Em seguida à sua espetacular tentativa de suicídio com as pílulas, a navalha afiada e o motor do carro, tudo isso devido ao fato de Beth ter ido embora e levado consigo Christopher, o filho dos dois, Fat acabou trancafiado no sanatório psiquiátrico de Orange County. Um policial armado o havia jogado em cima de uma cadeira de rodas da ala de terapia intensiva cardíaca e o empurrado pelo corredor subterrâneo que dava na ala psiquiátrica.

Fat nunca havia sido internado antes. Devido aos quarenta e nove tabletes de digitalis, ele havia sofrido diversos dias de arritmia cardíaca, já que seus esforços haviam atingido o nível máximo de toxicidade, listada na escala como Três. A digitalis fora prescrita a ele para combater uma arritmia cardíaca hereditária, mas nada como ele havia experimentado sob o efeito da overdose. É irônico que uma overdose de digitalis induza a mesma arritmia que é usada para contra-atacar. Em um determinado ponto, enquanto Fat jazia deitado de costas, olhando para uma tela de tubo catódico sobre sua cabeça, uma linha reta estava sendo exibida; seu coração havia parado de bater. Ele continuou a olhar, e finalmente o ponto e o traço voltaram a assumir a forma de onda. Infinita é a misericórdia de Deus.

Então, numa condição enfraquecida, ele chegou sob guarda armada na internação psiquiátrica, onde num instantinho foi colocado num corredor, respirando generosas quantidades de fumaça de cigarro e tremendo, de fadiga e de medo. Naquela noite, ele dormiu num catre – seis catres em cada aposento – e descobriu que seu catre vinha equipado com algemas de couro. A porta havia sido deixada escancarada para o corredor para que os técnicos da psiquiatria pudessem vigiar os pacientes. Fat podia ver o aparelho de TV comercial, que permaneceu ligado. O convidado do talk show de Johnny Carson era Sammy Davis Jr. Fat ficou ali deitado, vendo o programa, imaginando como seria ter um olho de vidro. Naquele momento ele não teve nenhum insight sobre sua própria situação. Ele compreendia que havia sobrevivido à dose maciça de toxicidade; compreendia que, para todos os fins, estava agora preso por sua tentativa de suicídio; não tinha ideia do que Beth estivera fazendo durante o tempo em que ele ficou na ala de terapia intensiva cardíaca. Ela não ligara para ele nem fora visitá-lo. Sherri aparecera primeiro, depois David. Ninguém mais sabia. Fat particularmente não queria que Kevin soubesse, pois Kevin apareceria e agiria com cinismo à sua custa – à custa de Fat. E ele não estava com a menor condição de ouvir comentários cínicos, mesmo que bem-intencionados.

O cardiologista-chefe do Orange County Medical Center havia exibido Fat a um grupo inteiro de estudantes de medicina do campus de Irvine da Universidade da Califórnia. O OCMC era um hospital-escola. Eles todos queriam ouvir um coração que trabalhava sob o efeito de quarenta e nove tabletes de digitalis de alto grau.

Além disso, ele havia perdido sangue devido ao corte no pulso esquerdo. O que havia salvo sua vida inicialmente emanava de um defeito no escapamento de seu carro; o escapamento não havia aberto de modo adequado enquanto o motor aquecia, e finalmente o motor parou. Fat voltara meio zonzo para dentro de casa e se deitara em sua cama para morrer. Na manhã seguinte ele acordou, ainda vivo, e começou a vomitar a digitalis. Esta foi a segunda coisa que o salvou. A terceira veio na forma de uma porta corrediça de alumínio nos fundos da casa de Fat. Fat havia ligado para sua farmácia em algum momento ao longo desse episódio para conseguir um refil de sua receita de Librium; ele havia tomado trinta comprimidos de Librium logo antes de tomar a digitalis. O farmacêutico havia entrado em contato com os paramédicos. Pode-se dizer muita coisa da infinita misericórdia de Deus, mas a inteligência de um bom farmacêutico, no fim das contas, vale muito mais.

Depois de passar uma noite na sala de espera da ala psiquiátrica do hospital médico do condado, Fat passou por sua avaliação automática. Toda uma legião de homens e mulheres bem vestidos o confrontou; cada um deles tinha na mão uma prancheta, e todos o examinaram com atenção.

Fat vestiu a roupa da sanidade da melhor forma que pôde. Fez tudo o que era possível para convencê-los de que havia recuperado os sentidos. Enquanto falava, percebeu que ninguém acreditava nele. Ele poderia ter feito seu monólogo em Swahili com o mesmo efeito. Tudo o que conseguiu fazer foi ficar abatido e assim jogar por terra seu último vestígio de dignidade. Ele já havia jogado fora a autoestima por seus próprios esforços. Outra armadilha de dedos chinesa.

Que se foda, finalmente Fat disse a si mesmo, e parou de falar.

– Vá lá para fora – disse um dos técnicos psi – e vamos informar você sobre o que decidirmos.

– Eu devia ter aprendido a lição – Fat disse ao se levantar e começar a sair da sala. – O suicídio representa a introjeção da hostilidade que deveria ser mais bem direcionada para o exterior, para a pessoa que frustrou você. Eu tive muito tempo para meditar enquanto estava na unidade ou ala de terapia cardíaca intensiva e percebi que anos de autoabnegação e negação se manifestaram em meu ato destrutivo. Mas o que me deixou bestificado foi a sabedoria do meu corpo, que sabia não só se defender de minha mente como especificamente a forma de se defender. Percebo agora que a afirmação de Yeats, "Sou uma alma imortal amarrada ao corpo de um animal moribundo" é diametralmente oposta ao estado real de coisas frente à condição humana.

O técnico psi disse:

– Vamos falar com você lá fora depois que tomarmos nossa decisão.

Fat disse:

– Estou com saudades do meu filho.

Ninguém olhou para ele.

– Eu pensei que Beth pudesse ferir Christopher – disse Fat. Foi a única afirmação verdadeira que ele havia feito desde que entrara na sala. Ele havia tentado se matar não tanto porque Beth o havia deixado, mas porque, com ela vivendo em outro lugar, ele não poderia tomar conta de seu filho pequeno.

Então ele acabou sentado no corredor do lado de fora, num sofá de plástico e cromo, escutando uma velha gorda contando como seu marido havia planejado matá-la bombeando gás venenoso sob a porta de seu quarto. Fat repensou sua vida. Ele não pensava em Deus, a quem havia visto. Não dizia para si mesmo: eu sou um dos poucos seres humanos que realmente viram Deus. Em vez disso, voltava a pensar em Stephanie, que lhe havia feito o pequeno pote de argila que ele chamava de Oh Ho porque, para ele, aquilo parecia com um jarro chinês. Imaginou se Stephanie já teria se tornado viciada em heroína àquela altura ou se estava trancafiada na cadeia, assim como ele estava trancafiado agora, ou se estava morta, ou casada, ou vivendo na neve em Washington, como sempre dissera que faria, o Estado de Washington, que ela jamais havia visto mas sobre o qual sonhava. Talvez todas essas coisas ou nenhuma delas. Talvez ela tivesse ficado aleijada num acidente de carro. Imaginou o que Stephanie lhe diria se pudesse vê-lo agora, trancado, sem sua esposa e filho, o escapamento de seu carro defeituoso, sua mente toda ferrada.

Se sua mente não estivesse ferrada, ele provavelmente teria pensado, puxa, que sorte que eu tenho de estar vivo – não no sentido filosófico de sorte, mas no sentido estatístico. Ninguém sobrevive a quarenta e nove tabletes de digitalis pura de alto grau. Como regra geral, a dose prescrita de digitalis apaga você. A dose prescrita de Fat havia sido fixada em *q.i.d.*: quatro por dia. Ele havia engolido 12, 25 vezes sua dose diária prescrita e sobrevivera. As infinitas misericórdias de Deus não fazem o menor sentido em termos de considerações práticas. Além disso, ele havia engolido todo o seu Librium, vinte Quide e sessenta Apresoline, além de meia garrafa de vinho. Tudo o que restara de sua medicação era um vidro de Miles Nervine. Fat estava tecnicamente morto.

Espiritualmente, ele também estava morto.

Ou ele havia visto Deus cedo demais ou o havia visto tarde demais. Em qualquer um dos dois casos, isso não lhe fizera bem algum em termos de sobrevivência. Encontrar o Deus vivo não havia ajudado a equipá-lo para as tarefas da temperança cotidiana, com as quais os homens comuns, não tão favorecidos, precisam lidar.

Mas também poderia ser ressaltado – e Kevin já o fizera – que Fat havia realizado mais uma coisa além de ver Deus. Kevin havia ligado para ele um dia todo animado, tendo nas mãos outro livro de Mircea Eliade.

– Escute! – disse Kevin. – Você sabe o que Eliade diz sobre o tempo dos sonhos do aborígene australiano? Ele diz que os antropólogos estão errados ao suporem que o tempo dos sonhos é o tempo no passado. Eliade diz que é outro tipo de tempo que está acontecendo exatamente agora, que os aborígenes atravessam e penetram, a era dos heróis e seus feitos. Espere: vou ler pra você esse pedaço. – Um intervalo de silêncio. – Caralho – Kevin disse então. – Não consigo achar. Mas a maneira como eles se preparam para isso é por meio do sofrimento de uma dor terrível; é o ritual de iniciação deles. Você estava sentindo muita dor quando teve sua experiência; você estava com aquele dente do siso doendo e estava... – No telefone Kevin abaixou a voz; até então ele estivera gritando. – Você se lembra. Com medo das autoridades pegarem você.

– Eu estava louco – Fat havia respondido. – Eles não estavam atrás de mim.

– Mas você achou que estavam e ficou tão apavorado que não conseguia dormir de noite, caralho, noites a fio. E você passou por uma privação sensorial.

– Bom, eu fiquei na cama e não conseguia dormir.

– Você começou a ver cores. Cores flutuantes – Kevin tornou a gritar de tanta empolgação; quando seu cinismo desaparecia, ele ficava maníaco. – É o que está descrito no *Livro Tibetano dos Mortos*; é a viagem que leva ao próximo mundo. Você estava morrendo mentalmente! De estresse e de medo! É assim que é feito: alcançar a realidade seguinte! O tempo dos sonhos!

Naquele momento Fat estava sentado no sofá de plástico e cromo morrendo mentalmente; na verdade, ele já estava mentalmente morto, e na sala que ele havia deixado, os especialistas estavam decidindo seu destino, sentenciando-o e julgando o que restava dele. É adequado que não lunáticos tecnicamente qualificados devessem se reunir para julgar lunáticos. Como poderia ser diferente?

– Se eles conseguissem simplesmente atravessar para o tempo dos sonhos! – Kevin gritou. – Esse é o único tempo *real*. Todos os eventos reais acontecem no tempo dos sonhos! As ações dos deuses!

Além de Fat, a velha imensa segurava uma bacia de plástico; por horas ela tentara vomitar o Thorazine que a forçaram a tomar; ela acreditava, dizia a Fat em sua voz rouca, que o Thorazine tinha veneno dentro, através do qual seu marido – que havia penetrado nos níveis superiores da equipe do hospital usando uma série de nomes falsos – pretendia terminar de matá-la.

– Você encontrou seu caminho para o reino superior – declarou Kevin. – Não foi assim que você escreveu no seu diário?

48. Dois reinos existem, o superior e o inferior. O superior deriva do hiperuniverso I ou Yang, Forma I de Parmênides, é senciente e volitivo. O reino inferior, ou Yin, Forma II de Parmênides, é mecânico, orientado por uma causa cega, eficiente,

determinista e sem inteligência, já que emana de uma fonte morta. Em tempos antigos ele era denominado "determinismo astral". Estamos aprisionados, em grande parte, no reino inferior, mas somos, por intermédio dos sacramentos, por intermédio do plasmado, libertados. Até que o determinismo astral seja quebrado, não estaremos sequer cientes dele, tão iludidos nos encontramos. "O Império nunca terminou."

Uma garota baixinha, bonitinha, de cabelos pretos, passou silenciosa por Fat e pela mulher imensa, levando na mão seus sapatos. Na hora do café da manhã ela havia tentado quebrar uma janela usando os sapatos e então, ao falhar, derrubou um técnico negro de dois metros de altura. Agora a garota transmitia a presença de uma calma absoluta.

"O Império nunca terminou", Fat citou para si mesmo. Essa frase específica aparecia vezes sem conta em sua exegese; ela havia se tornado seu slogan. Originalmente a frase lhe havia sido revelada em um grande sonho. No sonho ele era uma criança novamente, procurando revistas raras e antigas de ficção científica em sebos empoeirados, em particular *Astoundings*. No sonho, ele havia procurado por infindáveis edições esfarrapadas, pilhas e mais pilhas, pela série sem preço intitulada "O Império nunca terminou". Se ele pudesse encontrar essa série e lê-la, ele saberia tudo; esse fora o fardo de seu sonho.

Antes disso, durante o intervalo no qual vivenciara a superposição de dois mundos, ele havia visto não só a Califórnia, EUA, do ano 1974, como também a Roma antiga, ele havia discernido dentro da superposição uma Gestalt compartilhada por ambos os *continua* espaço-temporais, o elemento comum a ambos: uma Prisão de Ferro Negro. Isto é aquilo a que o sonho se referia como "o Império". Ele sabia disso porque, ao ver a Prisão de Ferro Negro, ele a havia reconhecido. Todos viviam nela sem perceber. A Prisão de Ferro Negro era o mundo deles.

Quem havia construído a prisão – e por quê – ele não sabia. Mas podia discernir uma coisa boa: a prisão estava sob ataque.

Uma organização de cristãos, não cristãos comuns como aqueles que iam à igreja todo domingo e rezavam, mas cristãos primitivos e secretos que vestiam mantos cinza-claro, havia iniciado um ataque à prisão, e com sucesso. Os cristãos primitivos e secretos estavam embevecidos de tanta alegria.

Fat, em sua loucura, compreendia o motivo da alegria deles. Daquela vez, os cristãos primitivos, secretos, de mantos cinza-claro, tomariam a prisão, *e não o contrário*. Os feitos dos heróis, no tempo-dos-sonhos sagrado... o único tempo, segundo os aborígenes, que era real.

Um dia, num romance barato de ficção científica, Fat havia encontrado uma descrição perfeita da Prisão de Ferro Negro, mas ambientada no futuro distante. Então, se você fizesse uma sobreposição do passado (Roma antiga) sobre o presente (a Califórnia do século vinte) e fizesse uma sobreposição do mundo do futuro distante de *O Androide Chorou* sobre isso, você teria o Império, a Prisão de Ferro Negro, como a constante supra- ou transtemporal. Todos que já viveram um dia foram literalmente cercados pelas muralhas de ferro da prisão; todos estavam do lado de dentro e nenhum deles sabia – a não ser pelos cristãos secretos de mantos cinza-claro.

Isso também tornava os cristãos secretos supra- ou transtemporais, o que significa que eles estão presentes em todos os momentos, uma situação que Fat não conseguia assimilar. Como eles poderiam ser primitivos, mas no presente e no futuro? E, se eles existiam no presente, por que ninguém conseguia vê-los? Por outro lado, por que é que ninguém conseguia ver as muralhas da Prisão de Ferro Negro que cercava a todos, incluindo ele próprio, por todos os lados? Por que essas forças antitéticas emergem para a palpabilidade somente quando o passado, o presente e o futuro de algum modo – por seja qual for o motivo – se sobrepõem?

Talvez no tempo dos sonhos dos aborígenes nenhum tempo existisse. Mas, se nenhum tempo existia, como poderiam os primeiros cristãos secretos estar fugindo felizes da vida da Prisão de Ferro Negro que eles haviam acabado de explodir? E como eles poderiam explodi-la em Roma por volta do ano 70 E.C., já que não existiam explosivos naquela época? E como, se não havia passagem do tempo no tempo dos sonhos, a prisão poderia chegar a um fim? Isso lembrou a Fat a afirmação peculiar em *Parsifal*: "Vede, meu filho, aqui o tempo se transforma em espaço". Durante sua experiência religiosa em março de 1974, Fat havia visto um aumento do espaço: metros e metros de espaço, estendendo-se até as estrelas; espaço aberto ao redor dele como se uma caixa que o confinasse tivesse sido removida. Ele havia se sentido como um filhote de gato que tivesse sido levado dentro de uma caixa num carro, e então tivessem chegado ao seu destino e ele tivesse sido solto da caixa, libertado. E, à noite, no sono, ele havia sonhado com um vácuo sem medida, mas, mesmo assim, um vácuo que estava vivo. O vácuo se estendia e vagava e parecia totalmente vazio e, mesmo assim, possuía personalidade. O vácuo expressava prazer em ver Fat, que, nos sonhos, não tinha corpo; ele, assim como o vácuo sem limites, meramente vagava, muito devagar; e ele conseguia, além disso, ouvir um zumbido fraco, como se fosse música. Aparentemente o vácuo se comunicava por intermédio daquele eco, daquele zumbido.

– Você, entre todas as pessoas – o vácuo comunicava. – Entre todos, é você a quem eu amo mais.

O vácuo andara esperando para se reunir com Horselover Fat, entre todos os humanos que já haviam existido. Assim como sua extensão no espaço, o amor do vácuo não tinha fronteiras; ele e seu amor flutuavam para sempre. Fat nunca fora tão feliz em toda sua vida.

O técnico psi se aproximou dele e disse:

– Vamos manter você aqui por quatorze dias.

– Não posso ir para casa? – perguntou Fat.

– Não. Achamos que você precisa de tratamento. Você ainda não está pronto para ir para casa.

– Leia os meus direitos – pediu Fat, sentindo dormência e medo.

– Podemos manter você aqui por quatorze dias sem precisar de uma audiência no tribunal. Depois disso, com a aprovação do tribunal, podemos, se acharmos necessário, manter você por mais noventa dias.

Fat sabia que se dissesse qualquer coisa, qualquer coisa mesmo, eles o manteriam ali por noventa dias. Então não disse nada. Quando você é louco, aprende a ficar calado.

Ser louco e ser apanhado nesse estado, abertamente, acaba sendo uma maneira de acabar na cadeia. Agora Fat sabia disso. Além de ter um tanque de bêbados do condado, o Orange County tinha um tanque de lunáticos. Ele estava em seu interior. Poderia ficar dentro dele por muito tempo. Enquanto isso, Beth sem dúvida estava pegando tudo o que quisesse da casa deles e levando para o apartamento que havia alugado: ela se recusara a lhe dizer onde ficava o apartamento; não lhe dissera nem em qual cidade ficava.

Na verdade, embora Fat não soubesse disso na época devido à sua própria loucura, ele havia permitido que o pagamento de sua casa atrasasse, bem como o de seu carro; ele não havia pago a conta de luz nem a conta telefônica. Beth, perturbada com o estado mental e físico de Fat, não podia ser forçada a assumir os problemas maciços que Fat havia criado. Então, quando Fat saiu do hospital e voltou para casa, encontrou um aviso de execução da hipoteca, seu carro não estava mais lá, a geladeira estava vazando água, e quando tentou usar o telefone para pedir ajuda, ele estava tenebrosamente silencioso. Isso teve o efeito de erradicar o restante de moral que ele ainda tinha, e ele sabia que era tudo sua própria culpa. Era seu carma.

Naquele exato instante, Fat não sabia dessas coisas. Tudo o que ele sabia era que havia sido internado em um sanatório psiquiátrico por um mínimo de duas semanas. Além disso, ele havia descoberto mais uma coisa, com os outros pacientes. O Orange County cobraria dele sua estada no sanatório. Na verdade, o total de sua conta, incluindo a parte que cobria seu tempo na ala de terapia cardíaca intensiva, chegava a dois mil dólares. Fat havia ido para o hospital do condado em primeiro lugar porque não tinha dinheiro para ser levado a um hospital particular. Então agora ele havia aprendido mais uma coisa a respeito de ser louco: não só isso faz você ser preso, como também lhe custa um bocado de dinheiro. Eles podem cobrar dinheiro de você por ser louco e se você não pagar, ou não puder pagar, eles podem processar você, e se um julgamento num tribunal foi feito contra você e você não puder comparecer, eles podem trancafiar você novamente, por desacato ao tribunal.

Quando você para para pensar que a tentativa original de suicídio de Fat havia emanado de um profundo desespero, a magia de sua situação atual, o glamour, alguma coisa havia desaparecido. Além dele no sofá de plástico e cromo, a velha imensa continuava a vomitar sua medicação na bacia de plástico fornecida pelo hospital para essas coisas. O técnico psi pegara Fat pelo braço para levá-lo até a ala onde ficaria confinado durante as próximas duas semanas. Eles a chamavam de Ala Norte. Sem protestar, Fat acompanhou o técnico psi para fora da ala de recepção, atravessando o hall e entrando na Ala Norte, onde mais uma vez a porta foi trancada atrás dele.

Caralho, Fat disse para si mesmo.

O técnico psi escoltou Fat até seu quarto – que tinha dois leitos em vez de seis catres – e depois levou Fat até uma salinha para preencher um questionário.

– Isso só vai levar alguns minutos – disse o técnico psi.

Na salinha havia uma garota em pé, uma garota mexicana, troncudinha, com uma pele escura e seca e olhos enormes, olhos escuros e tranquilos, olhos que pareciam piscinas de fogo; Fat parou onde estava quando viu os olhos enormes, tranquilos e flamejantes da garota. A garota segurava uma revista aberta em cima de um aparelho de TV; ela exibia um desenho tosco impresso na página: uma imagem do Reino da Paz. A revista, Fat percebeu, era *A Sentinela*. A garota, que sorria para ele, era Testemunha de Jeová.

A garota disse em um tom de voz gentil e moderado, para Fat e não para o técnico psi: "O Senhor Nosso Deus preparou para nós um lugar para viver onde não haverá dor nem medo, e sabe o que mais? Os animais convivem em alegria, o leão e o cordeiro, como nós conviveremos, todos nós, amigos que amam uns aos outros, sem sofrimento nem morte, para sempre e sempre com nosso Senhor Jeová que nos ama e jamais nos abandonará, façamos o que fizermos".

– Debbie, por favor, saia do vestíbulo – disse o técnico psi.

Ainda sorrindo para Fat, a garota apontou para uma vaca e um cordeiro no desenho tosco.

– Todas as feras, todos os homens, todas as criaturas vivas, grandes e pequenas, se regozijarão no calor do amor de Jeová, Cristo Jesus está conosco hoje. – Então, fechándo a revista, a garota ainda sorrindo, mas agora em silêncio, saiu da sala.

– Desculpe por isso – o técnico psi disse para Fat.

– Putz – Fat disse, bestificado.

– Ela aborreceu você? Desculpe. Ela não deveria estar com aquele tipo de literatura; alguém deve ter contrabandeado aquilo para ela.

Fat disse:

– Tudo bem. – Ele percebeu que isso o incomodava.

– Vamos anotar essas informações – o técnico psi disse, sentando-se com sua prancheta e sua caneta. – A data do seu nascimento.

Seu idiota, pensou Fat. Seu babaca idiota. Deus está aqui no seu sanatório psiquiátrico, caralho, e você nem sabe. Você foi invadido e nem sequer sabe disso.

Ele sentiu alegria.

Lembrou-se do registro 9 de sua exegese. **Ele viveu há muito tempo, mas ainda está vivo.** Ele ainda está vivo, pensou Fat. Depois de tudo o que aconteceu. Depois das pílulas, depois do pulso cortado, depois do escapamento do carro. Depois de ter sido internado. Ele ainda está vivo.

*   *   *

Depois de alguns dias, o paciente de quem ele mais gostava naquela ala era Doug, um grande, jovem e deteriorado hebefrênico que nunca vestia roupas cotidianas, mas usava simplesmente uma bata hospitalar aberta nas costas. As mulheres da ala lavavam, cortavam e penteavam os cabelos de Doug porque ele não possuía a capacidade de fazer essas coisas por conta própria. Doug não levava sua situação a sério, a não ser quando todos eles eram acordados para o café da manhã. Doug cumprimentava Fat com terror.

– A sala de TV tem demônios lá dentro – Doug sempre dizia, toda manhã. – Estou com medo de entrar lá. Você sente isso? Eu sinto isso até quando passo perto dela.

Quando todos faziam seus pedidos para o almoço Doug escrevia:

LAVAGEM

– Estou pedindo lavagem – ele disse para Fat.

– E eu estou pedindo terra – disse Fat.

No escritório central, que tinha paredes de vidro e uma porta trancada, a equipe observava os pacientes e fazia anotações. No caso de Fat, foi anotado que, quando os pacientes jogavam cartas (o que levava metade do tempo deles, já que não existia terapia), Fat nunca entrava no jogo. Os outros pacientes jogavam pôquer e vinte e um, enquanto Fat ficava sentado ali perto lendo.

– Por que é que você não joga cartas? – perguntou Penny, uma técnica psi.

– Pôquer e vinte e um não são jogos de cartas, mas jogos de azar – disse Fat, abaixando o livro. – Como não temos permissão de ter dinheiro para apostar, não há sentido em jogar.

– Eu acho que você deveria jogar cartas – disse Penny.

Fat sabia que havia recebido uma ordem de jogar cartas, então ele e Debbie jogaram jogos de cartas de crianças, como "mau--mau". Eles jogaram "mau-mau" por horas. A equipe ficou observando de dentro do escritório envidraçado e anotou o que viu.

Uma das mulheres havia conseguido conservar a posse de sua Bíblia. Para os trinta e cinco pacientes era a única Bíblia. Debbie não tinha permissão de olhar para ela. Entretanto, em uma esquina do corredor – eles ficavam trancados do lado de fora de seus quartos durante o dia, para que não pudessem se deitar e dormir – a equipe não conseguia ver o que estava acontecendo. Às vezes Fat pegava a cópia que eles tinham da Bíblia, a cópia comunitária, e entregava a Debbie para que ela desse uma lida rápida em um dos salmos. A equipe sabia o que eles estavam fazendo e os detestava por isso, mas, quando um técnico saía do escritório e descia o corredor, Debbie já havia se mandado.

Internos psiquiátricos sempre se movem a uma velocidade e uma velocidade somente. Mas alguns sempre se movem com lentidão e alguns sempre correm. Debbie, como era grande e pesada, deslizava lentamente, assim como Doug. Fat, que sempre andava com Doug, igualava a velocidade de seu passo à do dele. Juntos, andavam em círculos pelo corredor, conversando. Conversas em hospitais psiquiátricos lembram conversas em paradas de ônibus, porque em uma estação rodoviária está todo mundo esperando, e em um hospital psiquiátrico – especialmente em um hospital psiquiátrico municipal para internação – está todo mundo esperando. Eles esperam para sair.

Não acontece muita coisa em uma ala psiquiátrica, ao contrário do que os romances míticos relatam. Pacientes não têm o poder de dominar a equipe, e a equipe não chega a assassinar os pacientes. A maioria das pessoas lê ou vê TV ou fica sentada fumando ou tenta se deitar em um sofá e dormir, ou toma café ou joga cartas ou anda, e três vezes ao dia bandejas com comida são servidas. A passagem do tempo é designada pela chegada dos carrinhos com a comida. À noite, aparecem os visitantes e eles sempre sorriem. Os pacientes de um hospital psiquiátrico nunca conseguem entender por que as pessoas do lado de fora sorriem. Para mim, até hoje isso permanece um mistério.

A medicação, que é sempre mencionada como "med", é dada em intervalos irregulares, em copinhos de papel. Todo mundo recebe Thorazine mais alguma outra coisa. Eles não dizem a você o que você está tomando e vigiam para ter certeza de que você engoliu as pílulas. Às vezes as enfermeiras dos meds fazem uma cagada e trazem a mesma bandeja de medicação duas vezes. Os pacientes sempre avisam que acabaram de tomar a medicação dez minutos antes e as enfermeiras dão os remédios a eles do mesmo jeito. O erro nunca é descoberto até o fim do dia, e a equipe se recusa a conversar a respeito com os pacientes, todos os quais já têm nos seus organismos agora o dobro de Thorazine do que deveriam ter.

Jamais conheci um paciente psiquiátrico, até mesmo os paranoicos, que acreditasse que a dosagem dupla fosse uma tática para sedar excessivamente a ala de modo deliberado. Está patentemente óbvio que as enfermeiras são burras. As enfermeiras já têm trabalho suficiente para saber quem é quem entre os pacientes, e descobrir cada copinho de papel de cada paciente. Isso acontece porque a população de uma ala muda constantemente; novas pessoas chegam; o pessoal das antigas recebe alta. O perigo verdadeiro em uma ala mental é que alguém doidão de PCP[1] seja admitido por engano. A política da maioria dos hospitais psiquiátricos é recusar usuários de PCP e forçar a polícia armada a prendê-los. A polícia armada tenta constantemente forçar os usuários de PCP aos pacientes e equipes desarmadas de hospitais psiquiátricos. Ninguém quer lidar com um usuário de PCP, por bons motivos. Os jornais relatam constantemente como um *freak* de PCP, trancado em uma ala em algum lugar qualquer, arrancou o nariz de outra pessoa a mordidas ou arrancou os próprios olhos.

Fat foi poupado disso. Ele nem sequer sabia que esses horrores existiam. Isso se deu por intermédio do sábio planejamento do

---

[1] Também conhecida como Pó dos Anjos (Angel Dust).

OCMC, que garantiu que nenhum viciado em PCP acabasse na Ala Norte. Na verdade, Fat deve sua vida ao OCMC (e também dois mil dólares), embora sua mente ainda estivesse ferrada demais para que ele pudesse apreciar isso.

Quando Beth leu a conta discriminada item por item do OCMC, ela não acreditou no número de coisas que haviam feito com seu marido para mantê-lo vivo; a lista tinha cinco páginas. Chegava até a incluir oxigênio. Fat não sabia, mas as enfermeiras da ala de terapia intensiva cardíaca acreditavam que ele iria morrer. Elas o monitoraram constantemente. De vez em quando, na ala de terapia intensiva cardíaca, soava uma sirene de alarme de emergência. Isso queria dizer que alguém havia perdido os sinais vitais. Fat, deitado em sua cama, ligado como estava ao sistema de vídeo, sentia como se tivesse sido colocado ao lado de um pátio de troca de trens; os mecanismos de suporte de vida soavam constantemente seus vários ruídos.

É característico dos mentalmente doentes odiar aqueles que os ajudam e amar aqueles que conspiram contra eles. Fat ainda amava Beth e detestava o OCMC. Isso mostrava que ele pertencia à Ala Norte; disso não tenho dúvida. Beth sabia, quando pegou Christopher e foi embora para paradeiro desconhecido, que Fat tentaria o suicídio; ele havia tentado isso no Canadá. Na verdade, Beth planejava se mudar de volta assim que Fat se matasse. Isso ela contou para ele depois. Além disso, ela disse para ele que o seu fracasso na tentativa de suicídio a deixara furiosa. Quando ele perguntou a ela o que a havia deixado furiosa, Beth respondeu:

– Você demonstrou mais uma vez sua incapacidade de fazer qualquer coisa.

A distinção entre sanidade e insanidade é mais estreita que o fio de uma navalha, mais afiada que os dentes de um perdigueiro, mais ágil que uma gazela. Ela é mais difícil vislumbrar do que o mais sutil fantasma. Talvez ela nem sequer exista; talvez seja *mesmo* um fantasma.

Ironicamente, Fat não havia sido jogado na internação do sanatório por ser louco (embora ele fosse); o motivo, tecnicamente, consistia na lei do "perigo para si mesmo". Fat constituía uma ameaça ao seu próprio bem-estar, uma acusação que podia ser feita a muitas pessoas. Na época em que ele vivia na Ala Norte, uma série de testes psicológicos lhe foi administrada. Ele passou em todos, mas por outro lado teve o bom senso de não falar em Deus. Embora tivesse passado em todos os testes, Fat fingira em todos. Para passar o tempo, ele ficou desenhando sem parar figuras dos cavaleiros alemães que Alexander Nevski havia atraído para o gelo, seduzido para suas mortes. Fat se identificava com os cavaleiros teutônicos de armaduras pesadas, máscaras com fendas para os olhos e chifres de vaca se projetando de cada lado; ele desenhava cada cavaleiro carregando um enorme escudo e uma espada desembainhada; no escudo Fat escreveu: *"In hoc signo vincis"*, que ele leu em um maço de cigarros. Significa: "Com este sinal vencerás". O sinal assumiu a forma de uma cruz de ferro. Seu amor por Deus havia se transformado em raiva, uma raiva obscura. Ele tinha visões de Christopher correndo por um campo gramado, as pontas de seu casaquinho azul voejando atrás dele, Christopher correndo e correndo. Sem dúvida aquele era o próprio Horselover Fat correndo, a criança dentro dele, de qualquer modo. Correndo, fugindo de alguma coisa tão obscura quanto a sua raiva.

Além disso, ele escreveu diversas vezes:

Dico per spiritum sanctum. Haec veritas est. Mihi crede et mecum in aeternitate vivebis. Registro 28.

Isso quis dizer: "Falo por intermédio do Espírito Santo. Esta é a verdade. Crede em mim e viverás comigo na eternidade".

Certo dia, em uma lista de instruções impressas afixada na parede do corredor, ele escreveu:

Ex Deo nascimur, in Jesu mortimur, per spiritum sanctum reviviscimus.

Doug lhe perguntou o que significava aquilo.

– **"De Deus nascemos"** – traduziu Fat –, **"em Jesus morremos, pelo Espírito Santo voltamos a viver."**

– Você vai ficar aqui noventa dias – disse Doug.

Certa vez Fat encontrou um aviso postado que o fascinou. A nota estipulava o que não podia ser feito, em ordem de importância descendente. Perto do topo da lista, todas as pessoas a quem pudesse interessar receberam o aviso:

NINGUÉM DEVERÁ RETIRAR CINZEIROS DA ALA

E, mais abaixo, a lista dizia:

LOBOTOMIAS FRONTAIS NÃO SERÃO REALIZADAS SEM O CONSENTIMENTO POR ESCRITO DO PACIENTE

– O certo devia ser "pré-frontais" – disse Doug, e acrescentou o "pré".

– Como é que você sabe disso? – perguntou Fat.

– Existem duas maneiras de saber – disse Doug. – Ou o conhecimento surge através dos órgãos dos sentidos e é chamado conhecimento empírico, ou ele surge dentro de sua cabeça e é chamado de *a priori*. – Doug escreveu na nota:

SE EU TROUXER DE VOLTA OS CINZEIROS, POSSO FAZER MINHA PRÉ-FRONTAL?

– Você vai ficar aqui noventa dias – disse Fat.

Fora do prédio, a chuva desabava. Estava chovendo desde que Fat chegara à Ala Norte. Se ele ficasse em pé em cima da máquina de lavar da lavanderia, poderia enxergar por entre as barras de uma janela que dava para o estacionamento. As pessoas estacionavam seus carros e depois corriam debaixo da chuva. Fat ficou feliz por estar na ala, do lado de dentro.

O dr. Stone, que estava encarregado da ala, o entrevistou certo dia.

– Você havia tentado suicídio antes?– o dr. Stone lhe perguntou.

– Não – respondeu Fat, o que, claro, não era verdade. Naquele momento, ele não se lembrava mais do Canadá. A impressão que ele tinha era a de que sua vida havia começado duas semanas antes, quando Beth foi embora.

– Eu acho – disse o dr. Stone – que quando você tentou se matar, você entrou em contato com a realidade pela primeira vez.

– Talvez – disse Fat.

– O que vou dar a você – disse o dr. Stone, abrindo uma valise preta sobre sua mesinha atulhada de coisas – nós chamamos de florais de Bach. – Ele pronunciou *barr*. – Esses remédios orgânicos são destilados de determinadas flores que crescem no País de Gales. O dr. Bach perambulava pelos campos e pastagens de Gales experimentando cada estado mental negativo que existe. A cada estado que ele experimentava, ele pegava gentilmente uma flor atrás da outra. A flor adequada estremecia na palma da mão do dr. Bach e ele então desenvolveu métodos únicos de obtenção de essências em forma de elixir de cada flor e combinações de flores que preparei em uma base de rum. – Ele colocou três vidrinhos juntos em cima da mesa, encontrou uma garrafa maior, vazia, e derramou o conteúdo dos três vidros dentro dela. – Tome seis gotas por dia – disse dr. Stone. – Não há como os remédios de Bach machucarem você. Não são produtos químicos tóxicos. Eles irão remover sua sensação de insegurança e sua incapacidade de agir. Meu diagnóstico é que aquelas são as três áreas em que você possui bloqueios: medo, insegurança e incapacidade de agir. O que você deveria ter feito em vez de tentar se matar era pegar seu filho e afastá-lo de sua mulher: a lei da Califórnia diz que um filho menor de idade deve permanecer com o pai até que seja providenciada uma ordem judicial em contrário. E aí você deveria ter batido de leve em sua esposa. Com um jornal enrolado ou com uma lista telefônica.

– Obrigado – disse Fat, aceitando a garrafa. Ele podia ver que o dr. Stone era totalmente louco, mas de um modo bom. O dr. Stone era a primeira pessoa na Ala Norte, fora os pacientes, que havia conversado com ele como se fosse humano.

– Você tem muita raiva dentro de você – disse o dr. Stone. – Vou lhe emprestar um exemplar do *Tao Te Ching*. Você já leu Lao-Tsé?

– Não – admitiu Fat.

– Deixe-me ler para você esta parte aqui – disse o dr. Stone. Ele leu em voz alta.

"Sua parte superior não é estonteante;
sua parte inferior não é obscura.
Pouco visível, ela não pode ser nomeada
E retorna ao que não tem substância.
Isto se chama a forma que não tem forma,
A imagem que não tem substância.
Isto se chama indistinto e sombrio.
Suba até ela e você não verá sua cabeça;
Vá para trás dela e você não verá sua parte traseira."

Ao ouvir isso, Fat se lembrou dos registros 1 e 2 de seu diário. Ele os citou, de memória, para o dr. Stone.

1. Uma Mente existe; mas sob ela dois princípios combatem.

2. A Mente deixa entrar a luz, e depois as trevas; em interação; assim o tempo é gerado. Ao final, a Mente confere a vitória à luz; o tempo cessa e a Mente está completa.

– Mas – disse o dr. Stone – se a Mente confere a vitória à luz, e as trevas desaparecem, então a realidade irá desaparecer, já que a realidade é um composto de Yin e Yang em partes iguais.

– Yang é a Forma I de Parmênides – disse Fat. – Yin é a Forma II. Parmênides sustentava que a Forma II não existe na verdade. Somente a Forma I existe. Parmênides acreditava em um mundo monista. As pessoas *imaginam* que ambas as formas existem, mas estão erradas. Aristóteles relata que Parmênides iguala a Forma I com "aquilo que é" e a Forma II com "aquilo que não é". Logo, as pessoas estão iludidas.

Olhando de esguelha para ele, o dr. Stone perguntou:

– Qual é a sua fonte?

– Edward Hussey – disse Fat.

– Ele leciona em Oxford – disse o dr. Stone. – Eu estudei em Oxford. Na minha opinião, Hussey é inigualável.

– Você tem razão – disse Fat.

– O que mais você pode me dizer? – perguntou o dr. Stone.

Fat disse:

– O tempo não existe. Este é o grande segredo conhecido por Apolônio de Tiana, Paulo de Tarso, Simon Magus, Paracelso, Jakob Boehme e Giordano Bruno. O universo está se contraindo em uma entidade unitária que está se completando. Decomposição e desordem são vistas por nós em reverso, como aumentando. A entrada 18 de minha exegese diz: "**O tempo real cessou em 70 E.C., com a queda do Templo de Jerusalém. Ele recomeçou em 1974. O período intermediário foi uma interpolação perfeitamente espúria que imitou a criação da Mente**".

– Interpolado por quem? – perguntou o dr. Stone.

– Pela Prisão de Ferro Negro, que é uma expressão do Império. O que me foi... – Fat havia começado a dizer "O que me foi revelado". Tornou a escolher suas palavras. – O que foi mais importante em minhas descobertas é isto: "**O Império nunca acabou**".

Curvado para diante em sua mesa, o dr. Stone cruzou os braços, balançou o corpo para a frente e para trás e analisou Fat, esperando ouvir mais.

– É tudo o que sei – disse Fat, com cautela atrasada.

– Estou muito interessado no que você está dizendo – disse o dr. Stone.

Fat percebeu que existiam ali duas possibilidades e apenas duas; ou o dr. Stone era inteiramente louco – não apenas louco, mas totalmente – ou então, de forma profissional e excelente, ele havia conseguido com que Fat conversasse; ele havia atraído Fat para fora e agora sabia que Fat era totalmente maluco. O que significava que Fat podia esperar tranquilamente uma visita ao tribunal e noventa dias.

Esta é uma triste descoberta.

1) Os que concordam com você são loucos.

2) Os que não concordam com você são os que detêm o poder.

Estas foram as descobertas gêmeas que agora passavam pela cabeça de Fat. Ele decidiu ir até o fim, contar ao dr. Stone o registro mais fantástico de sua exegese.

– **Registro número vinte e quatro** – disse Fat. – **"Em forma adormecida de semente, como informação viva, o plasmado adormecido na biblioteca enterrada de códices em Chenoboskion até..."**

– O que é "Chenoboskion"? – interrompeu o dr. Stone.

– Nag Hammadi.

– Ah, a biblioteca dos gnósticos – o dr. Stone concordou com a cabeça. – Descoberta e lida em 1945, mas jamais publicada. "Informação viva?" – Seus olhos se fixaram em Fat, numa análise intensa.

– Informação viva – ele repetiu. E então disse: – O Logos.

Fat estremeceu.

– Sim – disse o dr. Stone. – O Logos seria informação viva, capaz de se replicar.

– De se replicar não por meio de informação – disse Fat – na informação, mas *como* informação. Foi isso o que Jesus quis dizer quando falou elipticamente da "semente de mostarda" que, ele disse, "cresceria e se tornaria uma árvore grande o bastante para que as aves do céu se abrigassem à sua sombra".

– Não existe árvore de mostarda – concordou o dr. Stone. – Então Jesus não poderia ter dito isso literalmente. Isso se encaixa com o pretenso tema "secreto" de Marcos; o de que ele não queria que gente de fora soubesse a verdade. E você sabe?

– Jesus previu não somente sua própria morte, mas a de todos... – Fat hesitou. – **Homoplasmados**. Este é um ser humano com o qual o plasmado cruzou. Simbiose interespécie. **Como informação viva, o plasmado viaja subindo o nervo óptico de um humano até o corpo pineal. Ele usa o cérebro humano como um hospedeiro feminino...**

O dr. Stone grunhiu e se contorceu violentamente.

– **...no qual se replica em sua forma ativa** – disse Fat. – **Os alquimistas herméticos sabiam disso em teoria, a partir de textos antigos, mas não conseguiam duplicar isso, pois não conseguiam localizar o plasmado enterrado adormecido.**

– Mas você está dizendo que o plasmado, o Logos, foi enterrado em Nag Hammadi!

– Sim, quando os códices foram lidos.

– Você tem certeza de que não estavam em forma adormecida de semente em Qumran? Na Caverna Cinco?

– Bem – Fat disse, sem ter muita certeza.

– De onde o plasmado veio originalmente?

Depois de uma pausa, Fat respondeu:

– De outro sistema estelar.

– Você gostaria de identificar esse sistema estelar?

– Sírius – disse Fat.

– Então você acredita que o Povo de Dogon do Sudão ocidental é a fonte do cristianismo?

– Eles usam o sinal do peixe – disse Fat. – Para Nommo, o gêmeo bondoso.

– Que seria a Forma I ou Yang.

– Certo – disse Fat.

– E Yurugu é a Forma II. Mas você acredita que a Forma II não existe.

– Nommo precisou destruí-la – disse Fat.

– É o que o mito japonês estipula, de certa forma – disse o dr. Stone. – O mito cosmogônico deles. O gêmeo fêmea morre dando à luz o fogo; então ela desce para baixo da terra. O gêmeo macho vai atrás dela para restaurá-la, mas a encontra em decomposição e parindo monstros. Ela o persegue e ele a encerra dentro da terra.

Surpreso, Fat disse:

– Ela está em decomposição e mesmo assim ainda dá à luz?

– Somente a monstros – disse o dr. Stone.

Por volta dessa época, duas novas proposições entraram na cabeça de Fat, devido a essa conversa particular.

1) Algumas das pessoas que detêm o poder são loucas.

2) E elas estão certas.

Por "certas", entenda-se "em contato com a realidade". Fat havia revertido de volta ao seu insight mais tenebroso, o de que o universo e a Mente por trás dele que o governa são ambos totalmente irracionais. Ele ficou imaginando se deveria mencionar isso para o dr. Stone, que parecia compreender Fat melhor do que qualquer outra pessoa durante toda a vida de Fat.

– Dr. Stone – ele disse –, existe uma coisa que eu gostaria de perguntar ao senhor. Quero sua opinião profissional.

– Diga lá.

– Será que o universo poderia ser irracional?

– Você quer dizer não guiado por uma mente. Sugiro que você consulte Xenófanes.

– Claro – disse Fat. – Xenófanes de Colofão. "Um deus existe, de nenhuma maneira igual às criaturas mortais ou em forma corporal ou no pensamento de sua mente. O todo dele vê, o todo dele pensa, o todo dele ouve. Ele fica sempre sem movimento no mesmo lugar; não está certo...

– "Adequado" – corrigiu o dr. Stone. – Não é adequado que ele deva se mover ora desse jeito, ora de outro. – E a parte importante, o *Fragmento 25*. "Mas, sem esforço, ele cede todas as coisas pelo pensamento de sua mente."

– Mas ele poderia ser irracional – disse Fat.

– Como saberíamos?

– Todo o universo seria irracional.

O dr. Stone perguntou:

– Comparado a quê?

Nisso Fat não havia pensado. Mas, assim que pensou, percebeu que isso não reduzia o seu medo; só o aumentava. Se todo o universo era irracional, pois era comandado por uma mente irracional – ou seja, louca – espécies inteiras poderiam surgir, viver e perecer sem jamais se dar conta, precisamente pela razão que Stone havia acabado de dar.

– O Logos não é racional – Fat deduziu em voz alta. – O que eu chamo de plasmado. Enterrado como informação nos códices de Nag Hammadi. O que está de volta conosco agora, criando novos homoplasmados. Os romanos, o Império matou todos os originais.

– Mas você diz que o tempo real cessou em 70 E.C., quando os romanos destruíram o Templo. Logo, ainda estamos em tempos romanos; os romanos ainda estão aqui. Isso é mais ou menos... – o dr. Stone calculou – cerca de 100 E.C.

Então Fat percebeu que isso explicava sua dupla exposição, a superposição que ele havia visto da Roma antiga e da Califórnia de 1974. O dr. Stone havia solucionado isso para ele.

O psiquiatra encarregado de tratá-lo para sua loucura a havia ratificado. Agora Fat jamais fugiria da fé em seu encontro com Deus. O dr. Stone a havia pregado com força no lugar.

5

Fat passou treze dias na Ala Norte, tomando café, lendo e perambulando com Doug, mas não conseguiu mais falar com o dr. Stone porque Stone tinha muitas responsabilidades, pois era o encarregado de toda a ala e de todo mundo que a compunha, tanto equipe quanto pacientes.

Bem, lá ele chegou a ter uma brevíssima conversa no momento em que recebeu alta da ala.

– Eu acho que você está pronto para ir embora – Stone disse todo animado.

Fat disse:

– Mas deixe eu perguntar uma coisa ao senhor. Não estou falando de nenhuma mente dirigindo o universo. Estou falando de uma mente como aquela que Xenófanes concebeu, mas a mente é louca.

– Os gnósticos acreditavam que a divindade criadora era louca – disse Stone. – Cega. Quero lhe mostrar uma coisa. Ainda não foi publicada; tenho uma transcrição de Orval Wintermute, que está atualmente trabalhando com Bethge na tradução dos códices de Nag Hammadi. Esta citação vem de *Sobre a Origem do Mundo*. Leia.

Fat leu para si mesmo, segurando a preciosa transcrição.

"Ele disse: 'Eu sou deus e nenhum outro existe além de mim'. Mas, quando ele disse essas coisas, pecou contra todos os outros imortais (imperecíveis), e eles o protegeram. Além do mais, quando Pistis viu a impiedade do principal governante, ficou furiosa. Sem ser vista, ela disse: 'Tu erras, Samael', i.e., o deus cego. 'Um homem imortal iluminado existe antes de você. Isso aparecerá dentro de seus corpos moldados. Ele esmagará você como a argila do oleiro, (que) é esmagada. E você irá com aqueles que são seus até a sua mãe, o abismo'."

Na hora, Fat compreendeu o que havia acabado de ler. Samael era a divindade criadora, e ele imaginou que era o único deus, conforme afirmado no Gênesis. Entretanto, ele era cego, ou seja, velado. "Velado" era o termo fulcral para Fat. Ele abrangia todos os demais termos: insano, louco, irracional, pirado, fodido, ferrado, psicótico. Em sua cegueira (estado de irracionalidade; i.e., cortado da realidade), ele não percebeu que...

O que dizia a transcrição? Febril, ele a percorreu com os olhos, mas o dr. Stone lhe deu umas palmadinhas no braço e disse que ele podia ficar com a transcrição; Stone já havia tirado várias fotocópias dela.

Um homem imortal iluminado existiu antes da divindade criadora, e esse homem imortal iluminado apareceria dentro da raça humana que Samael iria criar. E esse homem imortal iluminado que havia existido *antes* da divindade criadora esmagaria o criador iludido cego e fodido como se fosse a argila de um oleiro.

Daí o encontro de Fat com Deus – o verdadeiro Deus – ter se dado por intermédio do potinho Oh Ho que Stephanie havia feito para ele em seu torno.

– Então eu tenho razão sobre Nag Hammadi – ele disse para o dr. Stone.

– Você saberia – disse o dr. Stone, e depois ele disse uma coisa que ninguém jamais havia dito para Fat antes. – Você é a autoridade – disse o dr. Stone.

Fat percebeu que Stone havia recuperado sua – a de Fat – vida espiritual. Stone o havia salvo; ele era um mestre da psiquiatria. Tudo o que Stone havia dito e feito cara a cara com Fat tinha uma base terapêutica, um impulso terapêutico. Se o conteúdo das informações de Stone era correto ou não, isso não era importante; o objetivo dele desde o começo havia sido de restaurar a fé de Fat em si mesmo, que havia desaparecido quando Beth foi embora – que havia desaparecido, na verdade, quando ele não conseguira salvar a vida de Gloria anos antes.

O dr. Stone não era louco; Stone era um médico. Ele estava na profissão certa. Provavelmente ele havia curado muitas pessoas e de muitas maneiras. Ele adaptava sua terapia ao indivíduo, e não o indivíduo à terapia.

Macacos me mordam, pensou Fat.

Naquela simples frase, "Você é a autoridade", Stone devolvera a Fat sua alma.

A alma que Gloria, com seu terrível jogo de morte psicológico maligno, havia roubado.

Eles – reparem no "eles" – pagaram ao dr. Stone para descobrir o que havia destruído o paciente que entrara na ala. Em qualquer um dos casos, uma bala havia sido disparada na direção dele, em algum lugar, em algum momento em sua vida. A bala penetrara nele e a dor começara a se espalhar. Insidiosamente, a dor o preencheu até que ele se partiu ao meio, bem no meio. A tarefa da equipe, e até mesmo dos outros pacientes, era recompor a pessoa, mas isso não podia ser feito enquanto a bala permanecesse. Tudo o que os terapeutas menores faziam era anotar que a pessoa se dividia em duas partes e começar o trabalho de recosturá-la em uma unidade; mas elas não conseguiam encontrar nem remover a bala. A bala fatal disparada sobre a pessoa era a base do ataque original de Freud à pessoa ferida psicologicamente; Freud havia compreendido: ele chamava isso de trauma. Posteriormente, todo mundo ficou cansado de procurar a tal bala fatal; levava muito tempo. Muita coisa precisava ser aprendida sobre o paciente. O dr. Stone tinha um talento paranormal, assim como seus florais de Bach paranormais, que eram uma visível cascata, um pretexto para escutar o paciente. Rum com uma flor mergulhada dentro – nada mais, mas uma mente aguçada ouvindo o que o paciente dizia.

O dr. Leon Stone acabou se tornando uma das pessoas mais importantes na vida de Horselover Fat. Para chegar até Stone, Fat precisou quase se matar fisicamente, entrando em sintonia com sua morte mental. Era isso o que queriam dizer a respeito das maneiras misteriosas pelas quais Deus age? De que outra forma Fat poderia ter ficado vinculado a Leon Stone? Somente algum ato patético do nível de uma tentativa de suicídio, uma tentativa verdadeiramente letal, teria conseguido isso; Fat precisava morrer, ou quase morrer, para ser curado. Ou quase curado.

Fico me perguntando onde Leon Stone clinica hoje em dia. Qual será sua taxa de recuperação? Como será que ele conseguiu suas habilidades paranormais? Fico me perguntando um monte de coisas. O pior evento na vida de Fat – quando Beth o deixou, levando Christopher, e Fat tentando se matar – provocara consequências benignas ilimitadas. Se você julgar os méritos de uma sequência pelo seu resultado final, Fat havia simplesmente acabado de passar pelo melhor período de sua vida; ele emergiu da Ala Norte forte como nunca. Afinal de contas, nenhum homem é infinitamente forte; para toda criatura que corre, voa, salta ou rasteja existe uma nêmese terminal da qual ele não poderá escapar, e que finalmente o matará. Mas o dr. Stone havia adicionado o elemento perdido para Fat, o elemento que lhe fora roubado, de modo semideliberado, por Gloria Knudson, que desejava levar com ela o máximo de pessoas que conseguisse: autoconfiança. "Você é a autoridade", Stone havia dito, e isso foi o suficiente.

Eu sempre disse às pessoas que para cada pessoa existe uma sentença – uma série de palavras – que tem o poder de destruí-la. Quando Fat me falou de Leon Stone, percebi (isso me ocorreu anos após a primeira descoberta) que existe outra sentença, outra série de palavras, que cura a pessoa. Se você tiver sorte, receberá a segunda; mas você pode ter certeza de que vai conseguir a primeira: é assim que a coisa funciona. Por conta própria, sem treinamento, os indivíduos sabem como lidar com a sentença letal, mas é necessário treinamento para lidar com a segunda. Stephanie chegara perto quando fez o potinho de cerâmica Oh Ho e o presenteou a Fat como seu presente de amor, um amor cujas habilidades verbais para articular ela não possuía.

Como, quando Stone deu a Fat o material de transcriação do códice de Nag Hammadi, ele havia conhecido o significado de *pote* e *oleiro* para Fat? Para saber disso, Stone teria de ser telepata. Bem, eu não tenho teoria que explique isso. Fat, naturalmente, tem. Ele acredita que, assim como Stephanie, o dr. Stone era uma microforma de Deus. É por isso que eu digo que Fat está quase curado, não curado.

Contudo, ao considerar pessoas benignas como microformas de Deus, Fat pelo menos permanecia em contato com um deus bom, não um deus cego, cruel ou mau. Esse ponto deveria ser considerado. Fat tinha uma grande consideração para com Deus. Se o Logos fosse racional, e o Logos igualava Deus, então Deus tinha de ser racional. É por isso que a afirmação no Quarto Evangelho sobre a identidade do Logos é tão importante: *"Kai theos en ho logos"*, que significa "e o verbo era Deus". No Novo Testamento, Jesus diz que ninguém viu Deus senão ele; isto é, Jesus Cristo, o Logos do Quarto Evangelho. Se isso é correto, o que Fat vivenciou foi o Logos. Mas o Logos *é* Deus; portanto, vivenciar Cristo é vivenciar Deus. Talvez uma afirmação mais importante que aparece num livro do Novo Testamento que a maioria das pessoas não leu; elas leem os evangelhos e as cartas de Paulo, mas quem lê a *Primeira Epístola de João*?

"Caríssimos, desde já somos filhos de Deus, mas o que nós seremos ainda não se manifestou. Sabemos que por ocasião desta manifestação seremos semelhantes a ele, porque o veremos tal como ele é."

(1João 3,2)

Pode-se argumentar que esta é a afirmação mais importante do Novo Testamento; certamente é a afirmação mais importante não conhecida geralmente. *Seremos semelhantes a ele.* Isso quer dizer que o homem é isomórfico com Deus. *O veremos tal como ele é.* Ocorrerá uma teofania, pelo menos para alguns. Fat poderia basear as credenciais para seu encontro nessa passagem. Ele poderia alegar que seu encontro com Deus consistia em um cumprimento da promessa de *(1João 3,2)*: conforme os estudiosos da Bíblia indicam, uma espécie de código que eles podem ler em um instante, por mais críptico que pareça. Estranhamente, até certo ponto essa passagem bate de frente com a transcrição de Nag Hammadi que o dr. Stone entregara a Fat no dia em que recebeu alta da Ala Norte. O Homem e o verdadeiro Deus são idênticos – assim como o Logos e o verdadeiro Deus são –, mas um criador cego lunático e seu mundo fodido das ideias separaram o homem de Deus. O fato de que o criador cego sinceramente imagine que ele é o verdadeiro Deus somente revela a extensão de sua oclusão. Isso é o gnosticismo. No gnosticismo, o homem pertence com Deus *contra* o mundo e o criador do mundo (ambos os quais são loucos, percebam eles isso ou não). A resposta à questão de Fat, "O universo é irracional, e ele é irracional porque uma mente irracional o governa?", recebe esta resposta, via dr. Stone: "Sim, é sim, o universo é irracional; a mente que o governa é irracional; mas acima deles existe outro Deus, o verdadeiro Deus, e ele *não* é irracional; além disso, esse verdadeiro Deus venceu os poderes deste mundo, se aventurou até aqui para nos ajudar, e nós o conhecemos como o Logos", que, segundo Fat, é informação viva.

Talvez Fat tenha discernido um vasto mistério, ao chamar o Logos de informação viva. Mas talvez não. Provar coisas desse tipo é difícil. A quem você pergunta? Fat, felizmente, perguntou a Leon Stone. Ele poderia ter perguntado a um membro da equipe, e nesse caso ainda estaria na Ala Norte tomando café, lendo, caminhando com Doug.

Acima de tudo o mais, suplantando todos os demais aspectos, objetos, qualidades de seu encontro, Fat havia testemunhado um poder benigno *que havia invadido este mundo*. Nenhum outro termo se encaixava: o poder benigno, fosse o que fosse, havia *invadido* este mundo, como um campeão pronto para entrar numa batalha. Isso o apavorou, mas também o empolgou porque ele entendeu o que isso significava. A ajuda havia chegado.

O universo podia ser irracional, mas alguma coisa racional havia irrompido dentro dele, como um ladrão na noite invade uma casa que dorme, inesperadamente em termos de lugar, em termos de tempo. Fat havia visto isso: não porque houvesse alguma coisa de especial a respeito dele – mas porque a coisa queria que ele a visse.

Normalmente ela permanecia sob camuflagem. Normalmente, quando aparecia, ninguém conseguia distingui-la do fundo – figura contra fundo, como Fat corretamente expressava. Ele tinha um nome para isso.

Zebra. Porque se fundia. O nome disso é mimese. Outro nome é imitação. Determinados insetos fazem isso; eles imitam outras coisas: às vezes outros insetos – venenosos – ou gravetos e coisas do gênero. Certos biólogos e naturalistas já especularam que formas superiores de imitação poderiam existir, já que formas inferiores – ou seja, formas que tapeiam os que desejam ser tapeados mas não nós – têm sido encontradas em todo o mundo.

E se uma forma alta de imitador senciente existisse – uma forma tão elevada que nenhum humano (ou poucos humanos) a tivesse detectado? E se ela só pudesse ser detectada se *quisesse* ser detectada? Ou seja, não verdadeiramente detectada, já que nessas circunstâncias ela teria avançado para fora de seu estado de camuflagem para se revelar. "Revelação" poderia, nesse caso, ser igual a "teofania". O ser humano surpreso diria, eu vi Deus; ao passo que, na verdade, ele viu apenas uma altamente evoluída forma de vida ultraterrestre, um UT, ou uma forma de vida extraterrestre (um ET) que veio para cá em algum momento no passado... e talvez, como

Fat conjeturou, adormecera por quase dois mil anos em semente, dormente como informação viva nos códices de Nag Hammadi, o que explicaria por que relatos de sua existência haviam irrompido abruptamente por volta de 70 E.C.

Registro 33 do diário de Fat (i.e., sua exegese):

Esta solidão, esta angústia da Mente devastada, é sentida por cada parte constituinte do universo. Todas as suas partes constituintes estão vivas. Logo, os pensadores gregos antigos eram hilozoístas.

Um "hilozoísta" acredita que o universo está vivo; é aproximadamente a mesma ideia que o pan-psiquismo, que tudo é animado. O pan-psiquismo ou hilozoísmo se encaixam em duas classes de crenças:

1) Cada objeto está vivo de modo independente.

2) Tudo é uma entidade unitária; o universo é uma coisa, viva, com uma mente.

Fat havia encontrado uma espécie de meio-termo. O universo consiste de uma vasta entidade irracional *dentro da qual* irrompeu uma forma de vida de alta ordem que se camufla por intermédio de um sofisticado sistema de imitação; logo, enquanto quiser, ela permanece – por nós – sem ser detectada. Ela imita objetos e processos causais (isto é o que Fat afirma); não só objetos, mas o que os objetos fazem. A partir disso, você pode concluir que Fat concebe Zebra como sendo muito grande.

Após um ano analisando seu encontro com Zebra, ou Deus, ou o Logos, o que for, Fat chegou primeiro à conclusão de que ele havia invadido nosso universo; e um ano depois percebeu que estava consumindo – ou seja, devorando – nosso universo. Zebra realizava isso por meio de um processo muito parecido com a transubstanciação. Esse é o milagre da comunhão no qual as duas espécies, o vinho e o pão, se tornam de modo invisível o sangue e o corpo de Cristo.

Em vez de ver isso na igreja, Fat vira isso acontecer no mundo exterior; e não em microforma, mas em macroforma, ou seja, em uma escala tão vasta que ele não conseguia estimar seus limites. Todo o universo, possivelmente, está no processo invisível de se transformar no Senhor. E com esse processo surge não só a senciência, mas... a sanidade. Para Fat isso seria um alívio e uma bênção. Ele já havia suportado a insanidade por tempo demais, tanto em si mesmo quanto fora de si. Nada poderia ter lhe agradado mais.

Se Fat era psicótico, você tem de admitir que é um tipo estranho de psicose acreditar que você encontrou uma invasão do irracional pelo racional. Como você trata isso? Manda a pessoa afetada de volta à estaca zero? Nesse caso, ele está agora cortado do racional. Isso não faz sentido em termos de terapia; é um oxímoro, uma contradição verbal.

Mas um problema semântico ainda mais básico é exposto aqui. Suponha que eu diga a Fat, ou que Kevin diga a Fat: "Você não vivenciou Deus. Você meramente vivenciou alguma coisa com as qualidades, aspectos, natureza, poderes, sabedoria e a bondade de Deus". Isso é igualzinho àquela piada da tendência que os alemães têm às abstrações duplas; uma autoridade alemã em literatura inglesa declara: "*Hamlet* não foi escrita por Shakespeare; foi meramente escrita por um homem chamado Shakespeare". Em inglês a distinção é verbal e sem sentido, embora o alemão como idioma expresse a diferença (que é a responsável por algumas das estranhas características da mente alemã).

"Eu vi Deus", declara Fat, e Kevin, eu e Sherri declaramos: "Não, você apenas viu alguma coisa *parecida* com Deus, exatamente igual a Deus". E, tendo dito isso, não ficamos para ouvir a resposta, como Pilatos, ao perguntar: "O que é a verdade?".

Zebra irrompeu em nosso universo e disparou um raio atrás do outro de luz colorida rica em informação no cérebro de Fat, atravessando seu crânio bem no meio, cegando-o, fodendo com ele e deixando-o doidão e dopadão, mas lhe dando conhecimento além do possível. Para começar, isso salvou a vida de Christopher.

Falando de modo mais preciso, a coisa não irrompeu para disparar a informação; já havia irrompido, em alguma data passada. O que ela fez foi avançar para fora do seu estado de camuflagem; ela se revelou como figura contra fundo e disparou informação a uma taxa que nossos cálculos não calibram; ela disparou bibliotecas inteiras para dentro dele em nanossegundos. E continuou a fazer isso por oito horas de tempo corrido real. Muitos nanossegundos existem em oito horas de TCR. À velocidade da luz, você pode carregar o hemisfério direito do cérebro humano com uma quantidade titânica de dados gráficos.

Paulo de Tarso teve uma experiência semelhante. Há muito tempo. Grande parte disso ele se recusou a discutir. Segundo seus próprios depoimentos, a maior parte da informação disparada em sua cabeça – bem no meio dos olhos, durante sua viagem a Damasco – morreu com ele sem que tivesse dito algo a respeito. O caos reina no universo, mas São Paulo sabia com quem havia conversado. Ele mencionou isso. Zebra também se identificou para Fat. Ela se denominou "Santa Sofia", uma designação com a qual Fat não tinha familiaridade. "Santa Sofia" é uma hipóstase incomum de Cristo.

Os homens e o mundo são mutuamente tóxicos um para o outro. Mas Deus – o verdadeiro Deus – penetrou ambos, penetrou o homem e penetrou o mundo, e nivelou a paisagem. Mas esse Deus, o Deus de fora, encontra uma feroz oposição. Fraudes – as ilusões provocadas pela loucura – abundam e se mascaram como o oposto de um espelho: posam de sanidade. As máscaras, entretanto, vão caindo, e a loucura se revela. É uma coisa feia de se ver.

O remédio está aqui, mas a doença também. Como Fat repete obsessivamente, **"O Império nunca terminou"**. Em uma resposta surpreendente para a crise, o verdadeiro Deus imita o universo, a própria região que invadiu: ele toma a forma de gravetos, árvores e latas de cerveja na sarjeta – ele presume que sejam lixo descartado, destroços nos quais ninguém mais repara. Espreitando, o verdadeiro Deus literalmente embosca a realidade e nós com ela. Deus, falando a própria verdade, nos ataca e fere, em seu papel de antídoto. Como Fat pode testemunhar, é uma experiência aterradora levar pancada do Deus Vivo. Por isso dizemos, o verdadeiro Deus tem o hábito de se esconder. Dois mil e quinhentos anos se passaram desde que Heráclito escreveu "A forma latente é a senhora da forma óbvia" e "A natureza das coisas tem o hábito de se ocultar".

Então o racional, como uma semente, jaz escondido dentro do aglomerado irracional. Que objetivo o aglomerado irracional serve? Pergunte a si mesmo o que Gloria ganhou morrendo; não em termos de sua morte *versus* ela própria, mas em termos daqueles que a amavam. Ela retribuiu o amor deles com... bem, com o quê? Maldade? Não comprovado. Ódio? Não comprovado. Com o irracional? Sim; comprovado. Em termos do efeito sobre os amigos dela – como Fat –, nenhum objetivo lúcido foi atendido, mas havia um objetivo: objetivo sem objetivo, se você consegue conceber uma coisa dessas. O motivo dela não era motivo algum. Estamos falando de niilismo. Debaixo de tudo o mais, até mesmo sob a própria morte e o desejo de morte, jaz alguma outra coisa, e essa alguma outra coisa é nada. O estrato básico rochoso da realidade é a irrealidade; o universo é irracional porque ele é construído não sobre mera areia movediça – mas sobre o que não é areia movediça.

Saber disso não ajudou Fat em nada: o *porquê* de Gloria levá-lo consigo – ou fazer o melhor possível para isso – quando ela entrou em modo "filha da puta", ele poderia ter dito, se tivesse conseguido agarrá-la: "Só me diga por quê, por quê, caralho, por quê?". Ao que o universo responderia sem emoção: "Meus objetivos não podem ser conhecidos, ó, homem". O que equivale a dizer: "Meus objetivos não fazem sentido, nem os objetivos daqueles que habitam em mim".

A má notícia que estava chegando para Fat era, felizmente, ainda desconhecida para ele, naquele ponto, naquele momento de sua alta da Ala Norte. Ele não podia voltar para Beth, então para quem poderia voltar quando chegasse ao mundo exterior? Em sua mente, durante sua estada na Ala Norte, Sherri, que estava em remissão de seu câncer, o havia visitado fielmente. Logo, Fat havia ativado um engrama sobre ela, acreditando que, se tinha um único amigo de verdade em todo o mundo, esse amigo era Sherri Solvig. Seu plano havia lentamente começado a surgir diante dele como um sol que nasce: ele iria morar com Sherri, ajudando a manter a moral dela elevada durante sua remissão, e, se ela perdesse a remissão, ele cuidaria dela assim como ela havia cuidado dele durante o tempo que passara no hospital.

Em nenhum sentido o dr. Stone havia curado Fat, quando o motor que impulsionava Fat foi exposto mais tarde. Fat estava se aproximando da morte mais rapidamente e de maneira mais especializada desta vez do que jamais havia feito antes. Ele se tornara um profissional em buscar a dor; aprendera as regras do jogo e agora sabia jogar. O que Fat em sua loucura – adquirida de um universo lunático; assim rotulado dessa maneira pela própria análise de Fat – procurava era ser arrastado para o buraco junto com alguém que quisesse morrer. Se ele tivesse folheado seu caderninho de endereços, não teria encontrado fonte melhor do que Sherri, "Mandou bem, Fat", eu teria dito a ele se eu soubesse o que estava planejando para seu futuro, durante sua estada na Ala Norte. "Desta vez você marcou um gol de placa mesmo." Eu conhecia Sherri; eu sabia que ela passava todo o seu tempo tentando encontrar um jeito de perder sua remissão. Eu sabia disso porque ela expressava fúria e ódio, constantemente, com os médicos que a haviam salvo. Mas eu não sabia o que Fat havia planejado. Fat fazia disso um segredo, até mesmo de Sherri. Eu vou ajudá-la, Fat disse a si mesmo nas profundezas de sua mente ferrada. Eu vou ajudar Sherri a permanecer saudável, mas, se ela ficar doente novamente, lá estarei eu ao seu lado, pronto para fazer tudo por ela.

O erro dele, quando desconstruído e analisado, era o seguinte: Sherri não somente planejou ficar doente de novo; ela, assim como Gloria, planejou levar o máximo de pessoas possível consigo – em proporção direta ao amor que sentiam para com ela. Fat a amava, e, pior, sentia gratidão para com ela. A partir dessa argila, Sherri podia fazer um pote com o torno de cerâmica distorcido que ela usava no lugar do cérebro e que destruiria o que Leon Stone havia feito, esmagaria o que Stephanie havia feito, destruiria o que Deus havia feito. Sherri tinha mais poder em seu corpo enfraquecido do que todas essas outras entidades combinadas, incluindo o Deus vivo. Fat havia decidido se vincular ao Anticristo. E isso com base nos motivos mais elevados: amor, gratidão e o desejo de ajudá-la. Exatamente aquilo de que os poderes do inferno se alimentam: os melhores instintos do homem.

Como era pobre, Sherri Solvig vivia em um quartinho de despejo sem cozinha; tinha de lavar a louça na pia do banheiro. O teto apresentava uma enorme mancha de água, de um vaso sanitário no andar de cima que havia transbordado. Como já havia visitado a casa dela algumas vezes, Fat conhecia o lugar e o considerava deprimente. Tinha a impressão de que se Sherri se mudasse para um apartamento bonito, moderno e com cozinha, seu estado de espírito melhoraria muito.

Escusado dizer que a mente de Fat jamais percebeu que Sherri procurava esse tipo de moradia. A habitação caindo aos pedaços que a cercava era o resultado de sua doença, e não a causa; ela conseguia recriar essas condições onde quer que fosse – o que Fat acabou descobrindo.

Naquele momento no tempo, entretanto, Fat havia configurado sua linha de montagem física e mental para produzir uma série infindável de boas ações para com a pessoa que, antes de todas as outras pessoas, o havia visitado na ala de terapia cardíaca intensiva e depois na Ala Norte. Sherri tinha documentos oficiais que declaravam que ela era cristã. Duas vezes por semana ela recebia a comunhão, e um dia entraria para uma ordem religiosa. Além disso, chamava seu padre pelo primeiro nome. Não se pode chegar mais próximo da santidade do que isso.

Umas duas vezes, Fat contara a Sherri sobre seu encontro com Deus. Isso não a havia impressionado, pois Sherri Solvig acreditava que só se podia encontrar Deus através de certos canais. Ela própria tinha acesso a esses canais, ou seja, seu padre, Larry.

Certa vez, Fat leu para Sherri uma passagem da *Encyclopedia Britannica* sobre o "tema do segredo" em Marcos e Mateus, a ideia de que Cristo ocultava seus ensinamentos sob a forma de parábolas para que a multidão – ou seja, os muitos que estavam de fora do grupo – não o compreendesse e assim não pudesse ser salva. Cristo, segundo esse ponto de vista ou tema, pretendia que a salvação fosse apenas para seu pequeno rebanho. A *Britannica* discutia isso sem rodeios.

– Isso é idiotice – disse Sherri.

Fat disse:

– Você quer dizer que a *Britannica* está errada ou que a Bíblia está errada? A *Britannica* só está...

– A Bíblia não diz isso – disse Sherri, que lia a Bíblia o tempo todo, ou pelo menos tinha sempre junto a si um exemplar dela.

Fat levou horas para encontrar a citação em Lucas; finalmente a achou e a colocou diante de Sherri:

"Seus discípulos perguntavam-lhe o que significaria tal parábola. Ele respondeu: 'A vós foi dado conhecer os mistérios do Reino de Deus; aos outros, porém, em parábolas, a fim de que vejam sem ver e ouçam sem entender'."

(*Lucas 8,9-10*)

– Vou perguntar a Larry se esta é uma das partes corruptas da Bíblia – disse Sherri.

Emputecido, Fat disse:

– Sherri, por que é que você não recorta todas as partes da Bíblia com as quais concorda e as cola juntas? E não precisa lidar com o restante.

– Não seja grosso – Sherri disse, enquanto pendurava roupas em seu armário minúsculo.

Não obstante, Fat imaginava que basicamente ele e Sherri compartilhavam um vínculo comum. Ambos concordavam que Deus existia; que Cristo havia morrido para salvar os homens; que as pessoas que não acreditavam nisso não sabiam o que estava rolando. Ele confidenciara a ela que havia visto Deus, uma notícia que Sherri recebeu com placidez (naquele momento ela estava passando roupa).

– Isso se chama teofania – disse Fat. – Ou epifania.

– Uma epifania – Sherri disse, marcando o compasso de sua voz com o de seu lento passar de roupa – é uma festividade celebrada em 6 de janeiro, que comemora o batismo de Cristo. Eu sempre vou. Por que você não vai? É um serviço maravilhoso. Sabe, eu ouvi uma piada... – e ela continuava. Fat ficou bestificado quando ouviu isso. Ele decidiu mudar de assunto; agora Sherri havia mudado para um relato de um exemplo quando Larry – que para Fat era padre Minter – havia derramado vinho do sacramento no decote enorme de uma mulher que estava ajoelhada para receber a comunhão.

– Você acha que João Batista era um essênio? – ele perguntou a Sherri.

Em momento algum Sherri Solvig admitia que não sabia a resposta de uma pergunta teológica; o mais próximo a que ela chegava surgia na forma de responder:

– Vou perguntar a Larry. – Para Fat, ela agora dizia calmamente: – João Batista foi Elias, que retornou antes da vinda de Cristo. Perguntaram a Cristo a esse respeito e ele disse que João Batista era Elias, que havia sido prometido.

– Mas ele era um essênio.

Fazendo uma pausa momentânea no ferro de passar, Sherri disse:

– Os essênios não viviam no Mar Morto?

– Bem, no Wadi de Qumran.

– Seu amigo, o bispo Pike, não morreu no Mar Morto?

Fat havia conhecido Jim Pike, um fato que ele sempre narrava com orgulho para as pessoas quando tinha um pretexto.

– Sim – ele respondeu. – Jim e sua esposa haviam viajado de carro até o Deserto do Mar Morto em um Ford Cortina. Levavam duas garrafas de Coca-Cola; e só.

– Você tinha me contado – disse Sherri, voltando a passar as roupas.

– O que eu nunca consegui entender – disse Fat – é por que eles não beberam a água do radiador do carro. É isso o que você faz quando seu carro quebra no deserto e você fica perdido. – Por anos Fat havia lamentado a morte de Jim Pike. Ele imaginava que ela estava de algum modo ligada aos assassinatos dos Kennedys e de Martin Luther King, mas não tinha prova nenhuma que corroborasse isso.

– Talvez eles tivessem anticongelante no radiador – disse Sherri.

– No Deserto do Mar Morto?

Sherri retrucou:

– Meu carro tem me dado trabalho. O sujeito do posto Exxon da Rua Dezessete diz que as peças do suporte do motor estão soltas. Isso é sério?

Como não queria falar do carro velho e estuporado de Sherri, mas queria ainda continuar falando de Jim Pike, Fat disse:

– Não sei. – Ele tentou pensar em como fazer com que o assunto voltasse à morte absurda de seu amigo, mas não sabia como.

– Aquela porcaria de carro – disse Sherri.

– Você não pagou nada por ele; aquele cara deu o carro pra você.

– "Não pagou nada?" Ele me fez sentir como se eu devesse alguma coisa por ter me dado aquele carro maldito.

– Lembre-me de nunca lhe dar um carro – disse Fat.

Todas as pistas já estavam diante dele naquele dia. Se você fizesse alguma coisa por Sherri, ela sentia que deveria sentir gratidão – coisa que ela não sentia – e isso ela interpretava como um fardo, uma obrigação que desprezava. Entretanto, Fat tinha uma racionalização prontinha para isso, que já havia começado a empregar. Ele não fazia coisas para Sherri para receber algo de volta; *ergo*, ele não esperava gratidão. *Ergo*, se ele não recebesse isso, tudo bem.

O que ele não conseguia observar era que não só não havia gratidão (coisa com a qual podia lidar psicologicamente), mas uma maldade inerente se revelava. Fat havia notado isso mas descartara como se não fosse nada além de irritabilidade, uma forma de impaciência. Ele não conseguia crer que alguém desse maldade em troca de ajuda. Portanto, descontava o testemunho de seus sentidos.

Certa vez, quando eu dava uma palestra na Universidade da Califórnia em Fullerton, um aluno me pediu uma definição simples e curta de realidade. Eu pensei bem e respondi: "Realidade é aquela coisa que não desaparece quando você deixa de acreditar nela".

Fat não acreditava que Sherri desse maldade em troca da ajuda que lhe era dada. Mas essa incapacidade em acreditar não mudou nada. Logo, a reação dela estava dentro da estrutura do que chamamos "realidade". Fat, gostasse disso ou não, teria de lidar de algum jeito com isso, ou então parar de ver Sherri socialmente.

Um dos motivos pelos quais Beth deixou Fat derivou de suas visitas a Sherri no seu aposento caindo aos pedaços em Santa Ana. Fat havia se iludido em acreditar que a visitava por caridade. Na verdade, ele estava era com tesão, devido ao fato de que Beth havia perdido interesse sexual nele e ele, como se diz por aí, não estava molhando o biscoito. Em muitos aspectos Sherri era bonita para ele; na verdade, Sherri era bonita. Nós todos concordávamos. Durante a quimioterapia ela usou uma peruca. David fora enganado pela peruca e muitas vezes elogiava o cabelo dela, o que a divertia. Nós considerávamos isso macabro, da parte de ambos.

Em seu estudo da forma que o masoquismo assume no homem moderno, Theodor Reik oferece uma interessante hipótese. O masoquismo está mais disseminado do que imaginamos porque ele assume uma forma atenuada. A dinâmica básica é a seguinte: um ser humano vê algo ruim que está se aproximando de modo inevitável. Não há maneira de essa pessoa deter o processo; ela está indefesa. Essa sensação de falta de segurança gera uma necessidade de obtenção de algum controle sobre a dor que está por vir – qualquer tipo de controle serve. Isso faz sentido; a sensação subjetiva de insegurança é mais dolorosa do que a angústia que virá. Então a pessoa assume o controle da situação da única maneira aberta para ela: ela consente em provocar a angústia que virá; ela a apressa. Essa atividade de sua parte promove a falsa impressão de que ela gosta da dor. Nem tanto. É que simplesmente ela não consegue mais suportar a sensação de estar indefesa ou a suposta sensação de estar indefesa. Mas, no processo de obter controle sobre a inevitável angústia, ela se torna automaticamente anedônica (que significa ser incapaz ou estar indisposto a apreciar o prazer). A anedonia vai se instalando sorrateiramente. Ao longo dos anos ela toma o controle dessa pessoa. Por exemplo, ela aprende a recusar a gratificação; este é um passo no processo angustiante da anedonia. Ao aprender a recusar a gratificação, ela vivencia uma sensação de autodominação; ela se tornou estoica, disciplinada; não dá margem a impulsos. Ela possui o *controle*. Controle sobre si mesma em termos de seus impulsos e controle sobre a situação externa. Ela é uma pessoa controlada e controladora. Em pouco tempo começou a lançar ramificações e está controlando outras pessoas, como parte da situação. Ela se torna uma manipuladora. Naturalmente, não tem consciência disso; tudo o que pretende fazer é reduzir sua própria sensação de impotência. Mas, nessa tarefa de reduzir essa sensação, ela põe insidiosamente por terra a liberdade dos outros. Entretanto, não tira prazer disso, nenhum ganho psicológico positivo; todos os seus ganhos são essencialmente negativos.

Sherri Solvig havia tido câncer, câncer linfático, mas devido a valorosos esforços de seus médicos, ela entrara em remissão. Entretanto, codificado nas fitas de memória de seu cérebro, estava o dado de que pacientes com linfoma que entram em remissão costumam, no fim, perder essa remissão. Eles não ficam curados; a doença de algum modo passou misteriosamente de um estado palpável para uma espécie de estado metafísico, um limbo. Está ali, mas não está ali. Então, apesar de sua boa saúde atual, Sherri (sua mente lhe dizia isso) continha um relógio, e quando o alarme do despertador tocasse, ela morreria. Nada poderia ser feito a esse respeito, a não ser a frenética promoção de uma segunda remissão. Mas, mesmo que uma segunda remissão fosse obtida, também essa remissão, pela mesma lógica, o mesmo processo inexorável, chegaria ao fim. O tempo tinha Sherri em seu poder absoluto. O tempo continha uma saída para ela: câncer terminal. Foi assim que a mente dela calculou a situação; ela havia chegado a essa conclusão, e não importava o quão bem ela se sentia ou o que tinha para ela nesta vida, esse fato permanecia constante. Um paciente de câncer em remissão, então, representa um caso avançado do *status* de todos os humanos; no fim das contas você vai morrer.

No fundo, no fundo, Sherri pensava na morte incessantemente. Tudo o mais, todas as pessoas, objetos e processos haviam sido reduzidos ao *status* de sombras. Pior ainda, quando ela contemplava outras pessoas, contemplava a injustiça do universo. Elas não tinham câncer. Isso queria dizer que, psicologicamente falando, elas eram imortais. Isso não era justo. Todo mundo havia conspirado para lhe roubar sua juventude, sua felicidade e no fim das contas sua vida; no lugar disso, todo mundo havia empilhado dor infinita em cima dela, e provavelmente, em segredo, eles gostavam disso. "Gostar disso" e "se divertir" no fim das contas dava na mesma coisa maligna. Logo, Sherri tinha motivação para desejar que o mundo inteiro fosse para o inferno.

Naturalmente, ela não dizia isso em voz alta. Mas vivia isso. Devido ao seu câncer, ela havia se tornado totalmente anedônica. Como se pode negar o sentido que existe nisso? Logicamente, Sherri deveria ter espremido cada momento de prazer de sua vida durante a remissão, mas a mente não funciona de modo lógico, como Fat descobriu. Sherri passou seu tempo antecipando a perda de sua remissão.

Com relação a isso, ela não adiou a gratificação; ela desfrutava o retorno de seu linfoma agora.

Fat não conseguia compreender esse complexo processo mental. Ele só via uma moça que havia sofrido um bocado e que dera um tremendo de um azar. Ele raciocinou que poderia melhorar a qualidade de vida dela. Essa era uma coisa boa a se fazer. Ele a amaria, amaria a si mesmo e Deus amaria os dois. Fat via amor, e Sherri via a dor que estava por vir e a morte sobre a qual ela não tinha controle. Dois mundos tão diferentes não podem se encontrar.

Resumindo (como Fat diria), o masoquista moderno não sente prazer com a dor; ele simplesmente não consegue ficar indefeso. "Sentir prazer com a dor" é uma contradição semântica, como certos filósofos e psicólogos apontaram. "Desagradável" é definido como uma coisa que você não quer. Tente definir isso de outra maneira e veja aonde isso te leva. "Sentir prazer com a dor" significa "Sentir prazer com o que você acha desagradável". Reik tinha o controle da situação; ele decodificou a verdadeira dinâmica do masoquismo moderno atenuado... e o viu se disseminar entre quase todos nós, numa forma ou noutra e até certo ponto. Isso se tornou algo onipresente.

Não se poderia corretamente acusar Sherri de sentir prazer com o câncer. Ou mesmo de desejar ter câncer. Mas ela acreditava que o câncer estava no baralho de cartas na sua frente, enterrado em algum lugar do baralho; ela virava uma carta por dia, e o câncer nunca aparecia. Mas se essa carta está no baralho e você está virando as cartas uma por dia, no fim das contas você irá virar a carta com câncer, e aí tudo se acaba.

Então, sem nenhuma culpa real de sua parte, Sherri estava motivada a foder com a vida de Fat como ela nunca antes havia sido fodida. A diferença entre Gloria Knudson e Sherri era óbvia; Gloria queria morrer por razões estritamente imaginárias. Sherri iria literalmente morrer, quisesse ou não. Gloria tinha a opção de parar de jogar seu jogo de morte maligno a qualquer momento que desejasse psicologicamente, mas *Sherri não*. Era como se Gloria, ao cair e virar patê no asfalto embaixo do Oakland Synanon Building, tivesse renascido com o dobro do tamanho e com o dobro da força mental. Enquanto isso, a partida de Beth com Christopher havia deixado Horselover Fat com metade de seu tamanho normal. As chances não eram favoráveis a um final feliz.

A verdadeira motivação na cabeça de Fat para que se sentisse atraído por Sherri era o processo de aproximação à morte que havia se iniciado com Gloria. Mas, imaginando que o dr. Stone o havia curado, Fat agora navegava pelo mundo com esperança renovada: navegava de modo inequívoco para a loucura e a morte; ele não havia aprendido nada. Bem, era verdade que a bala havia sido retirada de seu corpo e a ferida, curada.

Mas ele estava motivado para receber outra, *ansioso* para receber outra. Ele mal podia esperar para se mudar e ir morar com Sherri e salvá-la.

Se você se lembra, ajudar as pessoas foi uma das duas coisas básicas que disseram a Fat há muito tempo para abandonar; ajudar pessoas e se drogar. Ele havia parado de se drogar, mas toda a sua energia e entusiasmo estavam agora totalmente canalizados para salvar pessoas.

Se ele tivesse continuado com a droga, teria sido melhor.

6

A máquina do divórcio mastigou Fat até ele virar um homem solteiro, liberando-o para seguir em frente e abolir a si mesmo. Ele já nem podia esperar. Enquanto isso, havia começado a fazer terapia por intermédio do pessoal do Orange County Mental Health. Eles lhe haviam indicado um terapeuta chamado Maurice. Maurice não era um terapeuta convencional. Nos anos sessenta, ele havia contrabandeado armas e drogas para a Califórnia, usando o porto de Long Beach; ele havia pertencido ao SNCC e ao CORE* e combatera como membro de um comando israelense contra os sírios; Maurice tinha dois metros e dez de altura e seus músculos ameaçavam saltar para fora da camisa, quase arrebentando os botões. Assim como Horselover Fat, ele tinha uma barba preta e encaracolada. De modo geral, costumava ficar em pé do outro lado da sala, encarando Fat, sem se sentar; gritava com Fat, pontuando suas admoestações com um

---

* Respectivamente Student Nonviolent Coordinating Committee e Congress of Racial Equality (numa tradução literal, Comissão de Coordenação Estudantil pela Não Violência e Congresso da Igualdade Racial), organizações de direitos civis criadas nos EUA na década de 1960 para lutar contra o racismo. [N. de T.]

"e eu estou falando sério". Fat jamais duvidou de que Maurice levava a sério o que dizia; isso nem se discutia.

O plano de jogo da parte de Maurice tinha a ver com provocar fisicamente Fat para que ele passasse a aproveitar sua vida em vez de salvar pessoas. Fat não tinha noção do que era desfrutar as coisas; ele só compreendia o sentido. Inicialmente, Maurice o fez escrever uma lista das dez coisas que ele mais queria.

O termo "queria", como em "queria fazer", deixou Fat intrigado.

– O que eu quero fazer – disse ele – é ajudar Sherri. Para que ela não volte a ficar doente.

Maurice urrou.

– Você acha que *devia* ajudá-la. Você acha que isso faz de você uma pessoa boa. Nada jamais fará de você uma pessoa boa. Você não tem valor para ninguém.

Fat protestou sem muita convicção que não era verdade.

– Você é um inútil – disse Maurice.

– E você só fala merda – disse Fat, ao que Maurice sorriu. Maurice estava começando a conseguir o que queria.

– Ouça – disse Maurice. – E eu estou falando sério. Vá fumar maconha e trepar com alguma vagaba com peitão, não uma que esteja morrendo. Você sabe que Sherri está morrendo; não sabe? Ela vai morrer e depois você vai fazer o quê? Voltar para Beth? Beth tentou matar você.

– Ela tentou? – Fat perguntou, bestificado.

– Claro que sim. Ela armou tudo para você morrer. Ela sabia que você tentaria abotoar o paletó se ela levasse seu filho e se separasse de você.

– Bom – Fat disse, em parte satisfeito; isso significava que ele pelo menos não era paranoico. No fundo ele sabia que Beth havia planejado sua tentativa de suicídio.

– Quando Sherri morrer – disse Maurice –, você vai morrer. Você quer morrer? Posso arranjar isso agora mesmo. – Ele consultou seu enorme relógio de pulso que mostrava tudo, inclusive a posição das estrelas. – Vejamos; são duas e meia. Que tal às seis?

Fat não sabia dizer se Maurice estava falando sério. Mas acreditava que Maurice possuía a capacidade, como se diz por aí.

– Escute – disse Maurice –, e eu estou falando sério. Existem maneiras mais fáceis de morrer do que aquelas que você tentou de modo tão deprimente. Você está fazendo a coisa da maneira mais difícil. O que você preparou foi: Sherri morre e aí você tem mais um pretexto para morrer. Você não precisa de pretexto: sua esposa e seu filho deixaram você, Sherri morrendo. Quando a Sherri for para o andar de cima será a grande compensação. Com sua tristeza e amor por ela...

– Mas quem disse que Sherri vai morrer? – interrompeu Fat. Ele acreditava que, por intermédio de seus poderes mágicos, podia salvá-la; esta, na verdade, era a base de toda a sua estratégia.

Maurice ignorou a pergunta.

– Por que você quer morrer? – perguntou, em vez de dar atenção a ele.

– Eu não quero morrer – disse Fat, e acreditava honestamente que não queria.

– Se Sherri não tivesse câncer você iria querer se mudar para morar com ela? – Maurice esperou e não teve resposta, principalmente porque Fat teve de admitir para si mesmo que não, ele não iria querer isso. – Por que você quer morrer? – repetiu Maurice.

– Bom... – Fat disse, sem saber o que dizer.

– Você é uma pessoa ruim?

– Não – disse Fat.

– Alguém está mandando você morrer? Uma voz? Alguém enviando para você mensagens que piscam e dizem "morra"?

– Não.

– Sua mãe já quis que você morresse?

– Bom, desde Gloria...

– Foda-se Gloria. Quem é Gloria? Você nunca dormiu com ela. Você nem sequer a conhecia. Você já estava se preparando para morrer. Não me venha com essa babaquice. – Maurice, como de costume, havia começado a gritar. – Se você quer ajudar pessoas, vá a Los Angeles e dê a elas uma mãozinha no Catholic Workers' Soup Kitchen*, ou dê o máximo de dinheiro que puder à CARE. Deixe os profissionais ajudarem as pessoas. Você está mentindo para si mesmo; você está mentindo quando diz que Gloria significava alguma coisa para você, que essa fulaninha, Sherri, não vai morrer. É claro que ela vai morrer! É por isso que você foi morar com ela, para estar lá quando ela morrer. Ela quer puxar você para baixo com ela e você quer que ela faça isso; é um conluio entre vocês dois. Todo mundo que passa por esta porta aqui quer morrer. É isso o que significa a doença mental. Você não sabia? Estou te dizendo. Eu gostaria que você colocasse sua cabeça embaixo d'água até começar a lutar para viver. Se você não lutasse, então que se foda. Eu queria que me deixassem fazer isso. Sua amiga que tem câncer – ela teve câncer de propósito. Câncer representa uma falha deliberada do sistema imunológico do corpo; a pessoa o desliga. É por causa da perda, a perda de um ente querido. Vê como a morte se espalha? Todo mundo tem células cancerígenas flutuando dentro do corpo, mas o sistema imunológico delas cuida disso.

– Ela tinha um amigo que morreu – admitiu Fat. – Ele teve um ataque de *grand mal***. E a mãe dela morreu de câncer.

– Então Sherri se sentiu culpada porque o amigo dela morreu e a mãe dela morreu. Você se sente culpado porque Gloria morreu. Assuma a responsabilidade por sua própria vida para variar. É sua função proteger a si mesmo.

– A minha função é ajudar Sherri – disse Fat.

– Vamos ver sua lista. É melhor que você tenha feito a lista.

Entregando sua lista das dez coisas que ele mais queria fazer, Fat perguntou a si mesmo se Maurice tinha todos os parafusos no lugar. Era óbvio que Sherri não queria morrer; ela havia combatido com teimosia e bravura; suportara não só o câncer como também a quimioterapia.

---

* Numa tradução aproximada, "Sopão dos Obreiros Católicos". [N. de T.]
** Eufemismo para epilepsia. [N. de T.]

– Você quer andar na praia em Santa Bárbara – disse Maurice, examinando a lista. – Este é o desejo número um.

– Tem algo de errado nisso? – Fat disse, na defensiva.

– Não. E aí? Por que você não faz isso?

– Olhe o número dois – disse Fat. – Eu preciso de uma garota bonita comigo.

Maurice disse:

– Pegue a Sherri.

– Ela... – ele hesitou. Na verdade, ele havia chegado a convidar Sherri a ir à praia com ele, até Santa Bárbara, para passar um fim de semana num daqueles hotéis luxuosos à beira da praia. Ela respondeu que estaria muito ocupada com o trabalho na igreja.

– Ela não irá – Maurice forneceu a resposta para ele. – Está muito ocupada. Fazendo o quê?

– Igreja.

Olharam um para o outro.

– A vida dela não vai ficar muito diferente quando o câncer voltar – Maurice disse por fim. – Ela costuma falar de seu câncer?

– Sim.

– Para o caixa da loja? Para todo mundo que ela conhece?

– Sim.

– Ok, a vida dela vai ficar diferente; ela vai obter mais compaixão. Ela vai ficar melhor.

Com dificuldade, Fat disse:

– Certa vez ela me contou... – ele quase não conseguia falar – que ter câncer foi a melhor coisa que já aconteceu com ela. Porque então...

– O Governo Federal a financiou.

– Sim – ele assentiu com a cabeça.

– Então ela nunca mais vai precisar trabalhar novamente. Presumo que ela ainda esteja retirando os cheques da previdência mesmo em remissão.

– É, ainda está – Fat disse chateado.

– Eles irão atrás dela. Eles vão checar com o médico dela. Então ela vai ter que arrumar um emprego.

Fat disse, com amargura:

– Ela jamais vai conseguir um emprego.

– Você odeia essa garota – disse Maurice. – E o que é pior, você não a respeita. Ela é uma vagabunda. Ela é uma salafrária. Ela está acabando com você, emocional e financeiramente. Você está dando apoio financeiro a ela, certo? E ela também ganha os cheques da previdência. Ela aplica um golpe, o golpe do câncer. E você é o otário. – Maurice olhou para ele com dureza. – Você acredita em Deus? – ele perguntou de repente.

Por essa pergunta, você pode deduzir que Fat havia maneirado naquele negócio de ficar falando de Deus durante suas sessões de terapia com Maurice. Ele não tinha a menor intenção de acabar na Ala Norte novamente.

– Em um certo sentido – disse Fat. Mas não podia deixar o assunto morrer ali; ele tinha que amplificar a coisa. – Eu tenho meu próprio conceito de Deus – ele disse. – Baseado em meus próprios... – hesitou, visualizando a armadilha que suas palavras estavam construindo; a armadilha reluzia com o brilho do arame farpado – pensamentos – ele completou.

– Esse assunto é delicado para você? – perguntou Maurice.

Fat não estava conseguindo entender o que vinha pela frente, se é que vinha algo pela frente. Por exemplo, ele não tinha acesso aos seus arquivos da Ala Norte e não sabia se Maurice os havia lido – ou o que eles continham.

– Não – disse ele.

– Você crê que o homem foi criado à imagem e semelhança de Deus? – perguntou Maurice.

– Sim – respondeu ele.

Levantando a voz, Maurice gritou:

– Então se matar não é uma ofensa contra Deus? Você já parou para pensar nisso?

– Já pensei nisso – disse Fat. – Já pensei muito nisso.

– E aí? O que foi que você decidiu? Deixe-me dizer a você o que está escrito no *Gênesis*, caso você tenha esquecido. "Deus disse: 'Façamos o homem à nossa imagem, como nossa semelhança, e que eles dominem sobre os peixes do mar, as aves do céu, os animais domésticos, todas as...'."

– Ok – interrompeu Fat. – Mas esta é a divindade criadora, não o verdadeiro Deus.

– O quê? – perguntou Maurice.

– Esse aí é Yaldaboath – disse Fat. – Às vezes chamado Samael, o deus cego. Ele é louco.

– Do que é que você está falando, porra? – perguntou Maurice.

– Yaldaboath é um monstro gerado por Sophia, que caiu do Pleroma – disse Fat. – Ele imagina que é o único deus, mas está errado. Existe um problema com ele: ele não enxerga. Ele criou nosso mundo e, como é cego, fez o serviço malfeito. O verdadeiro Deus fica olhando tudo isso lá de cima e, por piedade, vai à luta para nos salvar. Fragmentos de luz do Pleroma são...

Encarando-o, Maurice disse:

– Quem foi que inventou esse negócio? Você?

– Basicamente – disse Fat – minha doutrina é Valentiniana, segundo século E.C.

– O que é "E.C."?

– Era Comum. Essa designação substitui o Anno Domini, ou Depois de Cristo, de Valentinus. O gnosticismo é o ramo mais sutil, se comparado ao iraniano, que, naturalmente, foi mais influenciado pelo dualismo zoroastriano. Valentinus percebeu o valor salvífico ontológico da gnose, pois ela revertia a condição original e primal da ignorância, que representa o estado da queda, o aleijamento da Divindade que resultou na criação corrompida do mundo fenomênico ou material. O verdadeiro Deus, que é totalmente transcendente, não criou o mundo. Contudo, ao ver o que Yaldaboath havia feito...

– Quem é esse tal de "Yaldaboath"? Javé criou o mundo! Está escrito na Bíblia!

Fat disse:

– A divindade criadora imaginou que ele era o único deus; por isso ele era ciumento e disse: "Não tereis outros deuses que não eu", ao que...

Maurice gritou:

– Você não leu a Bíblia?

Depois de uma pausa, Fat tentou outra jogada. Ele estava lidando com um idiota religioso.

– Escute – ele disse, do modo mais racional possível. – Existe uma série de opiniões relacionadas à criação do mundo. Por exemplo, se você considera o mundo como artefato – o que ele pode não ser; pode ser um organismo, que era como os antigos gregos o consideravam –, você ainda assim não consegue traçar um caminho racional até um criador; por exemplo, pode ter existido uma série de criadores em diversos momentos. Os idealistas budistas apontam isso. Mas mesmo que...

– Você nunca leu a Bíblia – Maurice disse com incredulidade. – Sabe o que eu quero que você faça? E eu estou falando sério. Quero que você leia o *Gênesis* duas vezes; está me entendendo? Duas vezes. Detalhadamente. E quero que você escreva um resumo das ideias e dos eventos principais contidos nele, em ordem descendente de importância. E quando você aparecer aqui na semana que vem, eu quero ver essa lista. – Ele obviamente estava zangado de verdade.

Levantar a questão de Deus não havia sido uma boa ideia, mas naturalmente Maurice não sabia disso antes. Tudo o que ele pretendia fazer era apelar para a ética de Fat. Sendo judeu, Maurice supunha que religião e ética não podiam andar separadas, pois no monoteísmo hebraico elas estão combinadas. A ética foi transmitida diretamente de Javé para Moisés; todo mundo sabe disso. Todo mundo menos Horselover Fat, cujo problema, naquele momento, era saber demais.

Respirando com dificuldade, Maurice começou a vasculhar sua agenda. Ele não havia matado assassinos sírios considerando o cosmos como uma enteléquia senciente com psique e soma, um espelho microcósmico para o homem, um microcosmo.

– Deixe-me apenas dizer uma coisa – disse Fat.

Irritado, Maurice assentiu.

– A divindade criadora – disse Fat – pode ser louca e portanto o universo é louco. O que vivenciamos como caos é na verdade irracionalidade. Existe uma diferença. – Então se calou. – O universo é o que você faz dele – disse Maurice. – É o que você faz com ele o que conta. É sua responsabilidade fazer alguma coisa que promova a vida com ele, não que a destrua. – Essa é a postura existencial – disse Fat. – Com base no conceito de que Nós somos o que somos, em vez de Nós somos o que achamos. Isso encontra sua primeira expressão na Parte Um do *Fausto*, de Goethe, quando Fausto diz: *"Im Anfang war das Wort"*. Ele está citando a abertura do Quarto Evangelho, "No princípio era o Verbo". Fausto diz: *"Nein, Im Amfang war die Tat"*. "Não, no princípio era a tarefa." A partir disso, surge todo o existencialismo.

Maurice ficou olhando para Fat como se ele fosse um inseto.

Voltando de carro para o modesto apartamento de dois quartos e dois banheiros no centro de Santa Ana, um apartamento de segurança máxima com tranca e cadeado num prédio com cerca eletrificada, estacionamento subterrâneo, circuito interno de TV vigiando a entrada principal, onde ele morava com Sherri, Fat percebeu que havia caído do *status* de autoridade de volta ao humilde *status* de maluco. Maurice, ao tentar ajudá-lo, havia acidentalmente apagado o bastião de segurança de Fat.

Entretanto, no lado bom da coisa, ele agora vivia nesse prédio novo de segurança total, tipo fortaleza, ou tipo prisão, bem no centro do bairro mexicano. Era preciso um cartão magnético de computador para abrir o portão da garagem subterrânea. Isso levantou um pouco o moral quase inexistente de Fat. Como o apartamento deles ficava no último andar, ele podia literalmente olhar Santa Ana de cima, e todas as pessoas mais pobres que eram assaltadas por bêbados e drogados a qualquer hora da noite. Além do mais, coisa de muito mais importância, ele tinha Sherri. Ela fazia refeições maravilhosas, embora ele tivesse de lavar a louça e fazer as compras. Sherri não fazia nenhuma dessas duas coisas. Ela costurava e passava roupa bastante, saía de carro para fazer algumas tarefas, falava ao telefone com amigas antigas do tempo do segundo grau e mantinha Fat informado a respeito dos assuntos da igreja.

Não posso dar o nome da igreja de Sherri porque ela realmente existe (bem, até aí, Santa Ana também existe), então vou passar a chamá-la como Sherri a chamava: a oficina de Jesus. Metade do dia ela cuidava dos telefones e da secretaria; ela era a encarregada dos programas de auxílio, o que queria dizer que ela distribuía comida, dinheiro para abrigos, dava conselhos sobre como lidar com a Previdência e separava os viciados das pessoas de verdade.

Sherri detestava viciados, e por uma boa razão. Todo dia eles apareciam com um novo golpe. O que a irritava mais não era tanto o fato de que eles roubassem a igreja para conseguir drogas, mas ficarem se gabando disso depois. Contudo, como os viciados não têm lealdade uns para com os outros, geralmente apareciam para contar a ela quais outros viciados estavam roubando e se gabando. Sherri colocava os nomes deles em sua lista de merdas. Ela costumava chegar da igreja, falando sozinha feito uma louca sobre as condições de lá, especialmente o que os pirados e os viciados haviam dito e feito naquele dia, e de como Larry, o sacerdote, não fazia nada a respeito.

Depois de uma semana vivendo juntos, Fat sabia muito mais sobre Sherri do que nos três anos de amizade em que a vira socialmente. Sherri guardava rancor de cada criatura sobre a terra, em ordem de proximidade dela; ou seja, quanto mais ela tivesse a ver com alguém ou alguma coisa, mais ela guardava rancor dele, dela ou daquilo. O grande amor erótico de sua vida assumiu a forma do padre, Larry. Durante os dias difíceis em que ela estava literalmente morrendo de câncer, Sherri dissera a Larry que seu grande desejo era dormir com ele, ao que Larry havia dito (isso fascinava Fat, que não considerava isso uma resposta adequada) que ele, Larry, nunca misturava sua vida social com sua vida profissional (Larry era casado, com três filhos e um neto). Sherri ainda o amava e ainda queria ir para a cama com ele, mas estava sentindo que havia perdido a batalha.

No lado positivo, certa vez, enquanto morava na casa de sua irmã – melhor dizendo, morria na casa de sua irmã, ouvindo Sherri contar isso –, ela começara a ter convulsões e padre Larry aparecera lá para levá-la ao hospital. Quando ele a pegou em seus braços ela o beijou, e ele a beijou de língua. Sherri mencionou isso diversas vezes para Fat. Saudosa, ela sonhava com aqueles dias.

– Eu te amo – ela informou a Fat certa noite –, mas quem eu amo mesmo, mesmo, é o Larry, pois ele me salvou quando eu estava doente.

Fat logo desenvolveu a opinião de que a religião era um espetáculo secundário na igreja de Sherri. Atender ao telefone e enviar correspondência ocupavam o picadeiro central. Uma série de pessoas nebulosas – que bem poderíamos chamar de Larry, Moe e Curly, pois Fat não dava a mínima – assombravam a igreja, com salários inevitavelmente maiores que os de Sherri e exigindo menos trabalho. Sherri queria que todos morressem. Ela costumava falar com prazer dos infortúnios deles, como quando os seus carros não pegavam ou quando recebiam multas por excesso de velocidade ou padre Larry expressava insatisfação com relação a eles.

– Eddy vai ganhar uma grana legal – Sherri dizia, ao chegar em casa. – Filho da puta.

Um indigente em particular provocava irritação crônica em Sherri, um homem chamado Jack Barbina, que, dizia Sherri, ficava vasculhando as latas de lixo para encontrar presentinhos para dar a ela. Jack Barbina aparecia quando Sherri estava sozinha na secretaria da igreja, lhe entregava uma caixa de tâmaras toda suja e um bilhete assustador reforçando seu desejo de namorá-la. Sherri o rotulou como um maníaco no primeiro dia em que o viu; vivia com medo de que ele a assassinasse.

– Vou te ligar da próxima vez que ele aparecer lá – ela disse para Fat. – Não vou ficar lá sozinha com ele. Não há dinheiro no Fundo de Ajuda do bispo que me pague para aturar Jack Barbina, especialmente com o que eles me pagam, que é metade do que Eddy ganha, aquela bichinha. – Para Sherri, o mundo se dividia em preguiçosos, maníacos, viciados, homossexuais e amigos que apunhalam você pelas costas. Ela também não via muita utilidade para mexicanos e negros. Fat costumava estranhar a falta total de caridade cristã de Sherri, no sentido emocional. Como poderia – por que iria querer – Sherri trabalhar numa igreja e perseguir suas obsessões sobre ordens religiosas quando se ressentia, sentia medo e detestava cada ser humano e, mais do que tudo, reclamava de seu fardo nesta vida?

Sherri se ressentia até mesmo da própria irmã, que a havia abrigado, alimentado e cuidado dela durante todo o tempo de sua doença. Motivo: Mae dirigia um Mercedes-Benz e tinha um marido rico. Mas, acima de tudo, Sherri se ressentia da carreira de sua melhor amiga, Eleanor, que havia se tornado freira.

– Aqui estou eu, vomitando em Santa Ana – Sherri dizia frequentemente – e Eleanor está em Las Vegas, saracoteando com seu hábito.

– Você não está vomitando agora – Fat ressaltava. – Você está em remissão.

– Mas ela não sabe disso. Que espécie de lugar é Las Vegas para uma ordem religiosa? Ela provavelmente está dando a bunda na...

– Você está falando de uma freira – disse Fat, que havia conhecido Eleanor; gostara dela.

– Eu seria uma freira agora se não tivesse ficado doente – disse Sherri.

Para fugir da tagarelagem enlouquecedora de Sherri, Fat se trancou no quarto que ele usava como estúdio e começou a trabalhar mais uma vez em sua grande exegese. Ele havia escrito quase 300 mil palavras, a maioria holograficamente, mas da parte inferior havia começado a extrair o que denominara de seu **Tractatus: Cryptica Scriptura** (vide Apêndice, p. 277) que simplesmente significa "discurso oculto". Fat achava o latim mais impressionante para usar num título.

Àquela altura em sua *Meisterwerk*, ele havia começado pacientemente a fabricar sua cosmogonia, que é o termo técnico para "Como o cosmos veio a existir". Poucos indivíduos compõem cosmogonias; normalmente são necessários culturas, civilizações, povos ou tribos inteiras para isso: uma cosmogonia é uma produção em grupo, que vai evoluindo ao longo das eras. Fat sabia bem disso, e se orgulhava de ter inventado a sua própria. Ele a chamava de:

COSMOGONIA DE DUAS FONTES

Em seu diário ou exegese, entrou como registro 47 e foi de longe o registro mais longo.

O Um era e não era, combinou e desejou separar o não era do era. Então ele gerou um saco diploide que continha, como a casca de um ovo, um par de gêmeos, cada qual um andrógino, girando em direções opostas (o Yin e o Yang do Taoísmo, com o Um como o Tao). O plano do Um era que ambos os gêmeos emergissem para o ser (condição de ser-idade) simultaneamente; contudo, motivado por um desejo de ser (que o Um havia implantado em ambos os gêmeos), o gêmeo que girava na direção contrária à do relógio rompeu a película do saco e se separou prematuramente; isto é, antes de chegar ao pleno termo. Este foi o gêmeo negro ou Yin. Logo, era o defeituoso. Em pleno termo o gêmeo mais sábio emergiu. Cada gêmeo formava uma enteléquia unitária, um único organismo vivo feito de *psyche* e *soma*, ainda rodando em direções opostas um ao outro. O gêmeo inteiro, chamado Forma I por Parmênides, avançou

corretamente por seus estágios de crescimento, mas o gêmeo prematuro, chamado Forma II, demorou-se.

A etapa seguinte do plano do Um era que os Dois se tornassem o Muitos, por intermédio de sua interação dialética. A partir deles como hiperuniversos, eles projetaram uma interface semelhante a um holograma, que é o universo pluriforme no qual nós, criaturas, habitamos. As duas fontes deveriam se misturar igualmente na manutenção do nosso universo, mas a Forma II continuou a derivar na direção da doença, da loucura e da desordem. Esses aspectos ela projetou para dentro de nosso universo.

Era o objetivo do Um para nosso universo hologramático servir como instrumento de ensino por intermédio do qual uma série de novas vidas evoluiriam até acabarem se tornando isomórficas com o Um. Entretanto, a condição de decadência do hiperuniverso II introduziu fatores malignos que danificaram nosso universo hologramático. Esta é a origem da entropia, do sofrimento sem merecimento, do caos e da morte, bem como do Império, a Prisão de Ferro Negro; em essência, o aborto da saúde e do crescimento adequados das formas de vida no interior do universo hologramático. Além disso, a função de ensino foi enormemente danificada, já que somente o sinal do hiperuniverso I era rico em informação; o do II havia se tornado ruído.

A psique do hiperuniverso I enviou uma microforma de si mesma para dentro do hiperuniverso II para tentar curá-la. A microforma se tornou aparente em nosso universo hologramático como Jesus Cristo. Entretanto, o hiperuniverso II, por ser perturbado, atormentou, humilhou, rejeitou e finalmente matou a microforma da *psique* curadora de seu gêmeo sadio. Depois disso, o hiperuniverso II continuou a decair em processos causais cegos, mecânicos e sem objetivos. Então a tarefa de Cristo (mais propriamente falando, do Espírito Santo) se tornou ou resgatar as formas de vida no universo hologramático ou abolir todas as influências sobre ele que emanavam do II. Abordando sua tarefa com cautela, ele se preparou para matar o gêmeo louco, já que ela não podia ser morta; isto é, ela não permitirá ser curada porque não entende que está doente. Essa doença e loucura nos invade e nos torna idiotas vivendo em mundos particulares e irreais. O plano original do Um só pode ser percebido agora pela divisão do hiperuniverso I em dois hiperuniversos saudáveis, que transformarão o universo hologramático na bem-sucedida máquina de ensinar que foi projetada para ser originalmente. Nós viremos a vivenciar isso como o "Reino de Deus".

Dentro do fluxo do tempo, o hiperuniverso II permanece vivo: "O Império nunca terminou". Mas na eternidade, onde os hiperuniversos existem, ela foi morta – por necessidade – pelo gêmeo saudável do hiperuniverso I, que é nosso campeão. O Um chora por esta morte, pois o Um amava ambos os gêmeos; logo, a informação da Mente consiste na trágica história da morte de uma mulher, cujos subtons geram angústia em todas as criaturas do universo hologramático sem saberem por quê. Essa tristeza desaparecerá quando o gêmeo saudável sofrer mitose e o "Reino de Deus" chegar. A maquinaria para essa transformação – o avanço no tempo desde a Idade do Ferro até a Idade de Ouro – já está acontecendo; na eternidade, ela já se realizou.

Não muito tempo depois, Sherri ficou de saco cheio com Fat trabalhando noite e dia em sua exegese; ela também ficou puta porque ele lhe pediu para que contribuísse com uma parte de seu dinheiro da previdência para pagar o aluguel, já que, devido a um processo no fórum, ele precisava pagar um bocado de grana de pensão para Beth e Christopher. Depois de encontrar outro apartamento para o qual a *housing authority** de Santa Ana pagaria a

---

* Órgão governamental cuja função é servir como uma espécie de imobiliária, particularmente para pensionistas ou cidadãos de áreas afetadas por desastres. Não existe equivalente no Brasil. [N. de T.]

conta, Sherri acabou indo morar por conta própria livre de aluguel, sem a obrigação de fazer o jantar de Fat; além disso, ela podia sair com outros homens, uma coisa à qual Fat fizera objeção enquanto ele e Sherri moraram juntos. Com relação a esse sentimento de posse, Sherri disse, furiosa, certa noite, quando voltou para casa depois de andar de mãos dadas com um homem e encontrar Fat furioso:

– Eu não tenho que aturar essa merda.

Fat jurou não fazer mais objeções a que Sherri saísse com outros homens, e também não continuaria a pedir para que ela colaborasse para pagar o aluguel e a comida, muito embora naquele momento ele só tivesse nove dólares em sua conta-corrente. Isso não adiantou nada; Sherri estava puta da vida.

– Vou me mudar – ela anunciou.

Depois que ela se mudou, Fat precisou levantar fundos para adquirir toda sorte de móveis, pratos, aparelho de TV, louças, toalhas... tudo, porque ele trouxera pouco ou nada consigo de seu casamento; estava torcendo para que pudesse depender do dinheiro de Sherri. Escusado dizer que ele achava a vida muito solitária sem ela; vivendo sozinho no apartamento de dois quartos e dois banheiros que eles haviam dividido o deprimia pra burro. Seus amigos se preocuparam com ele e tentaram animá-lo. Em fevereiro, Beth o havia abandonado e agora, começo de setembro, Sherri o havia abandonado. Ele estava novamente morrendo pouco a pouco. Tudo o que fazia era ficar sentado à frente de sua máquina de escrever ou com bloquinho e caneta, trabalhando em sua exegese; nada mais restava em sua vida. Beth havia se mudado para Sacramento, a 1100 quilômetros de distância, para que ele não pudesse ver Christopher. Chegou a pensar em suicídio, mas não muito. Sabia que Maurice não aprovaria esses pensamentos. Maurice exigiria outra lista dele.

O que realmente incomodava Fat era a intuição de que Sherri em pouco tempo perderia sua remissão. De ir à aula no Santa Ana College e trabalhar na igreja ela foi ficando cansada e desgastada; toda vez que a via, o que acontecia com a maior frequência possível, ele reparava como ela parecia cansada e magra. Em novembro ela reclamou de gripe; tinha dores no peito e tossia constantemente.

– Que merda de gripe – disse Sherri.

Finalmente ele conseguiu que ela fosse ao seu médico para exames de sangue e raios X. Ela sabia que havia perdido sua remissão; mal conseguia andar, quase se arrastava.

No dia em que descobriu que tinha câncer novamente, Fat estava com ela; como a consulta com o médico era às oito da manhã, Fat passou a noite anterior com ela, apenas sentado. Levou-a de carro ao médico, junto com Edna, amiga de Sherri a vida toda; ele e Edna ficaram sentados juntos na sala de espera enquanto Sherri conversava com o dr. Applebaum.

– É só uma gripe – disse Edna.

Fat não disse nada. Sabia o que era. Três dias antes, ele e Sherri haviam caminhado até o armazém; ela mal conseguia pôr um pé à frente do outro. Não havia nenhuma dúvida na cabeça de Fat; sentado ali com Edna na sala de espera lotada, ele estava aterrorizado, e queria chorar. Por incrível que parecesse, aquele dia era o dia de seu aniversário.

Quando Sherri saiu do consultório do dr. Applebaum, estava com um lenço de papel nos olhos; Fat e Edna correram até onde ela estava; ele pegou Sherri no momento em que ela desabava, dizendo: "Ele voltou, o câncer voltou". Ele havia voltado na forma de nódulos linfáticos em seu pescoço e um tumor maligno no pulmão direito que a estava sufocando. A quimioterapia e a radioterapia começariam em vinte e quatro horas.

Abalada, Edna disse:

– Eu tinha certeza de que era só uma gripe. Eu queria que ela fosse a Melodyland e testemunhasse que Jesus a havia curado.

Fat não respondeu a essa observação.

Nesse ponto, poder-se-ia argumentar que Fat não tinha mais qualquer obrigação moral para com Sherri. Pelos motivos mais mesquinhos, ela se mudara da casa dele, deixando-o só, triste e desesperado, sem nada a fazer a não ser escrevinhar sua exegese.

Todos os amigos de Fat haviam ressaltado isso. Até mesmo Edna apontou isso, quando Sherri não estava presente no mesmo aposento. Mas Fat ainda a amava. Ele agora pedia que voltasse a morar com ele para que pudesse cuidar dela, pois ela havia ficado fraca demais para cozinhar para si mesma, e quando começasse a quimioterapia, ficaria muito mais doente.

– Não, obrigada – respondeu Sherri, com um tom neutro na voz.

Fat foi até a igreja dela um dia e conversou com o padre Larry; ele implorou a Larry para que pressionasse o pessoal da *Medicare* do Estado da Califórnia para arrumar alguém que fosse cozinhar para Sherri e ajudar a limpar seu apartamento, já que ela não deixava que ele, Fat, o fizesse. Padre Larry disse que faria isso, mas não deu em nada. Mais uma vez Fat foi falar com o sacerdote sobre o que poderia ser feito para ajudar Sherri, e, enquanto falava, Fat subitamente começou a chorar.

Quando viu isso, o padre Larry disse enigmaticamente:

– Já chorei todas as lágrimas que tinha de chorar por essa garota.

Fat não entendeu se isso queria dizer que Larry havia fundido a cuca de tristeza ou que havia calculadamente, como um dispositivo de autoproteção, se desligado da tristeza. Fat não sabe até hoje. Sua própria tristeza havia atingido massa crítica agora que Sherri havia sido hospitalizada; Fat a visitou e viu deitada na cama uma forma pequenina e triste, metade do tamanho com o qual ele estava acostumado, uma forma que tossia de dor, com um triste desespero no olhar. Fat não conseguiu dirigir até sua casa depois disso, por isso Kevin o levou. Kevin, que normalmente mantinha sua postura de cinismo, não conseguia falar de tanta tristeza; os dois seguiram em silêncio e então Kevin lhe deu um tapinha no ombro, que é o único caminho aberto para que os homens possam demonstrar amor uns pelos outros.

– O que é que eu vou fazer? – Fat perguntou, sentido. – O que é que eu vou fazer quando ela morrer?

Ele realmente amava Sherri, apesar do modo como ela o tratava – se, de fato, como seus amigos sustentavam, ela o havia esculachado. Já ele próprio – ele não sabia nem queria saber. Tudo o que sabia era que ela estava num leito de hospital com tumores em metástase em todo o corpo. Ia visitá-la todos os dias no hospital, junto com todo mundo que a conhecia.

À noite ele fazia a única ação que lhe estava aberta: trabalhar em sua exegese. Havia chegado a um importante registro.

Registro 48. SOBRE NOSSA NATUREZA. É adequado dizer: nós aparentamos ser bobinas de memória (portadores de DNA capazes de vivenciar) em um sistema de pensamento semelhante a um computador que, embora tenhamos corretamente registrado e armazenado milhares de anos de informação vivencial, e cada um de nós possua depósitos bastante diferentes de todas as outras formas de vida, existe um erro de funcionamento – uma falha – de recuperação de memória. Aí está o problema de nosso subcircuito particular. A "salvação" por intermédio da *gnose* – mais adequadamente anamnese (a perda da amnésia) –, embora ela tenha significado individual para cada um de nós – um salto quântico em percepção, identidade, cognição, compreensão, experiência de si e do mundo, incluindo imortalidade –, ela tem uma importância cada vez maior e mais intensa para o sistema como um todo, pois essas memórias são dados de que ele necessita, e são valiosos para ele, para seu funcionamento global.

Logo, ele está no processo de autorreparo, que inclui: reconstruir nosso subcircuito por meio de mudanças lineares e ortogonais no tempo, assim como uma sinalização constante para nós para que estimulemos os bancos de memória bloqueados dentro de nós para que eles disparem e, consequentemente, recuperem o que está ali dentro.

A informação externa ou *gnose*, então, consiste em instruções de desinibição, com o núcleo-base do conteúdo na verdade sendo intrínseco para nós – ou seja, ele já está lá (primeira-

mente observado por Platão, a saber: que aprendizado é uma forma de relembrar).

Os antigos possuíam técnicas (sacramentos e rituais) usadas em grande parte nas religiões de mistérios greco-romanas, incluindo o cristianismo primitivo, para induzir deflagração e recuperação, principalmente com um senso de valor restaurativo para os indivíduos; os gnósticos, entretanto, viram corretamente o valor ontológico do que chamavam a Divindade propriamente dita, a entidade total.

A Divindade está danificada; ocorreu a ela alguma crise primordial que não compreendemos.

Fat retrabalhou o registro 29 do diário e o acrescentou ao seu registro SOBRE NOSSA NATUREZA:

29. Não caímos devido a um erro moral; caímos por causa de um erro intelectual; o de assumir o mundo fenomênico como sendo real. Logo, somos moralmente inocentes. É o Império, em suas variadas poliformas disfarçadas, que nos diz que pecamos. "O Império nunca terminou."

A esta altura a mente de Fat já estava pra lá de alucinada. Tudo o que ele fazia era trabalhar em sua exegese ou seu *tractatus* ou simplesmente ficar escutando seu aparelho de som ou visitar Sherri no hospital. Começou a instalar registros no *tractatus* sem ordem ou razões lógicas.

30. O mundo fenomênico não existe; ele é uma hipóstase da informação processada pela Mente.

27. Se os séculos de tempo espúrio forem extirpados, a verdadeira data será não 1978 E.C., mas 103 E.C. Logo, o Novo Testamento diz que o Reino do Espírito virá antes que

"alguns que hoje vivem morram". Logo, estamos vivendo em tempos apostólicos.

20. Os alquimistas herméticos conheciam a raça secreta dos invasores de três olhos, mas, apesar de seus esforços, não conseguiram entrar em contato com eles, daí seus esforços de apoiar Frederico V, Eleitor Palatino, Rei da Boêmia, fracassaram. "O Império nunca terminou."

21. A Irmandade Rosa-Cruz escreveu: "*Ex Deo nascimur, in Jesu mortimur, per spirictum sanctum reviviscimus*", que quer dizer: "De Deus nascemos, em Jesus morremos, pelo Espírito Santo vivemos novamente". Isso significa que eles haviam redescoberto a fórmula perdida da imortalidade que o Império havia destruído. "O Império nunca terminou."

10. Apolônio de Tiana, escrevendo como Hermes Trismegisto, disse: "O que está acima, é como está abaixo". Com isso ele quis nos dizer que nosso universo é um holograma, mas ele não tinha a palavra para classificar isso.

12. O Um Imortal era conhecido pelos gregos como Dionísio; para os judeus, como Elias; para os cristãos, como Jesus. Ele se muda quando cada hospedeiro humano morre, e por isso jamais é morto ou capturado. Por isso Jesus, quando estava na cruz, disse: "*Eli, Eli, lama sabachthani*", ao que alguns dos presentes corretamente disseram: "O homem está chamando por Elias". Elias o havia abandonado, e ele morreu sozinho.

Nesse momento em que escrevia esse registro, Horselover Fat estava morrendo sozinho. Elias, ou seja lá que presença divina que havia disparado toneladas de informação dentro de seu crânio em 1974, o havia abandonado de fato. A questão terrível que Fat não parava de se perguntar não fora colocada em seu diário ou *tractatus*; a questão poderia ser formulada da seguinte maneira:

Se a presença divina sabia do defeito de nascimento de Christopher e fez alguma coisa para corrigi-lo, por que não fez alguma coisa a respeito do câncer de Sherri? Como pôde deixá-la ali morrendo?

Fat não conseguia entender isso. A garota havia passado um ano inteiro com o diagnóstico errado; por que Zebra não havia disparado essa informação para Fat ou para o médico de Sherri ou para Sherri – para *alguém*?

Disparado a tempo de salvá-la!

Um dia, quando Fat visitou Sherri no hospital, um idiota sorridente estava lá do lado da cama dela, uma besta que Fat havia conhecido; essa coisa costumava aparecer às vezes quando Fat e Sherri moravam juntos e abraçava Sherri, a beijava e dizia que a amava – não estava nem aí para Fat. Esse amigo de infância de Sherri, quando Fat entrou no quarto do hospital, estava dizendo para ela:

– O que vamos fazer quando eu for rei do mundo e você for rainha do mundo?

Ao que Sherri, em agonia, respondia:

– Eu só quero me livrar desses bolos na garganta.

Fat nunca chegara tão perto de socar alguém quanto naquele momento. Kevin, que estava com ele, precisou conter Fat fisicamente.

No caminho de volta para o apartamento solitário de Fat, onde ele e Sherri haviam vivido juntos por um tempo tão curto, Fat disse a Kevin:

– Estou ficando louco. Não posso mais aguentar isso.

– Essa é uma reação normal – disse Kevin, que não estava mostrando nada de sua pose cínica naqueles dias.

– Me diga uma coisa – disse Fat. – Por que é que Deus não ajuda ela? – Ele mantinha Kevin atualizado quanto ao progresso de sua exegese; seu encontro com Deus em 1974 era de conhecimento de Kevin, e por isso Fat podia falar abertamente.

Kevin respondeu:

– São os caminhos misteriosos do Grande Punta.

– Que merda é essa? – perguntou Fat.

– Eu não acredito em Deus – respondeu Kevin. – Acredito no Grande Punta. E os caminhos do Grande Punta são misteriosos. Ninguém sabe por que ele faz o que faz, ou não faz.

– Você está tirando sarro da minha cara?

– Não – respondeu Kevin.

– De onde vem o Grande Punta?

– Só o Grande Punta sabe.

– Ele é benigno?

– Uns dizem que sim; outros dizem que não.

– Ele poderia ajudar Sherri se quisesse.

Kevin disse:

– Só o Grande Punta sabe.

Os dois começaram a gargalhar.

Obcecado com a morte, e ficando louco de tristeza e preocupação com Sherri, Fat escreveu o registro 15 de seu *tractatus*.

15. A Sibila de Cumae protegeu a República Romana e deu avisos em tempo. No primeiro século E.C., ela previu os assassinatos dos irmãos Kennedy, do dr. King e do bispo Pike. Ela viu os dois denominadores comuns nos quatro homens assassinados; primeiro, eles defenderam as liberdades da República; e, segundo, cada um desses homens era um líder religioso. Por isso eles foram mortos. A República mais uma vez havia se tornado um império com um césar. "O Império nunca terminou."

16. A Sibila disse em março de 1974: "Os conspiradores foram vistos e serão levados à justiça". Ela os viu com o terceiro olho ou *ajna*, o Olho de Shiva que dá discernimento interior, mas

que quando voltado para fora solta rajadas devastadoras de calor. Em agosto de 1974 a justiça prometida pela Sibila aconteceu.

Fat decidiu colocar no *tractatus* todas as declarações proféticas disparadas em sua cabeça por Zebra.

7. A Cabeça de Apolo está para retornar. Santa Sofia renascerá; ela não era aceitável antes. O Buda está no parque. Sidarta dorme (mas vai despertar). O tempo pelo qual você esperava chegou.

Saber disso, por rota direta do divino, tornou Fat um profeta dos últimos dias. Mas, como havia enlouquecido, ele também colocou absurdos em seu *tractatus*.

50. A fonte primordial de todas as nossas religiões está nos ancestrais da tribo Dogon, que conseguiu sua cosmogonia e cosmologia diretamente dos invasores de três olhos, que nos visitaram há muito tempo. Os invasores de três olhos são surdos-mudos e telepatas, não conseguiam respirar em nossa atmosfera, tinham o crânio alongado e deformado de Ikhnaton e emanavam de um planeta no sistema estelar de Sírio. Embora não tivessem mãos, mas, em vez disso, garras em pinça como as de um caranguejo, eram grandes construtores. Eles influenciaram secretamente nossa história para que ela atingisse um fim frutífero.

A essa altura Fat havia finalmente perdido o contato com a realidade.

7

Você pode compreender por que Fat não sabia mais a diferença entre fantasia e revelação divina – supondo que exista uma diferença, que jamais foi estabelecida. Ele imaginava que Zebra vinha de um planeta no sistema estelar Sírius, que derrubara a tirania de Nixon em agosto de 1974, e acabaria por estabelecer um reino justo e pacífico na Terra, onde não haveria doença, nem dor, nem solidão, e os animais dançariam de alegria.

Fat encontrou um hino escrito por Ikhnaton e copiou partes dele do livro de referência para seu *tractatus*.

"...Quando o filhote de pássaro no ovo chilreia no ovo,
Tu lhe sopras o hálito ali dentro para preservá-lo vivo.
Quando tu o tiveres recolhido
A ponto de romper o ovo,
Ele surge de dentro do ovo,
Para chilrear com todo o seu poder.
Ele sai sobre suas duas patas
Quando tiver saído de lá de dentro.

Como são múltiplas tuas obras!
Elas são ocultas de nós,
Ó deus único, cujos poderes nenhum outro possui.
Tu criaste a terra de acordo com vosso coração
Enquanto estivestes só:
Homens, todo tipo de gado, grande e pequeno,
Tudo o que caminha sobre pés,
Tudo o que está no alto,
Que voa com suas asas.
Vós estais em meu coração,
Não há outro que vos conheça
A não ser vosso filho Ikhnaton.
Vós o fizestes sábio
Em vossos desígnios e em vosso poder.
O mundo está em vossas mãos...

O registro 52 mostra que Fat, a essa altura de sua vida, havia estendido a mão em busca de qualquer esperança maluca que fosse parar às margens de sua confiança de que algum bem existia em algum lugar.

52. Nosso mundo é ainda secretamente governado pela raça oculta que descende de Ikhnaton, e seu conhecimento é a informação da própria Macro-Mente.

"Todo o gado repousa em suas pastagens,
As árvores e as plantas florescem,
Os pássaros voejam sobre seus pântanos,
Suas asas erguidas em adoração a vós.
Todos os cordeiros dançam sobre suas patas,
Todas as coisas de asas voam,
Elas vivem quando vós brilhais sobre elas."

De Ikhnaton este conhecimento passou para Moisés, e de Moisés para Elias, o Homem Imortal, que se tornou Cristo. Mas por baixo de todos os nomes só existe um Homem Imortal; e *nós somos esse homem.*

Fat ainda acreditava em Deus e em Cristo – e em muitas outras coisas mais –, mas queria saber por que Zebra, o termo que ele dava para o Todo-poderoso Divino, não lhe dera um aviso prévio sobre a condição de saúde de Sherri e não a curava agora, e esse mistério assombrou o cérebro de Fat e o transformou num louco.

Fat, que havia procurado a morte, não conseguia compreender por que Sherri estava sendo abandonada para morrer, e morrer de uma forma horrível.

Eu mesmo estou com vontade de dar um passo à frente e sugerir algumas possibilidades. Um garotinho ameaçado por um defeito de nascimento não está na mesma categoria que uma mulher crescida que deseja morrer, que está jogando um jogo maligno, tão maligno quanto seu correspondente físico, o linfoma que está destruindo seu corpo. Afinal de contas, o Todo-poderoso Divino não havia se oferecido para interferir na própria tentativa de suicídio de Fat; a Presença Divina havia permitido que Fat engolisse os quarenta e nove tabletes de digitalis de alto grau de pureza; tampouco a autoridade Divina havia impedido Beth de abandoná-lo e levar seu filho para longe dele, o mesmo filho para quem as informações médicas foram transmitidas em uma revelação teofânica.

Essa menção de invasores de três olhos com garras em vez de mãos, criaturas surdas, mudas e telepáticas de outra estrela, me deixou interessado. Com relação a esse assunto, Fat demonstrou uma reticência desconfiada natural; ele sabia o bastante para não ficar abrindo a boca a esse respeito. Em março de 1974, na época em que havia encontrado Deus (mais adequadamente Zebra) ele havia vivenciado sonhos vívidos sobre essas pessoas de três olhos – ele me contou isso. Eles se manifestaram como entidades ciborgues: envoltas em bolhas de vidro que estremeciam debaixo de massas de equipamento tecnológico. Um aspecto estranho intrigou tanto a Fat quanto a mim; às vezes, nessas visões semelhantes a sonhos, técnicos soviéticos podiam ser vistos, correndo para consertar defeitos nos sofisticados aparatos tecnológicos de comunicações que envolviam as pessoas de três olhos.

– Quem sabe os russos dispararam sinais de micro-ondas psicogênicos ou psicotrônicos ou seja lá como for que eles chamam isso para você – eu disse, pois tinha lido um artigo sobre supostas emissões soviéticas de mensagens telepáticas por intermédio de micro-ondas.

– Duvido que a União Soviética esteja interessada na hérnia de Christopher – Fat disse com amargura.

Mas essa lembrança o assombrava: nessas visões ou sonhos ou estados hipnagógicos, ele havia ouvido palavras em russo sendo ditas e visto várias páginas, centenas de páginas, do que pareciam manuais técnicos russos, descrevendo – ele sabia disso por causa dos diagramas – princípios e construções de engenharia.

– Você ouviu por acaso uma transmissão de mão dupla – sugeri – entre os russos e uma entidade extraterrestre.

– Sorte minha – disse Fat.

Na época dessas experiências, a pressão sanguínea de Fat havia subido a um nível de derrame. Seu médico o hospitalizou por um breve período. O médico o alertou a não tomar anfetaminas

– Não estou tomando anfetaminas – Fat protestou, e era verdade.

O médico havia executado todos os testes possíveis, durante a estada de Fat no hospital, para encontrar uma causa física para a elevada pressão sanguínea, mas nenhuma causa havia sido encontrada. Gradualmente, sua hipertensão havia diminuído. O médico estava desconfiado; ele continuava a acreditar que Fat havia ab-reagido em seu estilo de vida até os dias em que tomava anfetaminas. Mas tanto Fat quanto eu sabíamos que não era isso. A pressão sanguínea dele chegara a 28 por 17,8, que é um nível letal. Normalmente, Fat tinha cerca de 13,5 por 9, que é normal. A causa da elevação temporária permanece um mistério até hoje. Isso e a morte dos animais de estimação de Fat.

Estou contando essas coisas a vocês porque são fatos. São verdades; elas aconteceram.

Na opinião de Fat, seu apartamento havia sido saturado com altos níveis de radiação de alguma espécie. Na verdade, ele vira tudo: luz azul dançando como Fogo de Santelmo.

E não só: a aurora que fervilhava ao redor de seu apartamento se comportava como se fosse senciente e estivesse viva. Quando penetrava em objetos, ela interferia com seus processos causais. E quando alcançou a cabeça de Fat ela transferiu não somente informação para ele, coisa que fez mesmo, mas também uma personalidade. Uma personalidade que não era a de Fat. Uma pessoa com diferentes memórias, costumes, gostos e hábitos.

Pela primeira e única vez em sua vida Fat parou de beber vinho e comprou cerveja, cerveja estrangeira. E passou a chamar seu cachorro de "ele" e sua gata de "ela", embora soubesse – ou tivesse sabido antes – que o cachorro era ela e o gato era ele. Isso irritou Beth.

Fat usava roupas diferentes e passou a pentear sua barba com o maior cuidado. Quando se olhava no espelho do banheiro enquanto a penteava, via uma pessoa que não lhe era familiar, embora fosse seu self regular inalterado. Além disso, o clima parecia errado: o ar era seco demais e quente demais: não era a altitude certa e não era a umidade certa. Fat teve a impressão subjetiva de que um momento atrás ele vivia em uma região alta, fria e úmida do mundo, e não em Orange County, Califórnia.

Além disso, havia o fato de que esse raciocínio interior assumiu a forma de grego *koiné*, que ele não entendia como linguagem, nem como um fenômeno que se passava em sua cabeça.

E ele teve muita dificuldade para dirigir seu carro; não conseguia saber onde estavam os controles; todos pareciam estar nos lugares errados.

Talvez o mais notável de tudo foi que Fat vivenciou um sonho particularmente vívido – se é que foi "sonho" – sobre uma mulher soviética que entraria em contato com ele por correspondência. No sonho ele recebia uma fotografia dela; ela tinha cabelos louros e, lhe disseram, "O nome dela é Sadassa Ulna". Uma mensagem urgente foi disparada para dentro da cabeça de Fat, dizendo que ele *tinha* de responder à carta dela quando chegasse.

Dois dias depois, uma carta registrada via aérea chegou da União Soviética, o que chocou Fat e o deixou aterrorizado. A carta havia sido enviada por um homem, de quem Fat nunca tinha ouvido falar (Fat não estava acostumado a receber cartas da União Soviética) que queria:

1) Uma fotografia de Fat.
2) Uma amostra da grafia de Fat, em particular sua assinatura.

Para Beth, Fat disse:
– Hoje é segunda. Na quarta, outra carta irá chegar. Essa carta será da mulher.

Na quarta-feira, Fat recebeu uma grande quantidade de cartas: sete no total. Sem abri-las, ele enfiou a mão no meio delas e apontou uma, que não tinha nome nem endereço de remetente.

– É esta – ele disse para Beth, que, àquela altura, também estava desarvorada. – Abra-a e olhe para ela, mas não me deixe ver o nome nem o endereço ou eu vou respondê-la.

Beth abriu a carta. Em vez de uma carta propriamente dita, ela encontrou uma folha de xerox na qual duas resenhas de livros do jornal nova-iorquino de esquerda *The Daily World* haviam sido justapostas. O resenhista descrevia a autora dos livros como uma nativa da União Soviética vivendo nos Estados Unidos. Pelas resenhas, estava óbvio que a autora era membro do Partido.

– Meu Deus – Beth, virando o verso da xerox. – O nome e o endereço estão escritos no verso.

– É mulher? – perguntou Fat.

– Sim – respondeu Beth.

Jamais descobri de Fat nem de Beth o que eles fizeram com as duas cartas. Por pistas que Fat deixou aqui e ali, deduzi que ele finalmente acabou respondendo à primeira, depois de concluir que ela era inocente; mas o que ele fez com a xerox, que na verdade não era uma carta no sentido estrito do termo, eu até hoje não sei, nem quero saber. Talvez ele a tenha queimado. Talvez a tenha entregue à polícia, ao FBI ou à CIA; de qualquer maneira, duvido que ele a tenha respondido.

Primeiro, porque ele se recusou a olhar para o verso da xerox onde estavam o nome e o endereço da mulher; ele tinha a convicção de que, se visse essas informações, responderia a ela, querendo ou não. Talvez. Quem pode dizer? Primeiro, oito horas de informações gráficas são disparadas em cima de você a partir de fontes desconhecidas, assumindo a forma de uma atividade lúgubre de fosfeno em oitenta cores dispostas como pinturas abstratas modernas; depois você sonha com pessoas de três olhos em bolhas de vidro e equipamento eletrônico; depois seu apartamento é invadido por energia plasmática tipo Fogo de Santelmo que parece estar viva e pensar; seus animais morrem; você é tomado por uma personalidade diferente que pensa em grego; você sonha com russos; e, por fim, você recebe duas cartas soviéticas dentro de um período de três dias – as quais lhe disseram que estavam chegando. Mas a impressão total não é ruim porque uma parte da informação salva a vida de seu filho. Ah, sim; mais uma coisa; Fat percebeu que estava vendo a Roma antiga superposta sobre a Califórnia de 1974. Bem, vou dizer uma coisa: o encontro de Fat pode não ter sido com Deus, mas certamente foi com *alguma coisa*.

Não é de se espantar que Fat tenha começado a rascunhar páginas e páginas de sua exegese. Eu teria feito o mesmo. Ele não estava simplesmente brincando com teorizações porque não tinha nada para fazer; estava tentando descobrir que porra do inferno havia acontecido com ele.

Se Fat tivesse simplesmente sido louco, ele certamente encontrou uma forma original, um caminho único para isso. Por estar em terapia na época (Fat estava sempre em terapia), ele pediu que um Teste de Rorschach lhe fosse aplicado para determinar se ele havia se tornado um esquizofrênico. O teste deu apenas uma neurose leve. Lá se ia a teoria por terra.

Em meu romance *O Homem Duplo*, publicado em 1977*, copiei o relato das oito horas de atividade lúgubre de fosfeno de Fat.

"Ele havia, poucos anos atrás, experimentado substâncias desinibidoras que afetavam o tecido neural, e uma noite, depois de ter aplicado em si mesmo uma injeção intravenosa considerada segura e ligeiramente eufórica, havia sofrido uma queda desastrosa no fluido GABA** de seu cérebro. Subjetivamente, ele havia então testemunhado uma atividade lúgubre de fosfeno projetada na parede em frente do seu quarto, uma montagem cada vez mais acelerada do que, na época, ele imaginara serem pinturas abstratas modernas.

Por cerca de seis horas, num transe, S.A. Powers vira milhares de pinturas de Picasso substituírem uma à outra em velocidade de edição cinematográfica, e depois fora apresentado a obras de Paul Klee, mais do que o pintor havia pintado durante toda a sua vida. S.A. Powers, que agora estava vendo quadros de Modigliani se substituírem a uma velocidade furiosa, havia conjeturado (todo mundo precisa de uma teoria para tudo) que os rosa-cruzes estavam disparando telepaticamente pinturas para ele, provavelmente impulsionados por sistemas de microrrelés de um tipo avançado;

---

* Publicado no Brasil em 2020 pela Editora Aleph. Título original: *A Scanner Darkly*. [N. de T.]
** Ácido gama-aminobutírico, aminoácido inibitório que age como neurotransmissor no sistema nervoso central. [N. de T.]

mas então, quando pinturas de Kandinsky começaram a assediá-lo, ele se lembrou de que o principal museu de arte de Leningrado era especializado exatamente nesses quadros modernos não objetivos, e deduziu que os soviéticos estavam tentando se contatar telepaticamente com ele. Pela manhã ele se lembrou de que uma queda drástica no fluido GABA de seu cérebro normalmente produzia esse tipo de atividade de fosfenos; ninguém estava tentando entrar em contato telepático com ele, com ou sem impulso por micro-ondas..."[1]

O fluido GABA do cérebro impede os circuitos neurais de dispararem; ele os mantém em um estado dormente ou latente até que um estímulo de desinibição – o estímulo correto – seja apresentado para o organismo, nesse caso Horselover Fat. Em outras palavras, existem circuitos neurais projetados para disparar mediante uma deixa em um momento específico sob circunstâncias específicas. Será que Fat havia recebido um estímulo desinibidor antes da atividade lúgubre de fosfeno – a indicação de uma queda drástica do nível de fluido GABA em seu cérebro, e por isso o disparo de circuitos anteriormente bloqueados, metacircuitos, por assim dizer?

Todos esses eventos aconteceram em março de 1974. No mês anterior, Fat tirara o dente do siso. Para isso, o cirurgião-dentista administrou uma injeção de pentotal sódico via intravenosa. Depois, ainda naquela tarde, já em casa e sentindo muita dor, Fat pedira a Beth que ligasse para uma farmácia para pedir medicação para dor de dente. Mesmo todo estropiado, foi o próprio Fat quem atendeu à porta. Quando abriu, deu de cara com uma linda mulher de cabelos escuros que lhe estendeu uma sacolinha branca contendo o Darvon N. Mas Fat, apesar da enorme dor que sentia, não estava nem aí para as pílulas, pois sua atenção havia se fixado no

---

[1] *A Scanner Darkly*, Doubleday, 1977, p. 15-16.

colar reluzente de ouro no pescoço da moça; não conseguia tirar os olhos dele. Zonzo de dor – e por causa do pentotal sódico – e exausto pela provação pela qual havia passado, mesmo assim conseguiu perguntar à garota o que o símbolo em ouro no centro do colar representava. Era um peixe, visto de perfil.

Tocando o peixe dourado com um dedo magro, a garota respondeu: – Este é um sinal que era usado pelos primeiros cristãos.

No mesmo instante, Fat teve um flashback. Ele se lembrou – apenas por meio segundo. Lembrou-se da antiga Roma e de si mesmo: como um dos primeiros cristãos; todo o mundo antigo e sua vida furtiva e aterrorizada como um cristão secreto caçado pelas autoridades romanas explodiu em sua mente... e logo em seguida ele estava de volta à Califórnia de 1974 aceitando o saquinho branco de analgésicos.

Um mês mais tarde, enquanto estava deitado na cama, sem sono, na penumbra, ouvindo o rádio, começou a ver cores flutuantes. Então o rádio começou a tocar frases estridentes, feias e pavorosas para ele. E, dois dias depois, as cores vagas começaram a correr em sua direção como se ele mesmo estivesse caminhando para diante, cada vez mais rápido, e, conforme descrevi em meu romance *A Scanner Darkly*, as cores vagas se congelaram subitamente em um foco preciso na forma de pinturas abstratas modernas, literalmente dezenas de milhares delas em rápida sucessão.

Metacircuitos no cérebro de Fat haviam sido desinibidos pelo sinal do peixe e pelas palavras pronunciadas pela garota.

Simples assim.

Alguns dias depois, Fat acordou e viu a Roma antiga sobreposta à Califórnia de 1974 e pensou em grego *koiné*, a língua franca da parte do Oriente Próximo do mundo romano, que era a parte que estava vendo. Ele não sabia que o *koiné* era a língua franca deles; supunha que era o latim. E, além disso, como já contei a vocês, ele não reconhecia a linguagem de seus pensamentos sequer como uma linguagem.

Horselover Fat está vivendo em dois tempos diferentes e dois lugares diferentes; isto é, em dois *continua* espaço-temporais; foi isso o que aconteceu em março de 1974 por causa do ancestral sinal de peixe que lhe fora apresentado no mês anterior; seus dois *continua* espaço-temporais deixaram de estar separados e se fundiram. E suas duas identidades – personalidades – também se fundiram. Mais tarde, ele ouviu uma voz pensar dentro de sua cabeça:

– Tem outra pessoa vivendo dentro de mim e não é deste século.

A outra personalidade era quem havia chegado a essa conclusão. A outra personalidade estava pensando. E Fat – especialmente logo antes de adormecer – conseguia captar os pensamentos dessa outra personalidade, até cerca de um mês atrás; ou seja, quatro anos e meio depois que a compartimentalização das duas pessoas foi destruída.

O próprio Fat expressou isso muito bem para mim no começo de 1975, quando começou a me fazer confidências. Ele chamava a personalidade dentro dele que vivia em outro século e em outro lugar de "Thomas".

– Thomas – Fat me contou – é mais inteligente que eu, e sabe mais do que eu. De nós dois, Thomas é a personalidade principal.

– Ele achava que isso era bom; ai daquele que tenha uma outra personalidade má ou burra em sua cabeça!

Eu disse:

– Você quer dizer que um dia você foi Thomas. Você é uma reencarnação dele e se lembra dele e de seus...

– Não, ele está vivendo agora. Vivendo na Roma antiga *agora*. E ele não sou eu. Isso não tem nada a ver com a reencarnação.

– *Mas o seu corpo* – eu disse.

Fat me encarou e balançou a cabeça concordando.

– Certo. Isso quer dizer que meu corpo está ou em dois *continua* espaço-temporais simultaneamente, *ou então meu corpo não está em lugar algum.*

Registro 14 *do tractatus*: **O universo é informação e estamos estacionários dentro dele, não tridimensionais e não no espaço ou no tempo. As informações que nos são fornecidas nós hipostatizamos dentro do mundo fenomênico.**

Registro 30, que é uma reafirmação para ênfase: O mundo fenomênico não existe; ele é uma hipóstase das informações processadas pela Mente.

Fat me deixou apavorado. Ele havia extrapolado os registros 14 e 30 de sua experiência, inferiu-os por meio da descoberta de que existia mais alguém dentro de sua cabeça e que esse alguém estava vivendo em um lugar diferente em uma época diferente – há dois mil anos e a treze mil quilômetros de distância.

Nós não somos indivíduos. Somos estações em uma Mente única. Deveríamos permanecer separados um do outro em todos os momentos. Entretanto, Fat havia recebido por acidente um sinal (o sinal do peixe dourado) que era endereçado para Thomas. Era Thomas quem lidava com sinais de peixes, não Fat. Se a garota não tivesse explicado o sentido do sinal, a quebra da compartimentalização não teria ocorrido. Mas ela explicou e a coisa aconteceu. Espaço e tempo foram revelados para Fat – e para Thomas! – como meros mecanismos de separação. Fat se pegou vendo uma dupla exposição de suas realidades sobrepostas, e Thomas provavelmente viu a si próprio fazendo o mesmo. Thomas provavelmente se perguntou que diabos de língua estrangeira estava acontecendo em *sua* cabeça. Então percebeu que a cabeça não era sequer a dele: "Tem outra pessoa vivendo dentro de mim e não é deste século". Era Thomas pensando, não Fat. Mas se aplicava igualmente a Fat.

Mas Thomas tinha uma vantagem perante Fat, porque, como Fat disse, Thomas era mais inteligente. Ele assumiu Fat, o fez trocar o vinho pela cerveja, penteou sua barba, teve problemas com o carro... mas o mais importante, Thomas lembrava – se é que essa era a palavra – outros eus, um na Creta minoica, que é de 3000 a.E.C. a 110 a.E.C., há muito, muito tempo. Thomas até se lembrava de um eu antes disso: um que havia chegado a este planeta vindo das estrelas. Thomas era o não idiota definitivo dos tempos pós-neolíticos. Como um cristão primitivo, da era apostólica, ele não havia visto Jesus, mas conhecia gente que o vira – meu Deus, estou perdendo o controle aqui, tentando escrever essas coisas. Thomas havia descoberto como se reconstituir após sua morte física. Todos os primeiros cristãos sabiam como fazer isso. Funcionava por intermédio da anamnese, a perda da amnésia que – bem, o sistema deveria funcionar desse jeito: quando Thomas estivesse morrendo, faria um engrama de si mesmo no sinal cristão do peixe, consumiria uma estranha comida e bebida cor-de-rosa – o mesmo rosa da luz que Fat havia visto – de um recipiente sagrado que ficava guardado em um armário frio, e depois morreria, e quando renascesse, cresceria e seria uma pessoa posterior, não ele mesmo, *até* que lhe fosse mostrado o sinal do peixe.

Ele havia antecipado esse acontecimento para quase quarenta anos após sua morte. Errado. Levou quase dois mil anos.

Assim, por intermédio desse mecanismo, o tempo foi abolido. Ou, para dizermos de outra maneira, a tirania da morte foi abolida. A promessa da vida eterna que Cristo fizera ao seu pequeno rebanho não era cascata. Cristo lhes havia ensinado como fazê-lo; tinha a ver com o plasmado imortal do qual Fat falara, a informação viva que ficara adormecida em Nag Hammadi por séculos e séculos. Os romanos haviam encontrado e assassinado todos os homoplasmados – todos os primeiros cristãos vinculados por cruzamento ao plasmado; eles morreram, o plasmado escapou para Nag Hammadi e ficou adormecido como informação nos códices.

Até que, em 1945, a biblioteca foi descoberta e desenterrada – e lida. Então Thomas precisou esperar – não quarenta anos – mas dois mil; pois o sinal do peixe dourado não era o bastante. Imortalidade, a abolição do tempo e do espaço, só vem por intermédio do Logos ou do plasmado; somente isso é imortal.

Estamos falando de Cristo. Ele é uma forma de vida extraterrestre que veio a este planeta milhares de anos atrás, e, como informação viva, passou para o cérebro de seres humanos que já estavam vivendo aqui, a população nativa. Estamos falando de simbiose interespécie.

Antes de ser Cristo ele foi Elias. Os judeus sabem tudo a respeito de Elias e sua imortalidade – e de sua capacidade para estender a imortalidade para outros "dividindo seu espírito". O povo de Qumran sabia disso. Eles procuraram receber parte do espírito de Elias.

– Vede, meu filho, aqui o tempo se transforma em espaço.

Primeiro você o muda em espaço e depois o atravessa, mas, como Parsifal percebeu, ele não estava se movendo nem um pouco; estava parado e a paisagem mudou; ela sofreu uma metamorfose. Por um momento ele deve ter vivenciado uma dupla exposição, uma superposição, como aconteceu com Fat. Este é o tempo do sonho, que existe agora, não no passado, o lugar onde os heróis e deuses habitam e onde seus feitos são realizados.

A descoberta específica mais perturbadora que Fat fizera foi seu conceito do universo como sendo irracional e governado por uma mente irracional, a divindade criadora. Se o universo fosse considerado racional, e não irracional, então qualquer coisa que o invadisse poderia parecer irracional, já que não pertenceria a ele. Mas Fat, depois de reverter tudo, viu a invasão racional dentro do irracional. O plasmado imortal havia invadido nosso mundo e o plasmado era totalmente racional, ao passo que nosso mundo não. Essa estrutura forma a base da visão de mundo de Fat. É o seu alicerce.

Por dois mil anos o único elemento racional em nosso mundo havia ficado adormecido. Em 1945 ele despertou, saiu de seu estado adormecido de semente e começou a crescer. Cresceu dentro de si mesmo, e presumivelmente dentro de outros humanos, e cresceu para fora, no macromundo. Ele não podia estimar sua vastidão, como eu já disse. Quando algo começa a devorar o mundo, uma coisa séria está acontecendo. Se a entidade devoradora é má ou louca, a situação não é simplesmente séria; é pavorosa. Mas Fat via o processo por outro ângulo. Ele o via exatamente como Platão o havia visto em sua própria cosmologia; a mente racional (*noûs*) persuade a irracional (acaso, determinação cega, *ananke*) para entrar no cosmos.

Esse processo foi interrompido pelo Império.

"**O Império nunca terminou.**" Até agora; até agosto de 1974, quando o Império sofreu um golpe devastador, talvez terminal, nas mãos – por assim dizer – do plasmado imortal, agora restaurado à forma ativa e usando humanos como seus agentes físicos.

Horselover Fat era um desses agentes. Ele era, por assim dizer, as mãos do plasmado, que se estendiam para ferir o Império.

Por causa disso, Fat deduziu que tinha uma missão, que a invasão dele pelo plasmado representava sua intenção de empregá-lo para seus propósitos benignos.

Eu também tenho sonhado com outro lugar, um lago ao norte, com chalés e pequenas propriedades rurais ao redor de sua margem sul. No meu sonho, chego até lá vindo do sul da Califórnia, onde moro; esse é um local para passar as férias, mas é muito antiquado. Todas as casas são de madeira, com aquele tipo de tábua marrom tão popular na Califórnia antes da Segunda Guerra Mundial. As estradas são de terra. Os carros também são mais antigos. O que é estranho é que não existe nenhum lago assim na parte norte da Califórnia. Na vida real, já dirigi todo o caminho para norte que leva até a fronteira com o Oregon e cheguei a entrar no Estado do Oregon. Só existem 1500 quilômetros de território árido.

Onde é que existe esse lago – e as casas e estradas ao seu redor – na verdade? Sonho com ele inúmeras vezes. Como nos sonhos tenho a consciência de que estou em férias, de que minha verdadeira casa fica no sul da Califórnia, às vezes dirijo de volta até aqui, Orange County, nesses sonhos interconectados. Mas quando volto para cá, estou morando numa casa, ao passo que na realidade vivo em um apartamento. Nos sonhos, sou casado. Na vida real, vivo sozinho. O mais estranho ainda é que minha esposa é uma mulher que nunca vi antes.

Em um dos sonhos, nós dois estamos do lado de fora, no quintal, regando e podando nosso roseiral. Posso ver a casa ao lado: é uma mansão, e temos em comum com ela um muro de alvenaria. Rosas selvagens foram plantadas numa trepadeira que sobe pelo muro, para torná-lo atraente. Quando passo meu ancinho ao lado das latas de lixo de plástico verde que enchemos até a boca com galhos podados, olho para minha mulher – ela está regando as plantas com uma mangueira – e olho para o muro com suas trepadeiras e rosas, e sinto-me bem; penso: não seria possível viver feliz no sul da Califórnia se não tivéssemos esta bela casa com seu belo quintal. Preferiria ser o dono da mansão ao lado, mas de qualquer maneira eu pelo menos posso vê-la, e posso entrar no seu jardim mais espaçoso. Minha mulher veste blue jeans; ela é magra e bonita.

Quando acordo, penso: eu deveria dirigir até o lago ao norte; por mais bonito que seja cá em baixo, com minha esposa e o quintal e as rosas selvagens, o lago é mais bonito. Mas aí percebo que estamos em janeiro, e haverá neve na rodovia quando eu chegar ao norte da Área da Baía; não é um bom momento para voltar para a cabana no lago. Eu deveria esperar até o verão; afinal de contas, não sou lá um motorista muito bom. Mas meu carro é dos bons; um Capri vermelho quase novo. E então, quando acordo, percebo que estou vivendo num apartamento no sul da Califórnia sozinho. Não tenho esposa. Não existe aquela casa, com o quintal e o muro alto com trepadeiras e rosas. O que é mais estranho ainda: não só não tenho uma cabana no lago ao norte como também não existe nenhum lago assim na Califórnia. O mapa que seguro mentalmente durante meu sonho é um mapa falso; ele não mostra a Califórnia. Então, que Estado ele mostra? Washington? Existe uma grande massa de água ao norte de Washington; já a sobrevoei na ida e na volta para o Canadá, e já visitei Seattle certa vez.

Quem é essa esposa? Não apenas sou solteiro, como nunca fui casado nem jamais vi essa mulher. Mas nos sonhos eu sinto um profundo, confortável e familiar amor por ela, o tipo de amor que só cresce com a passagem de muitos anos. Mas como é que eu sequer sei disso, já que nunca senti um amor assim por ninguém?

Ao me levantar da cama – estava tirando um cochilo no finzinho da tarde –, entro na sala de estar do meu apartamento e sou atingido de imediato pela natureza sintética da minha vida. Som estéreo (sintético); aparelho de televisão (este é certamente sintético); livros, uma experiência de segunda mão, pelo menos comparada com dirigir subindo a estrada estreita de terra que margeia o lago, passando por baixo dos galhos das árvores, finalmente chegando à minha cabana e ao lugar onde estaciono. Que cabana? Que lago? Consigo até mesmo me lembrar de ter sido levado até lá originalmente, anos atrás, por minha mãe. Agora, às vezes, vou por via aérea. Existe um voo direto entre o sul da Califórnia e o lago... a não ser por alguns quilômetros depois do campo de pouso. Que campo de pouso? Mas, acima de tudo, como é que eu consigo suportar a vida artificial que levo aqui neste apartamento de plástico, sozinho, especificamente sem ela, a mulher magra de blue jeans?

Se não fosse por Horselover Fat e seu encontro com Deus ou Zebra ou o Logos, e esta outra pessoa vivendo na cabeça de Fat mas em outro século e outro lugar, eu acharia que meus sonhos não são nada. Consigo me lembrar de artigos que tratam das pessoas que foram morar próximo ao lago; elas pertencem a um grupo religioso pacífico, meio que parecido com os Quakers (eu fui criado como Quaker); só que em algum lugar existe a informação de que eles acreditam fortemente que crianças não devem ser colocadas em berços de madeira. Essa era a heresia especial deles. Além disso – e consigo até ver as páginas do artigo escrito a esse respeito –, diziam sobre eles que "de vez em quando um ou dois magos nascem", o que está de certo modo ligado à aversão que eles têm por berços de madeira; se você puser um bebê que seja um mago – um futuro mago – dentro de um berço de madeira, evidentemente ele irá aos poucos perder seus poderes.

Sonhos de outra vida? Mas onde? Aos poucos, o mapa visualizado da Califórnia, que é espúrio, vai se desvanecendo, as casas, as estradas, as pessoas, os carros, o aeroporto, o clã de pacíficos religiosos com sua aversão peculiar a berços de madeira; mas, para que isso se desvaneça, uma série de sonhos interconectados que abrangem anos de tempo real precisam se desvanecer também.

A única conexão entre essa paisagem de sonhos e meu mundo real consiste em meu Capri vermelho.

Por que esse elemento específico é verdadeiro em ambos os mundos?

A respeito de sonhos, já se disse que eles são uma "psicose controlada", ou, vamos dizer de outra maneira, uma psicose é um sonho que irrompe durante as horas despertas. O que isso quer dizer em termos de meu sonho com o lago que inclui uma mulher que nunca conheci pela qual sinto um amor verdadeiro e confortável? Existem duas pessoas em meu cérebro, assim como no de Fat? Separadas em compartimentos diferentes, mas, no meu caso, nenhum símbolo de desinibição acidentalmente deflagrou o "outro" para que atravessasse a partição e penetrasse em minha personalidade e em meu mundo, ou será que isso aconteceu?

Será que somos todos iguais a Horselover Fat, mas não sabemos?

Em quantos mundos existimos simultaneamente?

Ainda grogue do meu cochilo, ligo a TV e tento ver um programa chamado "Dick Clark's Good Ol' Days Part II*". Idiotas e palhaços aparecem na tela, babam como malucos ou doidões chapados; garotos cheios de espinhas na cara gritam numa aprovação extasiada de total banalidade. Desligo a TV. Meu gato quer comer. Que

---

* Numa tradução aproximada, "Os Bons Tempos de Dick Clark, Parte 2". [N. de T.]

gato? Nos sonhos, minha esposa e eu não temos bichos de estimação; possuímos uma casa maravilhosa com um quintal grande e bem cuidado no qual passamos nossos fins de semana. Temos uma garagem para dois carros... subitamente percebo, com um choque, que é uma casa cara; em meus sonhos inter-relacionados, sou bem de vida. Vivo uma vida de classe média alta. Não sou eu. Eu jamais viveria desse jeito; ou, se vivesse, ficaria profundamente desconfortável. Riqueza e propriedades me fazem ficar pouco à vontade; cresci em Berkeley e tenho a típica consciência socialista de esquerda de Berkeley, com sua desconfiança de vida cheia de conforto.

A pessoa no sonho também possui uma propriedade de frente para o lago. Mas o maldito Capri é o mesmo. No começo deste ano, saí e comprei um Capri Ghia zero quilômetro, coisa que normalmente eu não teria condições de bancar; é o tipo de carro que a pessoa do sonho compraria. Existe uma lógica no sonho, então. Como aquela pessoa, eu teria o mesmo carro.

Uma hora depois que acordei do sonho ainda consigo ver no olho de minha mente – seja lá ele qual for; o terceiro olho ou *ajna*? – a mangueira do jardim que minha esposa de blue jeans arrasta pela entrada de cimento. Pequenos detalhes, e nenhuma trama. Gostaria de ser dono da mansão ao lado da nossa casa. Gostaria? Na vida real, eu não possuiria uma mansão nem que me pagassem. Isso é coisa de gente rica; detesto essa gente. Quem sou eu? Quantas pessoas eu sou? Onde estou? Este pequeno apartamento de plástico no sul da Califórnia não é minha casa, mas agora estou acordado, eu acho, e aqui eu vivo, com minha TV (olá, Dick Clark), e meu estéreo (olá, Olívia Newton-John) e meus livros (olá, nove milhões de títulos que enchem a casa). Em comparação com minha vida nos sonhos interconectados, esta vida é solitária, falsa e sem valor; inadequada para uma pessoa inteligente e culta. *Onde estão as rosas? Onde está o lago? Onde está a mulher magra, sorridente, atraente que está enrolando e puxando a mangueira verde do jardim?* A pessoa que sou agora, comparada com a pessoa do sonho, foi surpreendida, derrotada e apenas supõe que tem uma vida plena.

Nos sonhos, eu vejo do que consiste realmente uma vida plena, e não é o que eu realmente tenho.

Então um estranho pensamento toma conta de mim. Não sou muito chegado ao meu pai, que ainda está vivo, na casa dos oitenta, vivendo no norte da Califórnia, em Menlo Park. Só visitei a casa dele duas vezes, e isso foi há vinte anos. A casa dele era parecida com a que eu tinha no sonho. As aspirações dele – e suas realizações – batem com as da pessoa do sonho. Será que eu me torno meu pai durante o sono? O homem no sonho – eu mesmo – tinha aproximadamente a mesma idade que tenho agora, ou *menos*. Sim; posso inferir pela mulher, minha esposa: muito mais nova. Voltei no tempo em meus sonhos, não de volta à minha própria juventude, mas à juventude de meu pai! Em meus sonhos, tenho a visão que meu pai tem de uma boa vida, do que as coisas deveriam ser; a força de sua visão é tão forte que ela permanece por uma hora depois que desperto. Naturalmente, sinto desprezo por meu gato quando acordo; meu pai odeia gatos.

Meu pai, na década antes de eu nascer, costumava dirigir até o norte, para o Lago Tahoe. Ele e minha mãe provavelmente tinham uma cabana ali. Não sei; nunca estive lá.

Memória filogênica, memória da espécie. Não a minha própria memória, memória ontogênica. "A filogenia é recapitulada na ontogenia", é o que se diz. O indivíduo contém a história de toda a sua raça, até as suas origens. De volta à Roma Antiga, a Minos em Creta, de volta às estrelas. Tudo a que cheguei, tudo a que ab-reagi, no sono, foi uma geração. Esta é a memória do *pool* genético, a memória do DNA. Isso explica a experiência crucial de Horselover Fat, na qual o símbolo do peixe cristão desinibiu uma personalidade de dois mil anos no passado... porque o símbolo se originou dois mil anos no passado. Se lhe tivesse sido mostrado um símbolo ainda mais antigo, ele teria ab-reagido mais longe; afinal, as condições eram perfeitas para isso: ele havia tomado uma dose de pentotal sódico, a "droga da verdade".

Fat tinha outra teoria. Ele acha que a data é na verdade 103 E.C. (ou d.C., como eu escrevo; que se dane Fat e seus modernismos hippies). Estamos na verdade em tempos apostólicos, mas uma camada de *maya,* ou o que os gregos chamavam de *"dokos"*, obscurece a paisagem. Este é um conceito fulcral para Fat: *"dokos"*, a camada de ilusão ou o meramente aparente. A situação tem a ver com o tempo, se o tempo é real ou não.

Vou citar Heráclito por conta própria, sem a permissão de Fat: "O tempo é uma criança a brincar, jogando damas; uma criança é o reino". Jesus! O que quer dizer isso? Edward Hussey, sobre essa passagem: "Aqui, como provavelmente em Anaximandro, 'Tempo' é um nome para Deus, com uma sugestão etimológica de sua eternidade. A divindade infinitamente velha é uma criança jogando um jogo de tabuleiro enquanto move as peças cósmicas em combate segundo as regras". Jesus Cristo, do que estamos tratando aqui? Onde estamos nós, quando estamos e quem somos? Quantas pessoas em quantos lugares em quantas épocas? Peças num tabuleiro, movidas pela "divindade infinitamente velha" que é uma "criança"!

De volta à garrafa de conhaque. Conhaque me acalma. Às vezes, especialmente depois de passar uma noite conversando com Fat, fico histérico e preciso de alguma coisa para me acalmar. Tenho a sensação pavorosa de que ele está prestes a descobrir alguma coisa real e terrivelmente apavorante. Pessoalmente, não quero chegar a nenhuma inovação teológica ou filosófica. Mas eu precisava conhecer Horselover Fat; eu precisava conhecê-lo e compartilhar de suas ideias alopradas baseadas em seu encontro peculiar com Deus sabe o quê. Com a realidade definitiva, talvez. Fosse lá o que fosse, estava vivo e pensava. E de jeito nenhum se parecia conosco, apesar da citação de *I João 3:2*.

Xenófanes tinha razão.

"Um deus existe, *de nenhuma forma como as criaturas mortais*, seja em forma corporal ou na forma de sua mente."

Não é um oxímoro dizer "eu não sou eu mesmo"? Não é uma contradição verbal, uma afirmação sem o menor sentido semântico?

Acabou que Fat era Thomas; e eu, ao estudar as informações em meu sonho, concluo que sou meu próprio pai, casado com minha mãe, quando ela era jovem – antes de meu próprio nascimento. Acho que a menção crítica de que "De vez em quando um ou dois magos nascem" deveria me dizer alguma coisa. Uma tecnologia suficientemente avançada nos pareceria uma forma de magia. Foi Arthur C. Clarke quem apontou isso. Um mago lida com magia; *ergo*, um "mago" é alguém que está em posse de uma tecnologia altamente sofisticada, que nos deixa estupefatos. Alguém está jogando um jogo de tabuleiro com o tempo, alguém que não podemos ver. Não é Deus. Este é um nome arcaico dado a essa entidade por sociedades no passado, e por pessoas hoje que estão presas em um pensamento anacrônico. Precisamos de um novo termo, mas não estamos lidando com nada de novo.

Horselover Fat é capaz de viajar através do tempo, viajar milhares de anos no passado. As pessoas de três olhos provavelmente vivem no futuro distante; elas são nossos descendentes, altamente evoluídos. E foi provavelmente a tecnologia delas que permitiu a Fat fazer suas viagens no tempo. Para falar a verdade, a personalidade principal de Fat pode não estar no passado mas à nossa frente – mas se expressou do lado de fora dele, na forma de Zebra. Eu estou dizendo que o Fogo de Santelmo que Fat reconheceu como sendo vivo e senciente provavelmente ab-reagiu de volta a este período de tempo e é um de nossos próprios filhos.

8

Não acho que deva contar a Fat que achei que o encontro dele com Deus seja de fato um encontro com ele mesmo vindo do futuro distante. Ele próprio tão evoluído, tão alterado, que não era mais um ser humano. Fat havia começado a se lembrar de um tempo anterior, em que ainda estava nas estrelas, e havia encontrado um ser pronto para retornar às estrelas, e diversos "eus" ao longo do caminho, vários pontos ao longo da linha. E todos eles são a mesma pessoa.

Registro 13 do *tractatus*: Pascal disse: "Toda a história é um homem imortal que aprende constantemente". Este é o Imortal a quem veneramos sem lhe saber o nome. "Ele viveu há muito tempo, mas ainda está vivo" e "A Cabeça de Apolo está para retornar". O nome muda.

Em um certo nível, Fat adivinhou a verdade; ele havia encontrado seus antigos eus e seus futuros eus – dois futuros eus; um antigo; as pessoas de três olhos, e depois Zebra, que é desincorporado.

O tempo de algum modo foi abolido para ele, e a recapitulação dos eus ao longo do eixo de tempo linear fez com que a multidão de eus se laminasse em camadas, formando uma entidade comum.

Dessa laminação de eus, Zebra, que é supra ou transtemporal, veio a existir: pura energia, pura informação viva. Imortal, benigna, inteligente e prestativa. A essência do ser humano *racional*. No centro de um universo irracional governado por uma Mente irracional está o homem racional, dos quais Horselover Fat é apenas um exemplo. A divindade inquebrantável que Fat encontrou em 1974 era ele mesmo. Entretanto, Fat parecia feliz em acreditar que havia encontrado Deus. Depois de pensar um pouco, decidi não dizer a ele o que eu achava. Afinal de contas, eu podia estar errado.

Isso tinha tudo a ver com o tempo. "O tempo pode ser superado", escreveu Mircea Eliade. Esse é o xis da questão. O grande mistério de Elêusis, dos Órficos, dos primeiros cristãos, de Sarapis, das religiões dos mistérios greco-romanas, de Hermes Trismegisto, dos alquimistas herméticos do Renascimento, da Irmandade Rosa-Cruz, de Apolônio de Tiana, de Simon Magus, de Asclépio, de Paracelso, de Bruno, consiste na abolição do tempo. As técnicas estão lá. Dante as discute na *Divina Comédia*. Elas têm a ver com a perda da amnésia; quando se perde o esquecimento, a verdadeira memória se espalha para a frente e para trás, para o passado e para o futuro, e também, estranhamente, para dentro de universos alternativos; ela não é só linear, mas também ortogonal.

É por isso que se pode dizer corretamente que Elias é imortal; ele havia penetrado no Reino Superior (como Fat o denomina) e não está mais sujeito ao tempo. O tempo equivale ao que os antigos chamavam de "determinismo astral". O objetivo dos mistérios era libertar o iniciado do determinismo astral, que mal e mal equivale ao destino. Sobre isso, Fat escreveu em seu *tractatus*:

Registro 48: Dois reinos existem, o superior e o inferior. O superior deriva do hiperuniverso I ou Yang, a Forma I de Parmênides, é senciente e volitivo. O reino inferior, ou Yin, a Forma II de Parmênides, é mecânico, orientado por uma causa cega, eficiente, determinista e sem inteligência, já que emana de uma fonte morta. Em tempos antigos ele era denominado

"determinismo astral". Estamos aprisionados, em grande parte, no reino inferior, mas somos, por intermédio dos sacramentos, por intermédio do plasmado, libertados. Até que o determinismo astral seja quebrado, não estaremos sequer cientes dele, tão iludidos nos encontramos. "O Império nunca terminou."

Sidarta, o Buda, lembrava-se de todas as suas vidas passadas; por isso ele recebeu o título de buda, que significa "o Iluminado". Dele, o conhecimento de como atingir esse estado foi transmitido para a Grécia, e aparece nos ensinamentos de Pitágoras, que conservou grande parte disso oculta, segredo místico de *gnose*; mas seu pupilo Empédocles se separou da Irmandade Pitagórica e levou tudo isso a conhecimento público. Empédocles contou aos seus amigos em particular que ele era Apolo. Ele também, assim como o Buda e Pitágoras, conseguia se lembrar de suas vidas passadas. O que eles não revelavam era sua capacidade de se "lembrar" de vidas futuras.

As pessoas de três olhos que Fat viu representavam ele próprio em um estágio iluminado de seu desenvolvimento evolucionário através de suas várias vidas. No budismo, isso é chamado de "olho divino super-humano" (*dibba-cakkhu*), o poder de ver a morte e o renascimento dos seres. Gautama Buda (Sidarta) obteve esse poder durante o período do meio de sua vigília (de dez da noite às duas da manhã). Em sua primeira vigília (de seis da tarde à dez da noite), ele ganhou o conhecimento de todas – repito: *todas* – as suas existências anteriores (*pubbeni-vasanussati-nana*). Não contei isso a Fat, mas tecnicamente ele havia se tornado um Buda. Não me pareceu uma boa ideia dizer isso a ele. Afinal, se você é um Buda, deveria ser capaz de descobrir isso sozinho.

Ocorre-me que é um interessante paradoxo que um Buda – um iluminado – fosse incapaz de descobrir, mesmo depois de quatro anos e meio, que ele havia se tornado um iluminado. Fat havia se atolado totalmente em sua enorme exegese, tentando de modo fútil determinar o que havia acontecido com ele. Ele parecia mais com uma vítima de atropelamento do que com um Buda.

– Caralho! – como teria ressaltado Kevin, a respeito do encontro com Zebra. – O que é que foi AQUILO?

Nenhuma situação esquisita passava batida pelos olhos de Kevin. Ele se considerava o falcão e a esquisitice, o coelho. Ele não levava muito a sério a exegese, mas permaneceu um bom amigo de Fat. Kevin operava a partir do princípio de que se deve condenar a ação, não quem a praticou.

Nesses dias, Kevin estava se sentindo bem. Afinal, sua opinião negativa de Sherri havia provado estar correta. Isso fez com que ele e Fat se aproximassem. Kevin sabia muito bem quem era ela, independentemente do câncer. Na análise final, o fato de que ela estava morrendo não importava a mínima para ele. Ele havia pensado muito sobre o assunto e concluíra que o câncer era um esquema de chantagem.

A ideia obsessiva de Fat naqueles dias, enquanto ele se preocupava cada vez mais com Sherri, era de que o Salvador em breve renasceria – ou já havia renascido. Em algum lugar no mundo ele caminhava ou em breve caminharia pela terra uma vez mais.

O que Fat pretendia fazer quando Sherri morresse? Maurice havia gritado isso para ele na forma de uma pergunta. Será que ele iria morrer também?

De jeito nenhum. Fat, ponderando, escrevendo e fazendo pesquisas e recebendo fragmentos de mensagens de Zebra durante estados hipnagógicos e em sonhos, e tentando salvar alguma coisa dos escombros de sua vida, havia decidido ir em busca do Salvador. Ele o encontraria onde quer que ele estivesse.

Esta era a missão, o propósito divino, que Zebra havia lhe dado em março de 1974; o jugo suave, o peso leve. Fat, que agora era um homem santo, se tornaria um mago moderno. Só lhe faltava uma pista – uma dica de onde procurar. Zebra acabaria lhe dizendo; a pista viria de Deus. Este era todo o propósito da teofania de Zebra: fazer com que Fat seguisse seu caminho.

Quando dissemos isso ao nosso amigo David, ele perguntou:

– Será que vai ser Cristo? – Demonstrando, portanto, seu catolicismo.

– É um quinto Salvador – Fat disse enigmaticamente. Afinal de contas, Zebra havia se referido à vinda do Salvador de diversas – e de certa forma conflitantes – maneiras; como Santa Sofia, que era Cristo; como a Cabeça de Apolo; como o Buda ou Sidarta. Sendo eclético em termos de sua teologia, Fat listou uma série de salvadores: o Buda, Zoroastro, Jesus e Abu Al-Qasim Muhammad Ibn Abd Allah Abd Al-Muttalib Ibn Hashim (isto é: Maomé). Às vezes ele também listava Mani. Logo, o próximo Salvador seria o número cinco, pela lista resumida, ou número seis, pela lista completa. Em certas épocas, Fat também incluía Asclépio, que, quando acrescentado à lista mais longa, tornaria o próximo Salvador o número sete. De qualquer maneira, esse futuro salvador seria o último; ele se sentaria como rei e juiz sobre todas as nações e povos. A ponte-filtro do zoroastrianismo havia sido armada, e por intermédio dela as boas almas (as de luz) se separavam das almas ruins (as das trevas). Ma´at havia colocado sua pena na balança para ser pesada contra o coração de cada homem em julgamento, com Osíris, o Juiz, presidindo. Foi um período ocupado.

Fat pretendia estar presente, talvez para entregar o *Livro da Vida* para o Juiz Supremo, o Ancião mencionado no *Livro de Daniel*.

Todos apontamos para Fat que provavelmente o *Livro da Vida* – no qual os nomes de todos que foram salvos haviam sido escritos – seria pesado demais para um homem só erguer; seriam necessários um guincho e uma escavadeira. Fat não achou graça.

– Espere até o Juiz Supremo ver o meu gato morto – disse Kevin.

– Você e seu maldito gato morto – eu disse. – Estamos de saco cheio de ouvir você falar do seu gato morto.

Depois de ouvir Fat revelar seus planos engenhosos para procurar o Salvador – não importava o quanto ele tivesse de viajar para encontrá-lo –, percebi o óbvio: Fat realmente estava em busca daquela garota morta, Gloria, por cuja morte ele se considerava responsável. Ele havia fundido totalmente a sua vida e seus objetivos religiosos com sua vida e objetivos emocionais. Para ele, "salvador" significava "amigo perdido". Ele esperava voltar a se reunir com ela, mas deste lado do túmulo. Se não podia ir até ela, do outro lado, então a encontraria aqui. Portanto, embora ele não estivesse mais em modo suicida, ainda estava pirado. Mas isso me pareceu uma melhora; *tânatos* estava perdendo para *eros*. Nas palavras de Kevin, "Talvez Fat transe com alguma gata ao longo do caminho".

Quando Fat partisse em sua busca sagrada, estaria procurando duas garotas mortas: Gloria e Sherri. Essa versão atualizada da saga do Graal me fez ficar pensando se motivos igualmente eróticos haviam motivado os cavaleiros do Graal em Montsavat, o castelo onde Parsifal acabou parando. Wagner diz em seu texto que somente aqueles a quem o próprio Graal chama encontram seu caminho até lá. O sangue de Cristo na cruz havia sido colhido no mesmo cálice do qual ele havia bebido na Última Ceia; então ele havia literalmente acabado por conter o sangue. Em essência, o sangue, não o Graal, chamava os cavaleiros; o sangue nunca morreu. Assim como Zebra, o conteúdo do Graal era um plasma, ou, como Fat denominava, plasmado. Provavelmente Fat anotou em algum ponto de sua exegese que Zebra era igual ao plasmado que era igual ao sangue sagrado do Cristo crucificado.

O sangue derramado da garota, rachado e ressecado na calça-da em frente ao Oakland Synanon Building, convocava Fat, que, assim como Parsifal, era um completo idiota. É isso o que a palavra "parsifal", dizem, significa em árabe; supostamente ela derivou de "*Falparsi*", uma palavra árabe que significa "puro idiota". Isso, é claro, não é verdade, embora na ópera *Parsifal*, Kundry se dirija assim a Parsifal. O nome "Parsifal", na verdade, deriva de "Perceval", que é apenas um nome. Entretanto, permanece um ponto de interesse: através da Pérsia, o Graal é identificado com a pré-cristã "*lapis exilix*", que é uma pedra mágica. Essa pedra aparece na alquimia hermética tardia como o agente por intermédio do qual a metamorfose humana é atingida. Segundo o conceito de Fat sobre simbiose interespécie, o ser humano cruzado com Zebra ou o Logos ou o plasmado para se tornar um homoplasmado, posso ver uma certa continuidade em tudo isso. Fat acreditava que ele próprio havia efetuado um cruzamento com Zebra; logo, ele já havia se tornado aquilo que os alquimistas herméticos procuravam. Seria natural, então, que ele procurasse o Graal; ele encontraria sua amiga, a si próprio e seu lar.

Kevin tinha o papel do mago maligno Klingsor, por ficar constantemente espicaçando as aspirações idealistas de Fat. Fat, segundo Kevin, era um tarado. Em Fat, *tânatos* – a morte – lutava com *eros* – que Kevin identificava não com a vida, mas com trepar. Isso provavelmente não está longe da verdade; quero dizer, a descrição básica que Kevin faz da luta dialética indo e vindo dentro da cabeça de Fat. Parte de Fat desejava morrer e parte desejava a vida. *Tânatos* pode assumir a forma que desejar; ele pode matar *eros,* a pulsão de vida, e em seguida simulá-la. Assim que *tânatos* faz isso com você, você está em grande apuros; você supõe que está sendo dirigido por *eros,* mas é *tânatos* usando uma máscara. Eu esperava que Fat não tivesse entrado nesse lugar; eu esperava que o desejo dele de buscar e encontrar o Salvador derivasse de *eros.*

O verdadeiro Salvador, ou o verdadeiro Deus, carrega a vida dentro de si; ele *é* a vida. Qualquer "salvador" ou "deus" que traga a morte não é nada a não ser *tânatos* usando uma máscara de salvador. É por isso que Jesus se identificava como o verdadeiro Salvador – mesmo quando não queria se identificar dessa forma – por seus milagres de cura. As pessoas sabiam para onde os milagres de cura apontavam. Existe uma passagem maravilhosa no final do Antigo Testamento onde essa questão está esclarecida. Deus diz: "Mas para vós que temeis o meu nome, brilhará o sol da justiça, que tem a cura em seus raios, e vós saireis e saltareis como bezerros de engorda".

Em certo sentido, Fat esperava que o Salvador curasse o que havia ficado doente, restaurasse o que havia sido quebrado. Em algum nível, ele realmente acreditava que a garota morta Gloria pudesse ter sua vida restaurada. Foi por isso que a agonia sem alívio de Sherri, seu câncer em crescimento, o perturbou e derrotou suas esperanças e crenças espirituais. Segundo seu sistema, como foi escrito em sua exegese, com base em seu encontro com Deus, Sherri deveria ter sido curada.

Fat estava em busca de muita coisa. Embora tecnicamente ele conseguisse compreender por que Sherri tinha câncer, espiritualmente ele não entendia. Na verdade, Fat não conseguia mesmo compreender por que Cristo, o Filho de Deus, havia sido crucificado. Dor e sofrimento não faziam sentido para Fat; ele não conseguia encaixá-las no grande esquema das coisas. Logo, raciocinou, a existência de aflições tão pavorosas apontavam para irracionalidade no universo, uma afronta para a razão.

Sem sombra de dúvida, Fat falava sério quanto à sua peregrinação proposta. Ele havia guardado quase vinte mil dólares em sua poupança.

– Não caçoe dele – eu disse um dia a Kevin. – Isso é importante para ele.

Os olhos de Kevin brilharam com seu cinismo costumeiro. Ele disse:

– Comer uma mulher gostosa é importante para mim também.

– Sai dessa – eu disse. – Você não é nada engraçado.

Kevin simplesmente continuou a sorrir.

Uma semana depois, Sherri morreu.

Agora, conforme eu havia previsto, Fat tinha duas mortes em sua consciência. Ele não fora capaz de salvar nenhuma das duas garotas. Quando você é Atlas, precisa carregar uma carga pesada, e se deixá-la cair, muita gente vai sofrer, um mundo inteiro de pessoas, um mundo inteiro de sofrimento. Isso agora afetava Fat mais espiritual do que fisicamente, esse fardo. Amarrados a ele, os dois cadáveres gritavam por socorro: gritavam mesmo mortos. Os gritos dos mortos são terríveis; você deveria tentar não ouvi-los.

O que eu temia era um retorno de Fat ao suicídio, e, se isso fracassasse, então outra temporada na prisão de borracha.

Para minha surpresa, quando passei pelo apartamento de Fat, encontrei-o composto.

– Estou indo – ele me disse.

– Em sua peregrinação?

– É isso aí – disse Fat.

– Onde?

– Não sei. Vou simplesmente começar e Zebra me guiará.

Eu não tinha motivação para tentar dissuadi-lo disso; do que consistiam suas alternativas? Sentado sozinho no apartamento em que ele e Sherri haviam vivido juntos? Ouvindo Kevin fazer pouco caso das tristezas do mundo? E o pior de tudo, ele podia passar o tempo ouvindo David reclamar de como "Deus tira o bom de dentro do que existe de mal". Se alguma coisa fosse capaz de colocar Fat na prisão de borracha, seria se encontrar no meio do fogo cruzado entre Kevin e David: o imbecil, pio e crédulo *versus* o cinicamente cruel. E o que eu poderia acrescentar? A morte de Sherri havia me arrasado também, havia me desconstruído em peças básicas, como um brinquedo desmontado até voltarem as peças originais que estavam no kit infantil colorido. Senti vontade de dizer: "Me leve com você, Fat. Me mostre o caminho de casa".

Enquanto Fat e eu estávamos ali sentados chorando, o telefone tocou. Era Beth, que queria se certificar de que Fat sabia que estava uma semana atrasado no pagamento da pensão alimentícia do filho.

Quando desligou o telefone, Fat disse para mim:

– Minhas ex-esposas descendem de ratos.

– Você precisa sair daqui – eu disse.

– Então você concorda que eu deveria ir.

– Sim – eu disse.

– Tenho dinheiro suficiente para ir a qualquer lugar do mundo. Pensei na China. Pensei assim: qual é o lugar menos provável em que Ele nasceria? Um país comunista como a China. Ou a França.

– Por que a França? – perguntei.

– Sempre quis conhecer a França.

– Então vá para a França – eu disse.

– "O que é que você vai fazer" – murmurou Fat.

– Perdão?

– Eu estava pensando naquele anúncio do American Express Travelers' Checks na TV. "O que é que você vai fazer? *O que* você vai fazer?" É assim que me sinto neste momento. Eles têm razão.

Eu disse:

– Eu gosto daquele com o homem de meia-idade que diz: "Eu tinha seiscentos dólares naquela carteira. É a pior coisa que já aconteceu na minha vida". Se essa é a pior coisa que já aconteceu com ele...

– É – Fat respondeu, assentindo. – Ele viveu uma vida protegida.

Eu sabia qual visão havia sido conjurada pela mente de Fat: a visão das garotas mortas. Ou quebradas no impacto ou arrebentadas por dentro. Estremeci e tive vontade de chorar.

– Ela sufocou – Fat disse, finalmente, numa voz baixinha. – Ela simplesmente sufocou, porra; não conseguia mais respirar.

– Lamento – eu disse.

– Você sabe o que o médico me disse para me animar? – Fat disse. – "Existem doenças piores que câncer."

– Ele te mostrou slides?

Nós dois caímos na gargalhada. Quando você está quase louco de dor, você ri do que puder.

– Vamos dar uma caminhada até a Sombrero Street – eu disse; era um bom restaurante e bar aonde todos nós gostávamos de ir. – Vou te pagar uma bebida.

Descemos até a Main Street e nos sentamos no bar que ficava na Sombrero Street.

– Cadê aquela moça pequenininha de cabelos castanhos com quem você costumava vir? – a garçonete perguntou a Fat quando nos serviu nossos drinques.

– Em Cleveland – disse Fat. Nós dois começamos a rir novamente. A garçonete se lembrava de Sherri. Era terrível demais para levar a sério.

– Eu conheci uma mulher – disse para Fat enquanto bebíamos – e eu estava falando de um gato morto que tive e disse: "Bom, ele está descansando na perpetuidade", e ela imediatamente disse, completamente séria: "o meu gato está enterrado em Glendale". Nós todos rimos e comparamos o tempo em Glendale com o tempo na perpetuidade. – Fat e eu gargalhamos tanto que outras pessoas pararam para olhar para nós. – A gente tem que parar com isso – eu disse, me acalmando.

– Não é mais frio na perpetuidade? – perguntou Fat.

– Sim, mas com menos neblina.

Fat disse:

– Quem sabe não é lá onde vou encontrá-lo?

– Quem? – perguntei.

– Ele. O quinto salvador.

– Você se lembra daquela época no seu apartamento – eu disse – quando Sherri estava iniciando a quimioterapia e seu cabelo estava caindo...

– Sim, o pratinho de água do gato.

– Ela estava ao lado do pratinho de água do gato e seus cabelos ficavam caindo dentro do pratinho de água e o coitado do gato não estava entendendo nada.

– "Que diabo é isso?" – disse Fat, citando o que o gato teria dito se pudesse falar. – "Aqui no meu pratinho d'água?" – Ele sorriu, mas não era possível ver nenhuma alegria em seu sorriso. Nenhum de nós podia mais ser engraçado, mesmo entre nós. – Precisamos de Kevin para nos animar – disse Fat. – Pensando bem – ele murmurou –, talvez não.

– Só precisamos continuar andando em frente – disse eu.

– Phil – disse Fat –, se eu não achá-lo, vou morrer.

– Eu sei – respondi. Era verdade. O Salvador estava entre Horselover Fat e a aniquilação.

– Eu estou programado para me autodestruir – disse Fat. – O botão já foi apertado.

– As sensações que você sente... – comecei.

– Elas são racionais – disse Fat. – Em termos da situação. É verdade. Isto não é loucura. Eu preciso encontrá-lo, esteja ele onde estiver, ou morro.

– Bem, então eu vou morrer também – eu disse. – Se você morrer.

– É isso aí – disse Fat. – Você sacou. Você não pode existir sem mim e eu não posso existir sem você. Estamos nessa juntos. Caralho. Que tipo de vida é essa? Por que é que essas coisas acontecem?

– Mas você mesmo acabou de dizer. O universo...

– Vou encontrá-lo – disse Fat. Terminou seu drinque, colocou o copo vazio na mesa e se levantou. – Vamos voltar ao meu apartamento. Quero que você ouça o novo disco da Linda Ronstadt, *Living in the USA*. É bom pra caramba.

Quando saímos do bar, eu disse:

– Kevin diz que a Linda Ronstadt já era.

Parando na porta, Fat disse:

– Quem já era é o Kevin. Ele vai ficar sacudindo aquele maldito gato morto debaixo do seu capote no Dia do Juízo Final e eles vão rir na cara dele como ele ri na nossa cara. É isso o que ele merece: um Grande Juiz exatamente como ele próprio.

– Não é uma ideia teológica ruim – eu disse. – Você descobre que está encarando você mesmo. Você acha que irá encontrá-lo?

– O Salvador? Vou, vou achá-lo sim. Se eu ficar sem dinheiro, volto pra casa, trabalho um pouco mais e torno a procurar. Ele tem de estar em algum lugar. Zebra disse isso. E o Thomas, dentro da minha cabeça – ele sabia disso; ele se lembrava de que Jesus havia estado ali pouco tempo antes, e sabia que ele voltaria. Estavam todos felizes, completamente felizes, fazendo preparativos para recebê-lo quando ele voltasse. A volta do noivo. Era um ambiente tão festivo, Phil; totalmente feliz e animado, e todo mundo correndo de um lado para o outro. Eles estavam fugindo da Prisão de Ferro Negra e simplesmente rindo e rindo; eles haviam explodido aquela porra, Phil; a prisão inteira. Explodido ela e saído de lá... correndo, rindo e totalmente, totalmente felizes. E eu era um deles.

– Você será novamente – eu disse.

– Serei – disse Fat – quando encontrá-lo. Mas até lá eu não serei; não posso ser; não há saída. – Ele parou subitamente no meio-fio, as mãos enfiadas nos bolsos. – Sinto saudades dele, Phil; sinto saudades dele, caralho. Eu quero estar com ele; quero senti-lo me abraçando. Ninguém mais pode fazer isso. Eu o vi – meio que o vi – e quero vê-lo novamente. Esse amor, esse calor... esse deleite que ele tem de que sou eu, se me vir, de estar feliz que seja eu: de me *reconhecer*. Ele me *reconheceu*!

– Eu sei – disse, me sentindo estranho.

– Ninguém sabe como é – disse Fat – tê-lo visto e depois não vê-lo. Já são quase cinco anos agora, cinco anos de... – Fez um gesto.

– De quê? E o que antes disso?

– Você vai encontrá-lo – eu disse.

– Eu preciso encontrá-lo – disse Fat – ou vou morrer. E você também, Phil. E nós sabemos disso.

O líder dos cavaleiros do Graal, Amfortas, tem uma ferida que não sara. Klingsor o feriu com a lança que perfurou o flanco de Jesus. Mais tarde, quando Klingsor atirar a lança em Parsifal, o puro idiota pega a lança – que parou em pleno ar – e a segura, fazendo o sinal da cruz com ela, e Klingsor e todo o seu castelo desaparecem. Eles nunca estiveram lá, para começo de conversa; eram uma ilusão, que os gregos chamam de *dokos*; o que os indianos chamam de *véu de maya*.

Não há nada que Parsifal não possa fazer. No fim da ópera, Parsifal toca a ferida de Amfortas com a lança e a ferida se cura.

163

Amfortas, que só queria morrer, é curado. Palavras muito misteriosas são repetidas, que jamais entendi, embora eu leia em alemão:

> *"Gesegnet sei dein Leiden,*
> *Das Mitleids höchste Kraft,*
> *Und reinsten Wissens Macht*
> *Denn zagen Toren gab!"*

Esta é uma das chaves da história de Parsifal, o puro idiota que abole a ilusão do mago Klingsor e seu castelo, e cura a ferida de Amfortas. Mas o que isso quer dizer?

> "Possa seu sofrimento ser abençoado,
> Que deu ao tolo tímido
> O mais alto poder da piedade
> E a força do mais puro conhecimento!"

Não sei o que isso quer dizer. Mas sei que, no nosso caso, o puro idiota, Horselover Fat, ele próprio tinha a ferida que não queria curar, e a dor que a acompanha. Tudo bem; a ferida é provocada pela lança que feriu o flanco do Salvador, e só essa mesma lança poderá curá-lo. Na ópera, após a cura de Amfortas, o templo é finalmente aberto (ele estava fechado havia um longo tempo) e o Graal é revelado, momento no qual vozes celestiais dizem:

> *"Erlösung dem Erlöser!"*

O que é muito estranho, pois significa:

> "O Redentor redimido!"

Em outras palavras, Cristo salvou a si mesmo. Existe um termo técnico para isso: *Salvator salvandus*. O "salvador salvo".

"O fato de que, no cumprimento de sua tarefa, o mensageiro eterno deve ele próprio assumir o fardo da encarnação e do exílio cósmico, e o fato posterior de que, pelo menos na variação iraniana do mito, ele é, em um certo sentido, idêntico àqueles que chama – as partes outrora perdidas do eu divino – dão margem à ideia comovente do 'salvador salvo' (*salvator salvandus*)."

Minha fonte tem prestígio: *The Encyclopedia of Philosophy*, MacMillan Publishing Company, Nova York, 1967; no artigo sobre "Gnosticismo". Estou tentando ver como isso se aplica a Fat. O que é esse "mais alto poder da piedade"? De que maneira a piedade tem o poder de curar uma ferida? E pode Fat sentir pena de si mesmo e assim curar sua própria ferida? *Seria isso, então, o que tornaria Horselover Fat o próprio Salvador, o salvador salvo?* Esta parece ser a ideia que Wagner expressa. A ideia do salvador é de origem gnóstica. Como ela entrou em *Parsifal*?

Talvez Fat estivesse em busca de si mesmo quando partiu em busca do Salvador. Para curar a ferida provocada primeiro pela morte de Gloria e depois pela morte de Sherri. Mas o que, em nosso mundo moderno, seria análogo ao imenso castelo de pedra de Klingsor?

Aquilo que Fat chama de Império? A Prisão de Ferro Negra?

O Império "que nunca terminou" é uma ilusão?

As palavras que Parsifal fala e que fazem com que o imenso castelo de pedra – e o próprio Klingsor – desapareça são:

"Mit diesem Zeichen bann´ Ich deinen Zauber."

"Com este sinal eu declaro sua magia abolida."

O sinal, claro, é o sinal da cruz. O Salvador de Fat é o próprio Fat, como eu já havia deduzido; Zebra são todos os eus ao longo do eixo temporal linear, laminados em uma camada de eu supra- ou transtemporal que não pode morrer, e que retornou para salvar

Fat. Mas não ouso dizer a Fat que ele está em busca de si mesmo. Ele não está pronto para assimilar esse conceito, pois, assim como o resto de nós, ele busca um salvador externo. O "mais alto poder da piedade" é simplesmente uma mentira deslavada. A piedade não tem poder. Fat sentia uma enorme piedade por Gloria e uma enorme piedade por Sherri e não ajudou nem um pouco em nenhum dos dois casos. Faltava alguma coisa. Todo mundo sabe disso, todo mundo que já olhou sem poder fazer nada para uma pessoa doente ou moribunda, ou um animal doente ou moribundo, sentiu uma pena terrível, uma pena avassaladora, e percebeu que essa pena, por maior que pudesse ser, é totalmente inútil.

Outra coisa curou a ferida.

Para mim, David e Kevin, a questão era séria, essa ferida em Fat não curava, mas precisava ser curada e seria curada – se Fat encontrasse o Salvador. Será que existia no futuro alguma cena mágica em que Fat cairia em si, reconheceria ser ele próprio o Salvador e, portanto, automaticamente, seria curado? Não aposte nisso. Eu não apostaria.

Parsifal é um daqueles artefatos culturais tortuosos dos quais você tem a sensação subjetiva de que aprendeu alguma coisa, alguma coisa valiosa ou até mesmo que não tem preço; mas, ao fazer um exame mais atento, você subitamente começa a coçar a cabeça e dizer: "Espere um minuto. Isto aqui não faz sentido". Posso até ver Richard Wagner às portas do paraíso. "Vocês precisam me deixar entrar", diz ele. "Eu escrevi *Parsifal*. Tem a ver com o Graal, Cristo, sofrimento, piedade e cura. Certo?" E eles respondem: "Bom, nós lemos a obra e ela não faz sentido". SLAM! Wagner tem razão e eles também. É outra armadilha de dedos chinesa.

Ou talvez eu não esteja entendendo direito a questão. O que temos aqui é um paradoxo zen. Aquilo que não faz sentido faz o *maior* sentido de todos. Estou sendo apanhado num pecado da maior magnitude: o uso da lógica aristotélica de dois valores: "Uma coisa é A ou não A" (A Lei do Meio Excluído). Todo mundo sabe que a lógica aristotélica de dois valores não vale porra nenhuma. O que estou dizendo é:

Se Kevin estivesse aqui, ele diria: "bilu-bilu-bilu", que é o que ele diz a Fat quando Fat lê trechos de sua exegese em voz alta. Kevin não vê a menor utilidade no Profundo. Ele tem razão. Tudo o que estou fazendo é fazer "bilu-bilu-bilu" sem parar nas minhas tentativas de compreender como Horselover Fat vai curar – salvar – Horselover Fat. Pois Fat não pode ser salvo. Curar Sherri iria compensar a perda de Gloria; mas Sherri morreu. A morte de Gloria fez com que Fat tomasse quarenta e nove tabletes de veneno, e agora estamos torcendo para que, com a morte de Sherri, ele siga em frente, encontre o Salvador (que Salvador?) e seja curado – curado de uma ferida que antes da morte de Sherri era virtualmente terminal para ele. Agora não existe Horselover Fat; somente a ferida permanece.

Horselover Fat está morto. Arrastado para a tumba por duas mulheres más. Arrastado para o fundo porque é um idiota. Esta é outra parte de *Parsifal* que não faz sentido, a ideia de que ser imbecil é salvífico. Por quê? Em *Parsifal*, o sofrimento deu ao idiota tímido "o poder do mais puro conhecimento". Como? Por quê? Por favor, explique.

Por favor, me mostre como o sofrimento de Gloria e o sofrimento de Sherri contribuíram com qualquer coisa boa para Fat, para qualquer um, para qualquer coisa. É mentira. É uma mentira maligna. O sofrimento deve ser abolido. Bom, vamos admitir: *Parsifal* fez isso curando a ferida; a agonia de Amfortas cessou.

O que nós realmente precisamos é de um médico, não de uma lança. Deixe-me passar para vocês o registro 45 do *tractatus* de Fat.

45. Ao ver Cristo em uma visão, eu disse corretamente para ele: "Nós precisamos de cuidados médicos". Na visão havia um criador insano que destruía o que criava, sem objetivo; o que significa dizer, irracionalmente. Este é o traço de loucura da Mente; Cristo é nossa única esperança, já que não podemos

mais convocar Asclépio. Asclépio veio antes de Cristo e fez um homem se erguer dos mortos; por esse ato, Zeus mandou um dos Kyklopes matá-lo com um raio. Cristo também foi morto pelo que havia feito; erguer um homem dos mortos. Elias trouxe um menino de volta à vida e desapareceu logo em seguida num redemoinho. "O Império nunca terminou."

46. O médico havia vindo a nós uma série de vezes, sob uma série de nomes. Mas ainda não estamos curados. O Império o identificou e o ejetou. Desta vez ele matará o Império por fagocitose.

De muitas maneiras, a exegese de Fat faz mais sentido do que *Parsifal*. Fat concebe o universo como um organismo vivo no qual uma partícula tóxica penetrou. A partícula tóxica, feita de metal pesado, se incorporou ao organismo-universo e o está envenenando. O organismo-universo despacha um fagócito. O fagócito é Cristo. Ele cerca a partícula de metal tóxico – a Prisão de Ferro Negra – e começa a destruí-la.

41. O Império é a instituição, a codificação, da loucura; ele é insano e impõe sua insanidade a nós pela violência, já que sua natureza é violenta.

42. Combater o Império é ser infectado por sua loucura. Isso é um paradoxo; quem quer que derrote um segmento do Império se torna o Império; ele prolifera como um vírus, impondo sua forma sobre seus inimigos. Logo, ele se torna seus inimigos.

43. Contra o Império, posiciona-se a informação viva, o plasmado ou o médico, o que conhecemos como o Espírito Santo ou Cristo desincorporado. Estes são os dois princípios, o

escuro (o Império) e o claro (o plasmado). No fim, a Mente dará a vitória ao último. Cada um de nós irá morrer ou sobreviver de acordo com aquilo ao qual se alinhar e seus esforços. Cada um de nós contém um componente de cada. No fim das contas, um ou outro componente triunfará em cada humano. Zoroastro sabia disso, pois a Mente Sábia o informou. Ele foi o primeiro salvador.[1] Quatro viveram ao todo. Um quinto está para nascer, e ele irá diferir dos outros: ele governará e nos julgará.

Na minha opinião, Kevin pode fazer "bilu-bilu-bilu" sempre que Fat ler ou fizer citações de seu *tractatus*, mas Fat descobriu alguma coisa. Fat vê uma fagocitose cósmica em progresso, na qual, em microforma, todos estamos envolvidos. Uma partícula de metal tóxico está alojada dentro de cada um de nós: "O que está acima (o macrocosmo) é o que está abaixo (o microcosmo ou o homem)". Estamos todos feridos e todos precisamos de um médico – Elias para os judeus, Asclépio para os gregos, Cristo para os cristãos, Zoroastro para os gnósticos, os seguidores de Mani e assim por diante. Nós morremos porque nascemos doentes – nascidos com um fragmento de metal pesado dentro de nós, uma ferida como a ferida de Amfortas. E quando formos curados seremos imortais; é assim que deveria ser, mas o fragmento de metal tóxico penetrou no macrocosmo e simultaneamente penetrou em cada uma de suas pluriformas microcósmicas: nós mesmos.

Pense no gato que cochila em seu colo. Ele está ferido, mas a ferida ainda não está aparecendo. Assim como Sherri, alguma coisa o está consumindo. Você quer apostar contra essa afirmação? Lamine todas as imagens do gato no tempo linear em uma entidade; o resultado que você obtém está estropiado, ferido e morto. Mas um milagre acontece. Um médico invisível cura o gato.

---

[1]   Fat deixou Buda de fora; talvez ele não soubesse o que e quem é o Buda.

"Então tudo fica em suspenso por um momento, e nos leva apressadamente para a morte. A planta e o inseto morrem ao fim do verão, a fera e o homem depois de alguns anos: a morte passa sua foice incansável. Entretanto, sem contar com isso, não, como se isso não fosse assim de modo algum, tudo está sempre lá e em seu lugar, como se tudo fosse imperecível... Esta é a imortalidade temporal. Em consequência disso, sem contar com milhares de anos de morte e decadência, nada se perdeu, nem um átomo da matéria, menos ainda qualquer coisa do ser interior, que se exiba como natureza. Logo, a cada momento podemos gritar alegremente: 'Apesar do tempo, da morte e da decomposição, ainda estamos todos juntos!'." (Schopenhauer.)

Em algum lugar, Schopenhauer diz que o gato que você vê brincando no jardim é o gato que brincou há trezentos anos. Era isso o que Fat havia encontrado em Thomas, nas pessoas de três olhos, e acima de tudo em Zebra, que não tinha corpo. Um antigo argumento a favor da imortalidade é o seguinte: se cada criatura realmente morre – como parece – então a vida constantemente se retira do universo, deixa de existir; e então, no fim das contas, toda vida terá deixado de existir, já que não existem exceções conhecidas. *Ergo*, apesar do que vemos, a vida de algum modo *não deve* se transformar em morte.

Junto com Gloria e Sherri, Fat havia morrido, mas Fat ainda continuava vivendo, como o Salvador que ele agora propunha buscar.

9

A "Ode" de Wordsworth tem o subtítulo "Prenúncios da Imortalidade das Recordações do Começo de Sua Infância". No caso de Fat, os "prenúncios da imortalidade" eram baseados em recordações de uma vida futura.

Além disso, Fat não conseguia escrever um poema que valesse uma merdinha sequer, por mais que se esforçasse. Ele adorava a "Ode" de Wordsworth, e queria poder ter criado algo que se igualasse a ela. Jamais o fez.

De qualquer maneira, os pensamentos de Fat haviam se voltado para viagens. Aqueles pensamentos haviam adquirido uma natureza específica; certo dia ele dirigiu até o Wide-World Travel Bureau (filial de Santa Ana) e teve uma reunião com a moça atrás do balcão; com a moça e o terminal de computador dela.

– Sim, nós podemos colocar o senhor num navio lento até a China – a moça disse animada.

– E que tal um avião rápido? – perguntou Fat.

– O senhor está indo para a China por razões médicas? – perguntou a moça.

Fat ficou surpreso com a pergunta.

– Muitas pessoas do Ocidente estão voando para a China por motivos de saúde – a moça disse. – Até mesmo da Suécia, foi o que me disseram. Os custos médicos na China são excepcionalmente baixos... mas talvez o senhor já saiba disso. O senhor sabia disso? Cirurgias de grande porte chegam a aproximadamente trinta dólares em alguns casos. – Ela ficou procurando entre panfletos, sorrindo toda animada.

– Acho que sim – disse Fat.

– Então o senhor poderá deduzir isso de seu imposto de renda – disse a moça. – Viu como ajudamos o senhor aqui na Wide-World Travel?

A ironia dessa questão periférica atingiu Fat com força: o fato de que ele, que buscava o quinto Salvador, pudesse deduzir sua peregrinação de seu Imposto de Renda Federal. Naquela noite, quando Kevin passou na casa dele, ele mencionou isso, esperando que Kevin se divertisse às suas custas.

Contudo, Kevin tinha outros peixes para fritar. Em um tom enigmático de voz, Kevin perguntou:

– Que tal irmos ao cinema amanhã à noite?

– Para ver o quê? – Fat havia captado o tom sombrio na voz de seu amigo. Isso queria dizer que Kevin estava para aprontar alguma coisa. Mas, naturalmente, fiel à sua natureza, Kevin não disse mais muita coisa.

– É um filme de ficção científica – disse Kevin, e foi tudo o que disse.

– Ok – disse Fat.

Na noite seguinte, ele, eu e Kevin pegamos o carro e fomos até a Tustin Avenue, num cinema poeira; já que eles tinham a intenção de ver um filme de ficção científica, senti que, por razões profissionais, eu deveria ir junto.

Quando Kevin estacionou seu pequeno Honda Civic vermelho, vimos a fachada do cinema.

– *Valis* – disse Fat, lendo as palavras. – Com Mamãe Ganso. O que é "Mamãe Ganso"?

– Uma banda de rock – eu disse, decepcionado; já estava achando que não ia gostar daquilo. Kevin tinha gostos bizarros, tanto em cinema quanto em música; evidentemente ele havia conseguido combinar as duas coisas naquela noite.

– Eu já vi – Kevin disse cripticamente. – Vai por mim. Você não vai se decepcionar.

– Você já viu? – Fat perguntou. – E quer ver de novo?

– Vai por mim – Kevin repetiu.

Quando nos sentamos em nossas poltronas dentro do cineminha, reparamos que a plateia parecia ser em grande parte composta por adolescentes.

– Mamãe Ganso é Eric Lampton – disse Kevin. – Foi ele quem escreveu o roteiro de *Valis* e também está estrelando.

– Ele canta? – eu perguntei.

– Negativo – disse Kevin, e era tudo o que ele tinha a dizer; então se calou.

– Por que é que estamos aqui? – perguntou Fat.

Kevin olhou para ele de esguelha, e não respondeu.

– Isto aqui é uma daquelas coisas tipo seu recorde de arrotos? – perguntou Fat. Certa vez, quando estava numa depressão daquelas especiais, Kevin havia trazido um disco que ele, Kevin, garantiu a ele, Fat, que o animaria. Fat precisou colocar seus fones de ouvido Stax eletrostáticos e pôs o volume no máximo. A trilha consistia em arrotos.

– Negativo – disse Kevin.

As luzes diminuíram; a plateia adolescente fez silêncio; os títulos e créditos apareceram.

– O nome Brent Mini significa alguma coisa para você? – perguntou Kevin. – Ele fez a música. Mini trabalha com sons aleatórios criados por computador que ele chama de "Música de Sincronicidade". Ele já lançou três LPs. Eu tenho o segundo e o terceiro, mas não consigo achar o primeiro.

– Então é coisa séria – disse Fat.

– Espere só – disse Kevin.

Começaram a ouvir ruídos eletrônicos.

– Meu Deus – eu disse, com aversão. Na tela, uma vasta bolha de cores aparece, explodindo em todas as direções; a câmera fez uma panorâmica e fechou numa cena específica. Filme de sci-fi de baixo orçamento, eu disse para mim mesmo. É isso o que dá ao gênero a má reputação que ele tem.

O filme começou abruptamente; de repente os créditos desapareceram. Um campo aberto, calcinado, marrom, com algumas plantinhas aqui e acolá, apareceu. Bem, eu disse para mim mesmo, é isso o que vamos ver. Um jipe com dois soldados dentro, percorrendo o campo aos trancos e barrancos. Então uma coisa brilhante passa flamejando pelo céu.

– Parece um meteoro, capitão – diz um soldado.

– É – o outro soldado concorda pensativo. – Mas talvez seja melhor investigarmos.

Eu estava errado.

O filme *Valis* mostrava uma pequena empresa de discos chamada Meritone Records, localizada em Burbank, de propriedade de um gênio da eletrônica chamado Nicholas Brady. A época – pelo estilo dos carros e do tipo particular de rock que estava sendo tocado – sugeria final dos anos sessenta ou início dos setenta, mas havia estranhas incongruências. Por exemplo, Richard Nixon não parecia existir; o presidente dos Estados Unidos tinha o nome de Ferris F. Fremount, e era muito popular. Durante a primeira parte do filme, houve cortes bruscos para noticiários de TV da animada campanha de Ferris Fremount para reeleição.

O próprio Mamãe Ganso – o verdadeiro rock star que na vida real é colocado no mesmo nível de Bowie, Zappa e Alice Cooper – assumiu a forma de um compositor que havia se viciado em drogas, decididamente um *loser*. Apenas o fato de que Brady continuava a pagá-lo permitia que Ganso sobrevivesse economicamente. Ganso tinha uma mulher atraente e com cabelos extremamente curtos; essa mulher possuía uma aparência extraterrestre, com sua cabeça quase careca e seus enormes olhos luminosos.

No filme, Brady tentava constantemente passar um papo em Linda, a mulher do Ganso (no filme, por algum motivo, Ganso usava seu nome real, Eric Lampton; então a história narrada tinha a ver com os Lampton marginais). Linda Lampton não era natural; isso apareceu logo no começo. Fiquei com a impressão de que Brady era um filho da puta, apesar de sua genialidade com audioeletrônica. Ele tinha um sistema de laser montado que transmitia as informações – ou seja, os vários canais de música – para um mixer diferente de tudo o que realmente existe; aquela maldita coisa tinha o tamanho de uma fortaleza – Brady chegava mesmo a entrar nela usando uma porta, e, dentro dela, se banhava com raios laser que se convertiam em som usando seu cérebro como um transdutor.

Numa das cenas, Linda Lampton tirava a roupa. Ela não tinha órgãos sexuais.

Foi a coisa mais pirada que eu e Fat já vimos.

Enquanto isso, Brady tentava passar um papo nela sem saber que não havia como ir para a cama com ela, anatomicamente falando. Isso divertia Mamãe Ganso – Eric Lampton –, que não parava de se aplicar e escrever as piores músicas imagináveis. Depois de um tempo, ficou óbvio que seu cérebro estava fodido; ele também não percebia isso. Nicholas Brady começou a elaborar manobras de embromação sugerindo que, por intermédio de seu mixer-fortaleza, ele pretendia matar Eric Lampton com lasers, abrindo o caminho para se deitar com Linda Lampton que, na verdade, não tinha órgãos sexuais.

Enquanto isso, Ferris Fremount continuava aparecendo em fade-outs que nos deixavam abestalhados. Fremount ia ficando cada vez mais parecido com Brady, e Brady parecia se metamorfosear em Fremount. Cenas filmadas que mostravam Brady em enormes eventos de gala, aparentemente questões de Estado; diplomatas estrangeiros andando de um lado para o outro com bebidas, e um burburinho constante ao fundo – um ruído eletrônico que lembrava o som criado pelo mixer de Brady.

Eu não estava entendendo aquele filme nem um pouco.

– Você está entendendo isso? – perguntei a Fat, curvando-me para sussurrar para ele.

– Meu Deus, não – respondeu Fat.

Depois de atrair Eric Lampton para dentro do mixer, Brady enfiou uma estranha fita cassete preta dentro da câmera e apertou botões. A plateia viu um *close* da cabeça de Lampton explodir, literalmente explodir; mas, em vez de miolos explodindo, peças eletrônicas miniaturizadas saíram voando em todas as direções. Então Linda Lampton entrou no mixer *atravessando-o*, passando bem no meio da parede, fez alguma coisa com um objeto que estava carregando, e Eric Lampton voltou no tempo: os componentes eletrônicos de sua cabeça implodiram, o crânio retornou intacto – enquanto isso, Brady saía cambaleando do Meritone Building na Alameda, os olhos arregalados... corta para Linda Lampton fazendo seu marido se recobrar, ambos no mixer-tipo-fortaleza.

Eric Lampton abre a boca para falar, mas é a voz de Ferris F. Fremount que sai. Linda recua, decepcionada.

Corta para a Casa Branca; Ferris Fremount, que não parece mais com Nicholas Brady, mas consigo mesmo, restaurado.

– Eu quero Brady morto – ele diz sombrio. – E morto agora. – Dois homens vestidos com uniformes pretos brilhantes colados à pele, portando armas futuristas, assentem em silêncio.

Corta para Brady atravessando um estacionamento para chegar ao seu carro; ele está totalmente fodido. Panorâmica nos homens de ternos pretos em telhados com miras telescópicas: Bray se senta dentro do carro e tenta dar a partida.

Dissolve para grandes massas de moças vestidas em uniformes de chefes de torcida vermelhos, brancos e azuis. Mas elas não são chefes de torcida; elas entoam num canto: "Matem Brady! Matem Brady!".

Slow motion. Os homens de preto disparam suas armas. Subitamente, Eric Lampton está em pé do lado de fora da Meritone Records; *close* de seu rosto; seus olhos assumem um aspecto estranho. Os homens de preto são calcinados; suas armas derretem.

– Matem Brady! Matem Brady! – Milhares de garotas vestidas com uniformes vermelhos, azuis e brancos idênticos. Algumas rasgam e arrancam fora seus uniformes em um frenesi sexual. Elas não têm órgãos reprodutores.

A cena se dissolve. O tempo passou. *Dois* Ferris F. Fremounts estão sentados de frente um para o outro em uma mesa enorme de nogueira. Entre os dois: um cubo de luz rosa pulsante. É um holograma.

Ao meu lado, Fat grunhe. Ele se inclina para a frente e não tira os olhos da tela. Eu faço a mesma coisa. Reconheço a luz rosa; é a cor que Fat me descreveu como sendo a relacionada a Zebra.

Cena de Eric Lampton nu na cama com Linda Lampton. Eles tiram uma espécie de membrana plástica e revelam órgãos sexuais por baixo. Fazem amor, e depois Eric Lampton desliza para fora da cama. Vai até a sala de estar, injeta seja lá qual for a droga que ele anda tomando. Senta-se, baixa a cabeça, cansado. Abatimento.

Long shot. A casa dos Lampton vista de baixo. A câmera é o que eles chamam de "câmera três". Um raio de energia é disparado na casa abaixo. Corte rápido para Eric Lampton; ele estrebucha como se tivesse sido perfurado. Leva as mãos à cabeça, convulsionando agonizante. *Big close* de seu rosto; seus olhos explodem (a plateia perde o fôlego junto com a gente, incluindo eu e Fat).

Olhos diferentes substituem aqueles que explodiram. Então, muito lentamente, sua testa desliza e se abre ao meio. Um terceiro olho se torna visível, mas ele não tem pupila; possui uma lente lateral.

Eric Lampton sorri.

Pula para uma sessão de gravação; é um tipo de grupo de folk rock. Eles estão tocando uma música que os deixa animados paca.

– Eu nunca ouvi você escrevendo assim antes – um homem na mesa de som diz para Lampton.

A câmera desce até os alto-falantes; o nível do som aumenta. Então corta para o sistema de playback Ampex; Nicholas Brady está tocando uma fita do grupo de folk rock. Brady faz um sinal para o técnico dentro do mixer-fortaleza. Raios laser disparam em todas as direções; a faixa de áudio sofre uma transformação sinistra. Brady franze a testa, rebobina a fita, torna a tocá-la. Ouvimos palavras. "Mate... Ferris... Fremount... mate... Ferris... Fremount..." Sem parar. Brady interrompe a fita, rebobina-a e torna a tocá-la. Desta vez a canção original que Lampton escreveu, sem qualquer menção a Ferris Fremount.

Blecaute. Nenhum som, nenhuma imagem. Então, lentamente, o rosto de Ferris F. Fremount aparece com uma expressão sombria. Como se tivesse ouvido a fita.

Curvando-se, Fremount aperta o botão de um sistema de interfone de mesa. – Ligue para o secretário de Defesa – ele diz. – Mande chamá-lo imediatamente; preciso falar com ele.

– Sim, sr. presidente.

Fremount se recosta, abre uma pasta; fotos de Eric Lampton, Linda Lampton, Nicholas Brady, além de dados adicionais. Fremount estuda os dados – um raio de luz rosa vindo do alto atinge sua cabeça, por uma fração de segundo. Fremount estremece, parece intrigado, e então, o corpo rígido, como um robô, se levanta, caminha até uma fragmentadora com um rótulo que diz FRAGMENTADORA e joga a pasta e seu conteúdo dentro dela. A expressão em seu rosto é vazia; ele esqueceu tudo completamente.

– O secretário da Defesa está aqui, sr. presidente.

Intrigado, Fremount diz:

– Eu não mandei chamá-lo.

– Mas, senhor...

Corta para Base da Força Aérea. Míssil sendo lançado. *Close* de documento com o carimbo de SECRETO. Vemos o documento ser aberto.

PROJETO VALIS

Voz em *off*:

– "VALIS"? O que é isso, general?

Uma voz grossa e autoritária:

– Vast Active Living Intelligence System. Vasto Sistema Ativo de Inteligência Viva. Você jamais deverá... O prédio inteiro explode, envolto pela mesma luz rosa de antes. Do lado de fora: o míssil levanta voo. Subitamente parece perder o controle. Sirenes de alarme disparam. Vozes gritando: "Alerta de destruição! Alerta de destruição! Abortar missão!".

Agora vemos Ferris F. Fremount fazendo um discurso de campanha em um jantar beneficente; pessoas bem vestidas ouvindo. Oficial uniformizado se abaixa para sussurrar no ouvido do presidente. Em voz alta, Fremount diz:

– E então, nós conseguimos o VALIS?

Agitado, o oficial diz:

– Algo deu errado, sr. presidente. O satélite ainda está... – Voz abafada por ruídos da multidão; a multidão percebe que alguma coisa está errada: as pessoas bem vestidas se metamorfosearam nas garotas chefes de torcida de uniformes vermelhos, azuis e brancos idênticos; elas ficam imóveis. Como robôs desligados.

Cena final. Apupos da multidão. Ferris Fremount, de volta à câmera, fazendo sinais de V da vitória como Nixon. Obviamente ele conseguiu a reeleição. Cenas rápidas de homens vestidos de preto e armados em pé atentos, satisfeitos; alegria geral.

Alguns garotos entregam flores para a sra. Fremount; ela se vira para aceitá-las. Ferris Fremount se vira também; zoom da câmera.

O rosto de Brady.

Na volta para casa, descendo a Tustin Avenue, Kevin disse, depois de um período de silêncio mútuo entre nós três:

– Você viu a luz rosa.

– Vi – disse Fat.

– E o terceiro olho da lente lateral – disse Kevin.

– Mamãe Ganso escreveu o roteiro? – perguntei.

– Escreveu o roteiro, dirigiu o filme e o estrelou.

– Ele já havia feito algum filme antes? – Fat perguntou.

– Não – disse Kevin.

– Houve transferência de informação – eu disse.

– No filme? – disse Kevin. – Dentro da história? Ou você está falando do filme e da trilha de áudio para a plateia?

– Não sei se estou entendendo o que você... – comecei.

– Existe material subliminar naquele filme – disse Kevin. – Da próxima vez que eu for vê-lo, vou levar um gravador cassete com pilhas comigo. Acho que as informações estão codificadas em Música de Sincronicidade de Mini, a música aleatória que ele faz.

– Eram Estados Unidos alternativos – disse Fat. – Onde, em vez de Nixon ser presidente, Ferris Fremount foi. Eu acho.

– Eric e Linda Lampton eram humanos ou não? – perguntei. – No começo eles pareciam humanos. Depois vimos que ela não tinha... vocês sabem, órgãos sexuais. E depois eles arrancaram fora aquelas membranas e eles tinham órgãos sexuais afinal.

– Mas quando a cabeça dele explodiu – disse Fat –, ela estava cheia de peças de computador.

– Você reparou no pote? – perguntou Kevin. – Sobre a mesa de Nicholas Brady? O potinho de argila: era igualzinho àquele que você tem, o pote que aquela garota...

– Stephanie – disse Fat.

– ...fez pra você.

– Não – disse Fat. – Não reparei. Havia detalhes demais no filme, e que vinham com tanta velocidade para cima de mim, para cima da plateia, quero dizer.

– Não notei o pote da primeira vez – Kevin disse. – Ele aparece em diversos lugares diferentes; não só na mesa de Brady, mas uma vez no escritório do presidente Fremount, bem no cantinho, onde só sua visão periférica consegue captar. Ele aparece em partes diferentes da casa dos Lampton; na sala de estar, por exemplo. E naquela cena em que Eric Lampton está cambaleando e derruba algumas coisas e...

– A jarra de água – eu disse.

– Isso – disse Kevin. – Também aparece como uma jarra. Cheia de água. Linda Lampton a retira da geladeira.

– Não, aquela era uma jarra de plástico comum – disse Fat.

– Errado – disse Kevin. – Era o pote de novo.

– Como é que poderia ser o pote se era uma jarra? – perguntou Fat.

– No começo do filme – diz Kevin. – No campo ressecado. Em um canto; isso só é registrado de modo subliminar, a menos que você esteja procurando deliberadamente por ele. O design da jarra é o mesmo do pote. Uma mulher o está mergulhando em um riacho, um riachinho muito pequeno, quase seco.

Eu disse:

– A mim me pareceu que o sinal cristão do peixe apareceu nele uma vez. Assim como o design.

– Não – Kevin disse enfaticamente.

– Não?

– Eu também achei isso da primeira vez – disse Kevin. – Desta vez eu notei mais de perto. Sabe o que é? A hélice dupla.

– Mas isso é a molécula de DNA – eu disse.

– Correto – Kevin disse com um sorriso. – Na forma de um design repetido que percorre todo o topo da jarra.

Todos permanecemos em silêncio por algum tempo, e então eu falei:

– Memória do DNA. A memória do pool genético.

– Correto – disse Kevin. E acrescentou: – No riacho, quando ela enche a jarra...

– Ela? – perguntou Fat. – Quem era ela?

– Uma mulher – disse Kevin. – Nós nunca mais voltamos a vê-la. Jamais vemos sequer o rosto dela, mas ela usa um vestido comprido e antiquado e está descalça. Onde ela está enchendo o pote ou a jarra, há um homem pescando. É um corte rápido, apenas uma fração de um instante. Mas ele está lá. É por isso que você pensou ter visto o sinal do peixe. Porque você captou a visão do homem pescando. Acho até que havia uma pilha de peixes ao lado dele; vou ter que olhar com muita atenção da próxima vez. Você viu o homem subliminarmente e seu cérebro – seu hemisfério direito – o conectou ao design de hélice dupla na jarra.

– O satélite – disse Fat. – VALIS. Vast Active Living Intelligence System, Vasto Sistema Ativo de Inteligência Viva. Ele dispara informações até eles lá embaixo?

– Faz mais do que isso – disse Kevin. – Sob certas circunstâncias, ele os controla. Pode dominá-los quando quiser.

– E estão tentando derrubá-lo? – eu perguntei. – Com aquele míssil?

Kevin explicou:

– Os primeiros cristãos – os verdadeiros – podem fazer você fazer o que eles quiserem que você faça. E ver – ou *não ver* – qualquer coisa. Foi isso o que eu consegui sacar do filme.

– Mas eles estão mortos – eu disse. – O filme se passava no presente.

– Eles estão mortos – disse Kevin – se você acreditar que o tempo é real. Você não viu as disfunções temporais?

– Não – eu e Fat dissemos em uníssono.

– Aquele campo desolado. Aquele era o estacionamento que Brady atravessou para entrar em seu carro quando os dois homens de preto estavam posicionados e prontos para atirar nele.

Eu não havia percebido isso.

– Como é que você sabe? – perguntei.

– Havia uma árvore – disse Kevin. – Nas duas vezes.

– Eu não vi árvore nenhuma – disse Fat.

– Bem, vamos todos ter que ver o filme de novo – disse Kevin.

– Eu vou; noventa por cento dos detalhes foram projetados para passarem batido da primeira vez: na verdade eles passam batido apenas pela sua mente consciente; eles ficam registrados em seu inconsciente. Eu gostaria de estudar o filme quadro a quadro.

Eu disse:

– Então o sinal cristão do peixe é a hélice dupla de Crick e Watson. A molécula de DNA onde a memória genética está armazenada; Mamãe Ganso queria levantar essa questão. É por isso que...

– Os cristãos – concordou Kevin – que não são seres humanos, mas alguma coisa sem órgãos sexuais projetados para se parecer com seres humanos, mas analisados mais de perto são *mesmo* seres humanos; eles têm órgãos sexuais e fazem amor.

– Mesmo que seus crânios estejam repletos de chips eletrônicos em vez de cérebro – eu disse.

– Talvez eles sejam imortais – disse Fat.

– É por isso que Linda Lampton é capaz de remontar seu marido – disse eu. – Quando o mixer de Brady o explodiu. Eles podem viajar para trás no tempo.

Kevin, sem sorrir, disse:

– É isso aí. Então agora você pode ver por que eu queria que você visse *Valis*? – ele perguntou a Fat.

– Sim – Fat disse com ar sombrio, de profunda introspecção.

– Como é que Linda Lampton conseguiu atravessar a parede do mixer? – perguntei.

– Não sei – respondeu Kevin. – Talvez ela não estivesse realmente ali ou talvez o mixer não estivesse ali. Talvez ela fosse um holograma.

– "Um holograma!" – Fat repetiu.

Kevin disse:

– O satélite os controlava desde o começo. Ele podia fazer com que eles vissem o que quisesse; no final, onde fica claro que Fremount é Brady – ninguém repara! A própria esposa dele não repara. O satélite ocultou isso deles, de todos eles. De todos os Estados Unidos, caralho.

– Jesus – eu disse; eu ainda não havia me dado conta disso, mas a percepção estava chegando lá.

– É isso aí – disse Kevin. – A gente vê o Brady, mas obviamente eles não; eles não percebem o que aconteceu. É uma luta pelo poder entre Brady e seu know-how e equipamento eletrônicos e Fremount e sua polícia secreta – os homens de preto são a polícia secreta. E aquelas meninas que parecem chefes de torcida – elas são alguma coisa, do lado de Fremount, mas eu não sei o quê. Vou tentar descobrir da próxima vez. – Ele começou a falar mais alto. – Existe informação na música de Mini; à medida que vamos observando os eventos na tela, a música – meu Deus, aquilo não é música; são certos tons em intervalos específicos – nos dá a pista inconscientemente. A música é que faz a coisa toda ter algum sentido.

– Será que aquele mixer enorme poderia na verdade ser alguma coisa que Mini realmente construiu? – perguntei.

– Talvez – respondeu Kevin. – Mini se formou no MIT.

– O que mais você sabe a respeito dele? – Fat perguntou.

– Não muito – disse Kevin. – Ele é inglês. Visitou a União Soviética uma vez; ele disse que queria ver determinadas experiências que estavam realizando com informações em micro-ondas.

– Acabei de perceber uma coisa – interrompi. – Nos créditos, Robin Jamison, o cara que fez a fotografia do filme. Eu conheço ele. Ele tirou fotos de mim em uma entrevista que dei para o *London Daily Telegraph*. Ele me disse que cobriu a coroação; ele é um dos cinco maiores fotógrafos de cinema do mundo. Disse que estava se mudando com sua família para Vancouver; disse que é a cidade mais bonita do mundo.

– E é mesmo – disse Fat.

– Jamison me deu seu cartão – eu disse. – Para que eu pudesse escrever para ele pedindo os negativos depois da publicação da entrevista.

Kevin disse:

– Ele conheceria Linda e Eric Lampton. E quem sabe Mini também?

– Ele me pediu que o contactasse – eu disse. – Ele foi muito bacana; ficamos batendo papo um tempão. Ele tinha câmeras com motor; o ruído delas deixou meus gatos fascinados. E ele me deixou olhar por uma lente grande-angular; não dava para crer, aquelas lentes que ele tinha.

– Quem foi que colocou o satélite lá em cima? – perguntou Fat.

– Os russos?

– Isso nunca fica claro – disse Kevin. – Mas a maneira como eles falam a respeito... não sugeria os russos. Existe aquela cena em que Fremount está abrindo uma carta com um abridor de cartas antigo; subitamente, você começa a ver uma montagem – abridor de cartas antigo e depois os militares falando sobre o satélite. Se você fundir os dois, dá pra ter a ideia – foi a ideia que eu tive – de que o satélite é muito velho.

– Isso faz sentido – eu disse. – A disfunção de tempo, a mulher com o vestido longo antiquado, descalça, pegando água do rio com uma jarra de barro. Havia uma cena do céu; reparou nisso, Kevin?

– O céu – murmurou Kevin. – Sim; foi um *long shot*. Uma panorâmica. Céu, o campo... o campo parece antigo. Como talvez no Oriente Próximo. Como na Síria. E você tem razão; a jarra reforça essa impressão.

– O satélite nunca é visto – eu disse.

– Errado – disse Kevin.

– "Errado"? – perguntei.

– Cinco vezes – disse Kevin. – Ele aparece uma vez como um quadro num calendário de parede. Uma vez, rapidamente, como um brinquedo de criança na vitrine de uma loja. Uma vez no céu, mas é uma cena rápida; da primeira vez eu não tinha sacado. Uma vez em forma de diagrama, quando o presidente Fremount está analisando aquele pacote de dados e fotos na Meritone Record Company... Esqueci a quinta. – Ele franziu a testa.

– O objeto que o táxi atropela – eu disse.

– O quê? – perguntou Kevin. – Ah, é; o táxi que passa disparado pela West Alameda. Achei que fosse uma latinha de cerveja. Fez um barulhão quando caiu dentro da sarjeta. – Ele refletiu, e em seguida assentiu. – Você tem razão. Era o satélite mais uma vez, amassado ao ser atropelado. Mas fez o *som* de uma latinha de cerveja; foi isso o que me enganou. Mini novamente; aquela maldita música de ruídos dele – ah, sei lá. Você ouve o som de uma lata de cerveja tão automaticamente que você *vê* uma lata de cerveja. – O sorriso dele se tornou grave. – Ouvir uma coisa para poder vê-la. Não é nada mau. – Embora ele estivesse dirigindo no tráfego pesado, fechou os olhos por um instante. – É, ela fica toda amassada. Mas é o satélite; tem aquelas antenas, mas elas estão quebradas e dobradas. E... que merda! Há palavras escritas nele. Como se fosse um rótulo. O que dizem as palavras? Você sabe, você teria que pegar uma porra duma lente de aumento e analisar os fotogramas da película, fotograma por fotograma. Um por um por um por um. E fazer algumas superposições. Estamos tendo um *lag* de retina; isso é feito por intermédio dos lasers que Brady usa. A luz é tão brilhante que deixa... – Kevin fez uma pausa.

– Atividade de fosfeno – eu disse. – Nas retinas da plateia. É isso o que você quer dizer. É por isso que os lasers desempenham um papel tão grande no filme.

– Ok – disse Kevin, quando retornamos ao apartamento de Fat. Cada um de nós estava sentado com uma garrafa de cerveja holandesa, descansando e tentando entender aquela coisa toda.

O material no filme do Mamãe Ganso se sobrepunha ao encontro de Fat com Deus. Esta é a pura verdade. Eu diria: "Esta é a verdade de Deus", mas não acho – certamente naquela época eu não achava – que Deus tivesse alguma coisa a ver com aquilo.

– O Grande Punta age de maneiras maravilhosas – disse Kevin, mas sem usar nenhum tom brincalhão de voz. – Caralho. Puta que me pariu. – Para Fat, ele disse: – Eu simplesmente supus que você estivesse pirado. Quero dizer, você vive entrando e saindo do hospício.

– Fica frio – eu disse.

– Então eu fui ver *Valis* – disse Kevin. – Fui ao cinema para me afastar um pouquinho de toda essa doideira que o Fat aqui fica depositando em cima da gente; lá, eu fico sentado naquele maldito cinema vendo um filme de FC com o Mamãe Ganso, e o que é que eu vejo? Parece até uma conspiração!

– Não ponha a culpa em mim – disse Fat.

Kevin disse a ele:

– Você vai ter que conhecer o Ganso.

– E como é que eu vou fazer isso? – perguntou Fat.

– Phil vai entrar em contato com Jamison. Você poderá conhecer o Ganso – Eric Lampton – por intermédio de Jamison. Phil é um escritor famoso: ele pode arrumar isso. – Para mim, Kevin falou: – Você tem algum livro que esteja atualmente em opção de filmagem com algum produtor de cinema?

– Tenho – respondi. – *Androides Sonham com Ovelhas Elétricas?** E também *Os Três Estigmas de Palmer Eldritch***.

– Ótimo – disse Kevin. – Então Phil pode dizer que talvez exista a possibilidade de um filme aí. – Virando-se para mim, ele disse: – Quem é aquele produtor seu amigo? Aquele da MGM?

– Stan Jaffly? – respondi.

– Você ainda tem contato com ele?

– Apenas em nível pessoal. Eles deixaram a opção sobre *O Homem do Castelo Alto**** vencer. Às vezes ele me escreve; ele me enviou um kit enorme de sementes de ervas uma vez. Disse que depois me enviaria uma sacola enorme de musgo, mas felizmente nunca chegou a fazer isso...

---

* Publicado originalmente pela editora norte-americana Doubleday em 1968 (e no Brasil, pela Editora Aleph, em 2014), esse livro, depois de muitas idas e vindas na indústria cinematográfica, acabaria sendo filmado com o título de *Blade Runner – o Caçador de Androides*, em 1982 (direção: Ridley Scott) e se tornaria um cult movie no mundo inteiro. [N. de T.]

** Publicado no Brasil em 2008 pela Editora Aleph. [N. de T.]

*** Publicado no Brasil em 2006 pela Editora Aleph. [N. de T.]

– Entre em contato com ele – disse Kevin.

– Escute – disse Fat. – Não estou entendendo. Existiam... – ele fez um gesto – coisas em *Valis* que aconteceram comigo em março de 1974. Quando eu... – Fez mais um gesto e ficou quieto, uma expressão de perplexidade no rosto. Quase uma expressão de sofrimento, percebi. Fiquei me perguntando por que isso.

Talvez Fat sentisse que isso reduzia a estatura de seu encontro com Deus – com Zebra – à descoberta de elementos que apareciam em um filme de ficção científica estrelando uma figura do rock chamada Mamãe Ganso. Mas aquela era a primeira prova concreta que tínhamos de que alguma coisa existira ali; e fora Kevin, que podia desintegrar uma farsa numa porrada só, que nos chamara a atenção para isso.

– Quantos elementos você reconhece? – perguntei, usando o tom de voz mais baixo e tranquilo que conseguia, para Horselover Fat, que estava com uma aparência arrasada.

Depois de algum tempo, Fat se sentou reto na cadeira e disse:

– Ok.

– Anote tudo – disse Kevin; entregou a Fat uma caneta-tinteiro. Kevin sempre usava canetas-tinteiro, o último de uma raça de homens nobres em extinção. – Papel? – ele perguntou, olhando ao redor.

Depois de trazer o papel, Fat começou a lista.

– O terceiro, com a lente lateral.

– Ok – assentindo, Kevin anotou.

– A luz rosa.

– Ok.

– O sinal cristão do peixe. Que eu não vi, mas que você disse que era...

– A hélice dupla – disse Kevin.

– A mesma coisa – eu disse. – Aparentemente.

– Mais alguma coisa? – Kevin perguntou a Fat.

– Bem, toda a maldita transferência de informação. Do VALIS. Do satélite. Você diz que aquilo não apenas dispara informações para eles como também os domina e os controla.

– Essa – disse Kevin – era a questão central do filme. O satélite tirou... escute; o filme era sobre o seguinte. Existe um tirano obviamente baseado em Richard Nixon, chamado Ferris F. Fremount. Ele governa os EUA por intermédio daquela polícia secreta de preto, quero dizer, homens de uniformes pretos que usam armas com mira telescópica, e aquelas piranhas filhas da puta daquelas líderes de torcida. No filme eles são chamados de "Fappers".

– Essa eu não entendi – eu disse – quando vi.

– Estava numa bandeira – disse Kevin. – Dava para ver apenas num canto da tela. Fappers: Friends of the American People, Amigos do Povo Americano. O exército de cidadãos de Ferris. Todos iguais, todos patriotas. De qualquer maneira, o satélite dispara raios de informação e salva a vida de Brady. Isso você entendeu. Finalmente, o satélite faz com que Brady substitua Fremount no finzinho, quando Fremount ganhou a reeleição. Quem vira presidente na verdade é Brady, não Fremount. E Fremount sabe; havia aquela cena dele com o dossiê de fotos das pessoas na Meritone Records; ele sabia o que estava acontecendo, mas não podia evitar. Deu ordens para que os militares destruíssem o VALIS, mas o míssil começou a oscilar e precisou ser destruído. *Tudo* foi feito por VALIS. Onde você acha que Brady obteve seu conhecimento de eletrônica, em primeiro lugar? Do VALIS. Então, quando Brady se tornou presidente como Ferris Fremount, foi, na verdade, o satélite que se tornou presidente. Agora, quem ou o que é o satélite? Quem ou o que é VALIS? A pista está no pote de cerâmica ou na jarra de cerâmica; são a mesma coisa. O sinal do peixe – que seu cérebro precisou remontar a partir de pedaços separados de informação. O sinal do peixe, cristãos. O vestido antigo da mulher. Disfunção temporal. Existe alguma conexão entre VALIS e os primeiros cristãos, mas não consigo descobrir qual. De qualquer maneira, o filme faz uma alusão elíptica a isso. Tudo está em pedaços, todas as informações. Por exemplo, quando Ferris Fremount está lendo o dossiê sobre a Meritone Records – você teve tempo de ler algum dos dados?

– Não – Fat e eu respondemos.

– "Ele viveu há muito tempo" – Kevin disse com a voz grave –, "mas ainda está vivo."

– O dossiê dizia isso? – perguntou Fat.

– Sim! – respondeu Kevin. – Dizia isso.

– Então eu não sou o único que encontrou Deus – disse Fat.

– Zebra – Kevin o corrigiu. – Você não sabe se era Deus; você não sabe que merda era aquela.

– Um satélite? – Eu disse. – Um satélite muito antigo que dispara informações?

Irritado, Kevin disse:

– Eles queriam fazer um filme de ficção científica; é assim que você lidaria com a questão num filme de ficção científica se tivesse tido uma experiência dessas. Você devia saber disso, Phil. Não é isso, Phil?

– É – respondi.

– Então eles o chamaram de VALIS – disse Kevin – e o tornaram um satélite antigo. Que está controlando as pessoas para remover uma tirania maligna que tem os Estados Unidos sob suas asas – baseada obviamente em Richard Nixon.

Eu disse:

– Devemos supor então que o filme *Valis* está nos dizendo que Zebra, Deus, VALIS ou pessoas de três olhos de Sírius tiraram Nixon do seu cargo?

– Positivo – disse Kevin.

Para Fat, eu falei:

– Aquela sibila dos três olhos com a qual você sonhou não havia falado de "conspiradores que haviam sido vistos e que seriam levados à justiça"?

– Em agosto de 1974 – disse Fat.

Kevin disse, a voz muito séria:

– Foi o mês e o ano em que Nixon renunciou.

Mais tarde, quando Kevin me levava para casa, nós dois começamos a conversar sobre Fat e sobre *Valis*, já que presumivelmente nenhum dos dois podia nos ouvir.

A opinião que Kevin tinha era de que o tempo todo ele havia tomado como certa a hipótese de que Fat era simplesmente doido. Ele havia visto a situação da seguinte maneira: a culpa e a tristeza devido ao suicídio de Gloria haviam destruído a mente de Fat e ele jamais se recuperou. Beth era uma tremenda duma piranha, e, tendo se casado com ela por desespero, Fat havia ficado ainda mais deprimido. Por fim, em 1974, ele pirara totalmente. Fat havia iniciado um episódio esquizofrênico lúgubre para viver sua vida miserável: ele havia visto cores bonitinhas e ouvido palavras de consolo, tudo gerado pelo seu inconsciente, que havia se erguido e literalmente o mergulhado num pântano, apagando seu ego. Nesse estado psicótico, Fat havia se debatido, derivando grande consolo de seu "encontro com Deus", como havia imaginado que acontecera. Para Fat, a psicose total era misericordiosa. Não mais em contato com a realidade de nenhuma forma, jeito ou maneira, Fat conseguia acreditar que Cristo em pessoa o segurava em seus braços, dando-lhe conforto. Mas então Kevin fora ao cinema e agora ele não tinha mais tanta certeza; o filme do Mamãe Ganso o havia abalado bastante.

Fiquei me perguntando se Fat ainda tencionava voar até a China para descobrir o que ele denominava "o quinto Salvador". Parece que ele não precisava ir além de Hollywood, onde VALIS havia sido rodado, ou, se ele quisesse encontrar Eric e Linda Lampton, Burbank, o centro da indústria fonográfica americana.

O quinto Salvador: um astro do rock.

– Quando *Valis* foi feito? – perguntei a Kevin.

– O filme? Ou o satélite?

– O filme, claro.

– Em 1977 – respondeu Kevin.

– E a experiência de Fat aconteceu em 1974.

– Exato – disse Kevin. – Provavelmente antes do trabalho do roteiro começar, pelo que consegui perceber a partir das resenhas que li sobre *Valis*. O Ganso diz que ele escreveu o roteiro em doze dias. Não disse exatamente quando, mas aparentemente ele queria entrar em produção o mais rápido possível. Tenho certeza de que foi depois de 1974.

– Mas você não tem certeza.

Kevin respondeu:

– Isso você pode descobrir com o Jamison, o fotógrafo do filme; ele saberia responder.

– Mas e se isso aconteceu ao mesmo tempo? Março de 1974?

– Sei lá, caralho – disse Kevin.

– Você não acha que aquilo é realmente um satélite de informações, acha? – Perguntei. – O que disparou um raio em Fat?

– Não; esse é um dispositivo de filme de ficção científica, uma maneira que a ficção científica tem de explicar a coisa – ponderou Kevin. – Eu acho. Mas havia disfunções temporais no filme; o Ganso estava ciente de que de algum modo o tempo estava envolvido na história. E na verdade essa é a única forma de compreender o filme... a mulher enchendo o pote. Como Fat conseguiu aquele pote de cerâmica? Alguma cocota deu isso para ele?

– Fez, queimou no forno e deu para ele, por volta de 1971, depois que a esposa o deixou.

– Não foi a Beth.

– Não, uma esposa anterior.

– Depois da morte de Gloria.

– Isso. Fat diz que Deus estava dormindo no pote e saiu em março de 1974: a teofania.

– Conheço muita gente que acha que Deus dorme em pote. De erva* – disse Kevin.

– Não teve a menor graça.

– Bem, então a mulher descalça estava na época romana. Eu vi uma coisa esta noite em *Valis* que não havia percebido antes, e que não mencionei; não queria que Fat saísse rodopiando feito louco pela sala. Ao fundo, enquanto a mulher estava no riacho, você podia ver formas indistintas. Seu amigo fotógrafo Jamison provavel-

---

* Em inglês, a palavra "pot" significa tanto "pote" quanto "erva, maconha". [N. de T.]

mente fez isso. Formas de prédios. Prédios antigos, de, digamos, por volta da época da Roma antiga. Pareciam nuvens, mas – existem nuvens e existem nuvens. A primeira vez que vi aquilo, vi nuvens, e da segunda vez – hoje – vi prédios. Será que o maldito filme muda toda vez que você o vê? Puta merda; que pensamento! Um filme diferente a cada vez. Não, isso é impossível.

Eu disse:

– Um raio de luz rosa que transfere informações médicas ao seu cérebro sobre o defeito congênito de seu filho também.

– E se eu te dissesse que pode ter acontecido uma disfunção temporal em 1974, e o mundo romano antigo irrompeu para dentro do nosso mundo?

– Você quer dizer no filme.

– Não. Eu estou falando sério.

– No mundo real?

– Positivo.

– Isso explicaria o "Thomas".

Kevin concordou com um aceno de cabeça.

– Irrompeu – eu disse – e depois se separou novamente.

– Deixando Richard Nixon caminhando por uma praia na Califórnia com seu terno e gravata e se perguntando o que aconteceu.

– Então foi de propósito.

– A disfunção? Claro.

– Então não estamos falando de uma disfunção; estamos falando de alguém ou alguma coisa que estava manipulando o tempo deliberadamente.

– Você sacou – disse Kevin.

Eu disse: – Você certamente se desviou 180 graus da teoria "Fat está maluco".

– Bom, Nixon ainda está caminhando por uma praia na Califórnia se perguntando o que aconteceu. O primeiro presidente dos EUA a ser forçado a sair do cargo. O homem mais poderoso do mundo. O que fez dele, na verdade, o homem mais poderoso que já viveu. Sabe por que o presidente em *Valis* tinha o nome de Ferris F.

Fremount? Eu parei e pensei: F é a sexta letra do alfabeto. Então F é igual a seis. Então FFF, as iniciais de Ferris F. Fremount, são 666 em termos numéricos. É por isso que o Ganso lhe deu esse nome.

– Meu Deus – eu disse.

– Exatamente.

– Então estamos nos Últimos Dias.

– Bem, Fat está convencido de que o Salvador está para voltar ou já voltou. A voz interior que ele ouve e que identifica com Zebra ou Deus – ela disse isso a ele de diversas maneiras. Santa Sofia – que é Cristo –, o Buda e Apolo. E disse a ele alguma coisa do tipo: "O tempo pelo qual você esperou...".

– "Chegou agora" – completei.

– Cara, isso é duca – disse Kevin. – Elias está andando por aí, outro João Batista, dizendo: "Abram caminho no deserto e façam uma rodovia para nosso Senhor". Putz, uma rodovia. – Ele deu uma gargalhada.

Subitamente eu me lembrei de uma coisa que havia visto em *Valis*; entrou em minha mente de modo visual: um close do carro do qual Fremount, no fim do filme, Fremount reeleito mas na verdade agora Nicholas Brady, havia saído para se dirigir à multidão.

– Thunderbird – eu disse.

– Vinho*?

– Carro. Um carro da Ford. Ford.

– Ah, merda – disse Kevin. – Tem razão. Ele saiu de um Ford Thunderbird e era Brady. Gerald Ford**.

– Podia ter sido coincidência.

– Em *Valis* nada era coincidência. E deram um zoom no carro onde estava escrito Ford naquela coisinha de metal. Quantas outras coisas em VALIS nós não pegamos? Pegamos tipo *conscientemente*. Não há como dizer o que isso está fazendo ao nosso inconsciente;

---

* Thunderbird é uma marca famosa de vinho fortificado vendida nos EUA. [N. de T.]

** Vice-presidente dos EUA, que assumiu a presidência em 1974, após o escândalo Watergate, que provocou a renúncia do presidente Richard Nixon. [N. de T.]

esse maldito filme pode estar... – Kevin fez uma careta. – Disparando todo tipo de informações para nós, visual e auditivamente. Preciso fazer uma gravação da trilha sonora desse filme; preciso colocar um gravador lá dentro da próxima vez que eu for vê-lo. O que vai acontecer dentro dos próximos dois dias.

– Que tipo de música está nos LPs do Mini? – perguntei.

– Sons que lembram as canções da baleia jubarte.

Fiquei olhando para ele, sem saber se ele estava falando sério.

– É sério – ele disse. – Na verdade fiz uma fita que ia de sons de baleias até a Música de Sincronicidade e voltava. Existe uma continuidade assustadora; quero dizer, você pode dizer a diferença, mas...

– Como é que a Música de Sincronicidade afeta você? Em que tipo de disposição ela coloca você?

Kevin respondeu:

– Um estado teta profundo, um sono profundo. Mas eu mesmo tive visões.

– De quê? Pessoas de três olhos?

– Não – disse Kevin. – De uma antiga cerimônia sagrada celta. Um carneiro sendo tostado e sacrificado para fazer com que o inverno vá embora e a primavera volte. – Olhando para mim, ele disse: – Racialmente, eu sou celta.

– Você sabia a respeito desses mitos antes?

– Não. Eu era um dos participantes do sacrifício; eu cortei a garganta do carneiro. Lembro que eu estava lá.

Kevin, ouvindo a Música de Sincronicidade de Mini, havia retornado às suas origens no passado.

10

Não seria na China, nem na Índia nem na Tasmânia que Horselover Fat encontraria o quinto Salvador. *Valis* havia nos mostrado onde procurar: uma latinha de cerveja atropelada por um táxi que passava. Essa era a fonte das informações e da ajuda.

Isso, na verdade, era VALIS. Vast Active Living Intelligence System – Vasto Sistema Ativo de Inteligência Viva, como Mamãe Ganso havia escolhido denominá-lo.

Nós havíamos acabado de poupar a Fat um bocado de grana, além de muito tempo e esforço perdidos, incluindo a chateação de obter as vacinas e um passaporte.

Dois dias depois, nós três pegamos o carro, subimos a Tustin Avenue e fomos ver o filme *Valis* mais uma vez. Assistindo-o com cuidado, percebi que na superfície o filme não fazia o menor sentido. A menos que você pescasse as pistas subliminares e marginais e as juntasse todas, você não chegava a lugar nenhum. Mas essas pistas eram disparadas na sua cabeça, quer você as levasse em conta junto com o sentido delas ou não; você não tinha escolha. A plateia tinha a mesma relação com o filme *Valis* que Fat tivera com o que chamava de Zebra: um transdutor e um recipiente, de natureza totalmente receptiva.

Mais uma vez nós encontramos em grande parte adolescentes compondo a plateia. Eles pareciam estar gostando do que viam. Fiquei me perguntando quantos deles saíam do cinema ponderando os inescrutáveis mistérios do filme como nós. Talvez nenhum deles. Tive a sensação de que não fazia diferença.

Poderíamos atribuir à morte de Gloria a causa do suposto encontro de Fat com Deus, mas não poderíamos considerá-la a causa do filme *Valis*. Ao ver o filme pela primeira vez, Kevin percebera isso de saída. Não importava qual era a explicação; o que havia sido estabelecido agora era que a experiência de março de 1974 de Fat havia sido real.

Ok; a explicação importava sim. Mas pelo menos uma coisa havia sido provada; Fat podia ser clinicamente louco, mas estava travado na realidade – uma realidade de algum tipo, embora certamente não fosse a normal.

A Roma Antiga – dos tempos apostólicos e dos primeiros cristãos – irrompendo no mundo moderno. E irrompendo com um objetivo. Destronar Ferris F. Fremount, que era Richard Nixon.

Eles haviam atingido seu objetivo, e voltaram para casa.

Talvez o Império *já* tivesse terminado, afinal.

Agora um pouco convencido disso, Kevin começou a fazer uma varredura nos dois livros apocalípticos da Bíblia em busca de pistas. Encontrou uma passagem do Livro de Daniel que, acreditava ele, descrevia Nixon.

"E no fim de seu reinado,
Quando chegarem ao cúmulo os seus pecados,
levantar-se-á um rei de olhar arrogante, capaz de penetrar
os enigmas.
Seu poder crescerá em força; ele tramará coisas inauditas
e prosperará em suas empresas,
arruinando a poderosos
e ao próprio povo dos santos.
Por sua habilidade,

a perfídia terá êxito em suas mãos.
Ele se exaltará em seu coração
e, surpreendendo-os, destruirá a muitos.
Opor-se-á mesmo ao Príncipe dos príncipes
mas, sem que mão humana interfira, será esmagado."

Agora Kevin havia se tornado estudioso da Bíblia, para a diversão de Fat; o cínico havia se tornado um devoto, ainda que para um propósito particular.

Mas em um nível bem mais fundamental, Fat sentiu medo na virada dos eventos. Talvez ele sempre tivesse se sentido seguro pensando que seu encontro de março de 1974 com Deus emanasse de uma mera insanidade; vendo isso daquela maneira, ele não precisava necessariamente aceitar tudo como sendo real. Agora ele aceitava. Todos nós aceitávamos. Alguma coisa que não tinha explicação havia acontecido a Fat, uma experiência que apontava para um derretimento do mundo físico propriamente dito, e para as categorias ontológicas que a definiam: espaço e tempo.

– Que merda, Phil – ele me disse naquela noite. – E se o mundo não existe? Se não existe, então o que é que existe?

– Sei lá – eu respondi, e então disse uma citação: – "Você é a autoridade."

Fat me fuzilou com os olhos.

– Não tem graça nenhuma. Alguma força ou entidade fundiu a realidade ao meu redor como se tudo fosse um holograma! Uma interferência com nosso holograma!

– Mas em seu *tractatus* – eu disse – é exatamente o que você estipula que a realidade é: um holograma de duas fontes.

– Mas pensar intelectualmente é uma coisa – disse Fat –, e descobrir que isso é verdade é outra!

– Não adianta ficar puto comigo – eu disse.

David, nosso amigo católico, e sua namoradinha adolescente menor de idade Jan foram ver *Valis*, por nossa recomendação.

David saiu do cinema contente. Ele viu a mão de Deus espremendo o mundo como se fosse uma laranja.

– É, bom, nós estamos no suco – disse Fat.

– Mas é assim que deveria ser – disse David.

– Você está disposto a descartar o mundo inteiro como uma coisa real, então – disse Fat.

– O que quer que Deus acredite é real – disse David.

Irritado, Kevin disse:

– Será que ele pode criar uma pessoa tão otária que acredite que nada existe? Porque, se nada existe, o que significa a palavra "nada"? Como é que um "nada" que existe é definido em comparação com outro "nada" que não existe?

Nós, como de costume, havíamos sido apanhados no fogo cruzado entre David e Kevin, mas sob circunstâncias alteradas.

– O que existe – disse David – é Deus e a Vontade de Deus.

– Espero que eu esteja no testamento dele – disse Kevin. – Espero que ele me deixe mais que um dólar.

– Todas as criaturas estão no testamento dele – disse David, sem piscar; ele nunca deixava Kevin irritá-lo.

A preocupação, em incrementos graduais, havia agora tomado conta de nosso grupinho. Não éramos mais amigos consolando e botando pra cima um membro perturbado; estávamos coletivamente em apuros. Na verdade, havia acontecido uma reversão total: em vez de consolar Fat, agora tínhamos de nos voltar para ele em busca de conselhos. Fat era nossa ligação com aquela entidade, VALIS ou Zebra, que parecia ter poder sobre todos nós, se o filme do Mamãe Ganso estivesse certo.

– Não só ele dispara informação em nós mas quando quer pode tomar o controle. Ele pode assumir nosso controle.

Isso resumia tudo com perfeição. A qualquer momento um raio de luz rosa poderia nos atingir, nos cegar, e, quando recuperássemos nossa visão (se é que isso iria acontecer algum dia), poderíamos saber tudo ou nada e estar no Brasil de quatro mil anos atrás; espaço e tempo, para VALIS, nada significavam.

Uma preocupação em comum nos unificava, o medo de que soubéssemos ou tivéssemos descoberto demais. Nós sabíamos que os cristãos apostólicos armados com uma tecnologia estonteantemente sofisticada haviam quebrado a barreira espaço-temporal e penetrado em nosso mundo, e, com a ajuda de um imenso instrumento de processamento de informação, haviam basicamente defletido a história humana. A espécie de criatura que esbarra num conhecimento desses pode não figurar muito bem nas tabelas de longevidade.

E o mais tenebroso de tudo: nós sabíamos – ou suspeitávamos – que os cristãos apostólicos originais que haviam conhecido Cristo, que haviam estado vivos para receber os ensinamentos orais diretos antes que os romanos apagassem esses ensinamentos, eram imortais. Eles haviam adquirido a imortalidade por intermédio do plasmado que Fat havia discutido em seu *tractatus*. Embora os cristãos apostólicos originais tivessem sido assassinados, o plasmado havia se escondido em Nag Hammadi e estava novamente solto em nosso mundo, e muito, mas muito furioso, o filho da puta, se me perdoa a expressão. Ele tinha sede de vingança. E aparentemente havia começado a executar essa vingança, contra a manifestação moderna do Império, a imperial presidência dos Estados Unidos.

Eu torcia para que o plasmado nos considerasse seus amigos. Eu torcia para que ele não achasse que éramos incômodos.

– Onde é que a gente se esconde – perguntou Kevin – quando um plasmado imortal que tudo sabe e está consumindo o mundo por transubstanciação está procurando por nós?

– Ainda bem que Sherri não está viva para ouvir tudo isso – Fat disse, nos surpreendendo a todos. – Quero dizer, isso abalaria a fé dela.

Todos rimos. A fé abalada pela descoberta de que a entidade na qual acreditamos realmente existia – o paradoxo da piedade. A teologia de Sherri havia congelado; não havia espaço nela para o crescimento, a expansão e a evolução necessárias para caberem as nossas revelações. Não era de se espantar que Fat e ela não fossem mais capazes de viver juntos.

A questão era: como é que iríamos fazer contato com Eric Lampton e Linda Lampton e o compositor da música de sincronicidade de Mini? Obviamente por meu intermédio e de minha amizade – se é que era o que isso era – com Jamison.

– É com você, Phil – disse Kevin. – Quem entra na chuva é pra se molhar. Ligue para Jamison e diga a ele... o que quiser. Você está com tudo e não está prosa; você vai pensar em alguma coisa. Diga que escreveu um roteiro sensacional e quer que Lampton o leia.

– Chame-o de *Zebra* – disse Fat.

– Ok – eu disse. – Vou chamá-lo de Zebra ou Cu de Cavalo ou o nome que vocês quiserem. Claro que vocês sabem que isso vai colocar minha probidade profissional lá embaixo.

– Que probidade? – Kevin perguntou em seu modo característico. – Sua probidade é igual à do Fat. Nunca nem decolou do chão.

– O que você precisa fazer – disse Fat – é demonstrar conhecimento da gnose que me foi revelada por Zebra acima, ou seja, além, que aparece em *Valis*. Isso o intrigará. Vou escrever algumas declarações que recebi direto de Zebra.

Num instante ele escreveu uma lista para mim.

18. O tempo real cessou em 70 E.C. com a queda do templo de Jerusalém. Ele recomeçou em 1974 E.C. O período intermediário foi uma interpolação perfeitamente espúria que imitou a criação da Mente. "O Império nunca terminou", mas em 1974 um código foi enviado como um sinal de que a Idade de Ferro havia terminado; o código consistia de duas palavras: REI FELIX, que se referia ao Rei Feliz (ou Justo).

19. O código de duas palavras REI FELIX não foi criado para seres humanos, mas para descendentes de Ikhnaton, a raça de três olhos que, em segredo, existe conosco.

Lendo essas entradas, eu perguntei:

– Eu tenho que recitar isso para Robin Jamison?

– Diga que elas fazem parte do seu roteiro *Zebra* – disse Kevin.

– Esse código é real? – perguntei a Fat.

Uma expressão velada apareceu no rosto dele. – Talvez.

– Essa mensagem secreta de duas palavras chegou mesmo a ser enviada? – perguntou David.

– Em 1974 – disse Fat. – Em fevereiro. Os criptógrafos do Exército dos Estados Unidos o estudaram, mas não conseguiram discernir para quem ele havia sido planejado ou o que significava.

– Como é que você sabe disso? – perguntei.

– Zebra contou pra ele – disse Kevin.

– Não – Fat disse, mas não foi além disso.

Nessa indústria, você sempre conversava com agentes, nunca com atores. Certa vez eu havia ficado doidão e tentado chegar junto de Kay Lenz, por quem eu tive uma paixonite depois de ver o filme *Breezy*. O agente dela me cortou na hora. A mesma coisa aconteceu quando tentei me aproximar de Victoria Principal, que é ela própria uma agente hoje em dia; também tive uma paixonite por ela e também sofri um corte quando comecei a ligar para a Universal Studios. Mas ter o endereço e o telefone de Robin Jamison em Londres fazia a diferença.

– Sim, eu lembro de você – Jamison disse bem-humorado quando liguei para Londres. – O escritor de ficção científica com a noiva infante, como o sr. Purser a descreveu em seu artigo.

Contei a ele sobre meu roteiro-dinamite *Zebra* e que eu havia visto seu sensacional filme *Valis* e achado que o Mamãe Ganso era absolutamente perfeito para o papel principal; ainda mais do que Robert Redford, que também estávamos levando em consideração e que estava interessado.

– O que eu posso fazer – disse Jamison – é entrar em contato com o sr. Lampton e lhe dar seu telefone aí nos Estados Unidos. Se ele estiver interessado, ele ou o agente dele entrarão em contato com você ou seu agente.

Eu havia disparado meu melhor tiro; era isso.

Depois de mais um pouco de papo, desliguei, sentindo-me fútil.

Além disso, eu estava sentindo um pouco de culpa por ter contado uma mentira tão cabeluda, mas sabia que essa culpa passaria logo.

Seria Eric Lampton o quinto Salvador que Fat buscava?

Estranha essa relação entre o real e o ideal. Fat havia se preparado para escalar a mais alta montanha do Tibete, para falar com um monge de duzentos anos de idade que lhe diria: "O sentido de tudo, meu filho, é...", pensei. Aqui, meu filho, o tempo se torna espaço. Mas eu não disse nada; os circuitos de Fat já estavam sobrecarregados de informação. A última coisa de que ele precisava era mais informação; o que Fat precisava era de alguém que tirasse a informação *de dentro dele*.

– O Ganso está nos States? – perguntou Kevin.

– Está – eu respondi. – Segundo Jamison.

– Você não falou do código pra ele – disse Fat.

Nós todos fuzilamos Fat com os olhos.

– O código é pro Ganso – disse Kevin. – Quando ele ligar.

– "Quando" – repeti.

– Se você precisar, pode pedir pro seu agente contatar o agente do Ganso – disse Kevin. Ele havia ficado mais fissurado nesse negócio do que o próprio Fat. Afinal, foi Kevin quem descobriu *Valis* e, logo, nos colocou em ação.

– Um filme como esse – disse David – vai tirar um monte de malucos do sério. O Mamãe Ganso deve estar tomando muito cuidado com isso.

– Valeu – disse Kevin.

– Eu não estava me referindo a nós – disse David.

– Ele tem razão – eu disse, revisando na cabeça uma parte da correspondência que minha própria escrita gera. – O Ganso vai provavelmente preferir entrar em contato com meu agente. – Pensei: se é que vai entrar em contato com a gente. O agente dele com o meu agente. Mentes equilibradas.

– Se o Ganso te ligar – Fat me disse num tom de voz calma, baixo, muito tenso, incomum para ele –, você vai passar para ele a cifra de duas palavras, REI FELIX. Dê um jeito de enfiá-la na conversa, claro; isso aqui não é nenhum filme de espionagem. Diga que é um título alternativo do roteiro.

Respondi, irritado:

– Deixa comigo.

Mas era muito provável que não houvesse nada para se deixar comigo. Uma semana depois recebi uma carta do próprio Mamãe Ganso, Eric Lampton. Ela continha uma palavra. REI. E, depois da palavra, um ponto de interrogação e uma seta apontando para a direita de REI.

O susto foi tão grande que quase me caguei; tremi na base. E escrevi a palavra FELIX. E enviei a carta de volta para o Mamãe Ganso. Ele havia incluído um envelope selado para resposta.

Não havia mais dúvida: nós havíamos feito contato.

A pessoa à qual o código de duas palavras, REI FELIX, se referia, é o quinto Salvador que, Zebra – ou VALIS – dissera, já havia nascido ou nasceria em breve. Isso era terrivelmente assustador para mim, receber a carta de Mamãe Ganso. Eu estava me perguntando como o Ganso – Eric Lampton e sua esposa Linda – se sentiria quando recebesse a carta com FELIX corretamente adicionado. Corretamente; sim, era isso. Apenas uma palavra tirada das centenas de milhares de palavras da língua inglesa serviria; não, inglês não. Latim. É um nome em inglês, mas uma palavra em latim.

Próspero, feliz, frutífero... a palavra latina "Felix" ocorre em injunções como essa do próprio Deus, que em *Gênesis 1:21* diz a todas as criaturas do mundo: "Crescei e multiplicai-vos, enchei as águas dos mares; e deixai as aves proliferarem na terra". Esta é a essência do significado de *Felix*, essa ordem de Deus, essa ordem amorosa, essa manifestação de seu desejo de que nós não só vivamos, mas que vivamos com felicidade e prosperidade.

FELIX. O que carrega frutos, frutífero, fértil, produtivo. Todas as mais nobres espécies de árvores, cujos frutos são oferecidos às divindades superiores. O que traz boa sorte, de bom augúrio, auspicioso, favorável, propício, afortunado, próspero, felicitoso. Sortudo, feliz, afortunado. Inteiro. Mais feliz, mais bem-sucedido em."

Este último significado me interessa. "Mais bem-sucedido em". O Rei que é mais bem-sucedido em... em quê? Talvez em derrubar o reinado tirânico do rei das lágrimas, substituindo aquele rei triste e amargo com seu próprio legítimo reinado da felicidade: o fim da era da Prisão de Ferro Negro e o início da era do Jardim das Palmeiras no quente sol da Arábia ("Felix" também se refere à parte fértil da Arábia).

Nosso grupinho, ao receber a missiva de Mamãe Ganso, reuniu-se em sessão plenipotenciária.

– O Fat está na fogueira – Kevin disse lacônico, mas seus olhos brilharam de animação e alegria, uma alegria a qual todos compartilhávamos.

– Vocês estão comigo – disse Fat.

Nós todos havíamos feito uma vaquinha para comprar uma garrafa de conhaque Courvosier Napoleon; sentados ao redor da sala de estar de Fat, aquecíamos nossos copos esfregando suas hastes como se fossem gravetos, sentindo-nos muito inteligentes.

Kevin entoou, num tom vazio, para ninguém em particular: – Seria interessante se alguns homens de uniformes pretos colantes aparecessem e nos matassem todos a tiros agora. Por causa do telefonema que Phil deu.

– Eu topo – eu disse, desviando-me com facilidade do comentário irônico de Kevin. – Vamos empurrar Kevin para o hall com um cabo de vassoura e ver se alguém abre fogo nele.

– Isso não provaria nada – disse David. – Metade de Santa Ana está de saco cheio de Kevin.

Três noites mais tarde, às duas da manhã, o telefone tocou. Quando atendi – eu ainda estava acordado, terminando a introdução de um livro de contos, uma coletânea de vinte e cinco anos de minha carreira[1] – uma voz de homem com um leve sotaque britânico perguntou: – Quantos de vocês existem?

Surpreso, eu perguntei:

– Quem está falando?

– Ganso.

Jesus!, eu pensei, e voltei a tremer na base.

– Quatro – respondi, e minha voz tremeu.

– Esta é uma ocasião feliz – disse Eric Lampton.

– Próspera – eu disse.

Lampton deu uma gargalhada.

– Não, o Rei não está bem de finanças.

– Ele... – Não consegui continuar.

Lampton disse:

– Vivit. Eu acho. Vivet? Bom, de qualquer maneira, você vai ficar feliz em saber que ele vive. Meu latim não é muito bom.

– Onde? – perguntei.

– Onde você está? Aqui está registrando código de área 714.

– Santa Ana. Em Orange County.

– Com Ferris – disse Lampton. – Você está logo ao norte da mansão à beira-mar de Ferris.

– Certo – eu disse.

– Vamos nos encontrar, então?

– Claro – eu respondi, e na minha cabeça uma voz falou: isso é real.

– Vocês podem pegar um voo até aqui, os quatro? Até Sonoma?

– Podemos sim – respondi.

– Vocês vão voar até o aeroporto de Oakland; é melhor do que San Francisco. Vocês viram *Valis*?

---

[1]   *The Golden Man*, editado por Mark Hurst, Berkley Publishing Corporation, NY., 1980.

– Várias vezes. – Minha voz ainda tremia. – Sr. Lampton, está acontecendo alguma disfunção temporal?

Eric Lampton disse:

– Como pode haver uma disfunção em algo que não existe? – Fez uma pausa. – Você não pensou nisso.

– Não – admiti. – Posso lhe dizer que achamos que *Valis* é um dos melhores filmes que já vimos?

– Espero que um dia possamos lançar a versão sem cortes. Vou providenciar para que vocês aí a vejam. Nós realmente não queríamos cortá-la, mas, sabe como é, considerações de ordem prática... Você é escritor de ficção científica? Conhece Thomas Disch?

– Conheço – respondi.

– Ele é muito bom.

– É – disse, contente por saber que Lampton conhecia os escritos de Disch. Era um bom sinal.

– De uma certa maneira, *Valis* foi uma merda – disse Lampton. – Tivemos que fazê-lo daquele jeito, para que os distribuidores o aceitassem. Para a multidão comedora de pipoca dos drive-ins. – Havia divertimento em sua voz, um brilho musical. – Eles esperavam que eu cantasse, sabe, "Hey, Mr. Starman! When You Droppin' In?". Acho que ficaram um pouco decepcionados, sabe?

– Ora – eu disse, sem me surpreender.

– Então vamos ver vocês aqui em cima. Você tem o endereço, não tem? Não vou ficar em Sonoma depois deste mês, então só pode ser este mês ou lá para o fim do ano; vou voltar para a Inglaterra para fazer um telefilme para o pessoal da Granada. E tenho shows... Tenho uma gravação em Burbank; eu poderia encontrar vocês lá na... como é que vocês a chamam? A "Terra do Sul"?

– Vamos pegar um avião até Sonoma – eu disse. – Existem outros? – perguntei. – Que contataram você?

– Pessoal do "Rei Feliz"? Bem, a gente fala sobre isso quando se reunir, seu pequeno grupo e Linda e Mini; você sabia que Mini fez a música?

– Sabia – eu disse. – Música de Sincronicidade

– Ele é muito bom – disse Lampton. – Muito do que transmitimos está na música dele. Ele não escreve letras, o babaca. Gostaria que ele fizesse. Ele faria belíssimas letras. As minhas não são ruins, mas eu não sou Paul. – Fez uma pausa. – Simon, quero dizer.

– Posso lhe perguntar – eu disse – onde *ele* está?

– Ah, bom, sim; perguntar você pode. Mas ninguém vai te dizer até depois de nós conversarmos. Uma mensagem de duas palavras não me diz realmente muita coisa sobre você, diz? Embora eu tenha checado você. Você andou metido com drogas por algum tempo e depois mudou de lado. Você conheceu Tim Leary...

– Só por telefone – corrigi. – Conversei com ele uma vez por telefone; ele estava no Canadá com John Lennon e Paul Williams – não o cantor, mas o escritor.

– Você nunca foi preso. Nem por posse?

– Nunca – eu disse.

– Você atuou como uma espécie de guru da droga para adolescentes em... – onde foi mesmo? – Ah, sim; Marin County. Alguém deu um tiro em você.

– Não foi bem assim – eu disse.

– Você escreve livros muito estranhos. Mas você garante que não tem ficha na polícia; não queremos você se tiver.

– Não tenho – eu disse.

De modo suave, agradável, Lampton disse:

– Você se misturou com terroristas negros por algum tempo.

Eu não disse nada.

– Que aventura sua vida tem sido – disse Lampton.

– É – concordei. Isso certamente era verdade.

– Você não está sob o efeito de drogas agora? – Lampton deu uma gargalhada. – Eu retiro essa pergunta. Sabemos que você está limpo agora. Tudo bem, Philip; vou ficar feliz em conhecer você e seus amigos pessoalmente. Foi você com quem... bem, vamos ver. A quem certas coisas foram ditas.

– A informação foi disparada no meu amigo Horselover Fat.

– Mas esse é você. "Philip" significa "Horselover" em grego, amante de cavalos. "Fat", gordo, é a tradução da palavra alemã "Dick". Então você traduziu seu nome.

Eu não disse nada.

– Devo chamar você de "Horselover Fat"? Você fica mais à vontade assim?

– O que valer – eu disse rígido.

– Uma expressão idiomática dos anos sessenta – Lampton riu.

– Ok, Philip. Acho que temos informação suficiente sobre você. Conversamos com seu agente, o sr. Galen; ele parece muito astuto e direto.

– Ele é bom – eu disse.

– Ele certamente compreende onde sua cabeça está, como dizem por aqui. Sua editora é a Doubleday, não é?

– Bantam – eu respondi.

– Quando seu grupo vem?

– Que tal este fim de semana? – respondi.

– Ótimo – disse Lampton. – Você vai gostar disso, sabia? O sofrimento pelo qual você passou acabou. Você percebe isso, Philip? – O tom de voz dele não era mais brincalhão. – Acabou. Acabou de verdade.

– Que ótimo – eu disse; meu coração queria saltar para fora do peito.

– Não tenha medo, Philip – Lampton disse baixinho.

– Ok – eu disse.

– Você passou por poucas e boas. A garota morta... bem, podemos deixar isso de lado; isso já passou. Percebe?

– Percebo – eu disse. – Percebo. – E eu percebia. Torcia para que estivesse percebendo; eu tentava compreender. Eu queria compreender.

– Você não compreende. Ele está aqui. A informação está correta. "**O Buda está no parque.**" Você entende?

– Não – respondi.

– Gautama nasceu em um grande parque chamado Lumbini. É uma história parecida com a de Cristo em Belém. Se a informação fosse "Jesus está em Belém", você teria entendido o que isso significa, não teria?

Fiz que sim com a cabeça, esquecendo que estava ao telefone.

– Ele dormiu quase dois mil anos – disse Lampton. – Um tempo muito longo. Sob tudo o que aconteceu. Mas... Bem, acho que disse o bastante. Ele está acordado agora; essa é a questão. Linda e eu veremos vocês sexta à noite ou sábado de manhã, então?

– Certo – eu disse. – Está ótimo. Provavelmente sexta à noite.

– Basta se lembrar – disse Lampton. – "**O Buda está no parque.**" E tente ser feliz.

Perguntei:

– Ele vai voltar? Ou algum outro?

Uma pausa.

– O que eu quis dizer... – eu disse.

– Sim. Eu sei o que você quis dizer. Mas o tempo não é real, sabe? É ele novamente mas não é ele; é outro. Existem muitos budas, mas apenas um. A chave para entender isso é o tempo... quando você toca um disco pela segunda vez, os músicos tocam a música uma segunda vez? Se você tocar o disco cinquenta vezes, será que os músicos tocam a música cinquenta vezes?

– Uma vez – eu disse.

– Obrigado – disse Lampton, e desligou o telefone. Desliguei também.

Você não vê isso todo dia, eu disse a mim mesmo. O que o Ganso disse.

Para minha surpresa, percebi que havia parado de tremer.

Era como se eu tivesse tremido por toda a minha vida, sofrendo de um surto crônico de medo. Tremendo, correndo, me metendo em problemas, perdendo as pessoas que amava. Como um personagem de desenho animado em vez de uma pessoa, percebi. Uma animação bobinha do começo dos anos trinta. Por trás de tudo o que eu havia feito na vida, o medo havia me forçado a seguir em frente. Agora o medo havia morrido, apaziguado pela notícia que eu acabara de ouvir. A notícia, percebi subitamente, que eu havia esperado ouvir desde o começo; era como se eu tivesse sido criado, em certo sentido, para estar presente quando a notícia chegasse, e por nenhuma outra razão.

Eu podia esquecer a garota morta. O universo propriamente dito, em sua escala macrocósmica, podia agora parar de lamentar. A ferida havia sarado.

Como era tarde, eu não podia notificar os outros sobre a ligação de Lampton. Nem poderia ligar para a Air California e fazer as reservas de avião. Entretanto, no começo da manhã liguei para David, depois para Kevin e depois para Fat. Eles pediram que eu cuidasse dos preparativos de viagem; o fim da noite de sexta parecia bom para eles.

Nós nos encontramos naquela noite e decidimos que nosso pequeno grupo precisava de um nome. Depois de certa discussão, deixamos que Fat decidisse. Em vista da ênfase de Eric Lampton na declaração sobre o Buda, decidimos nos chamar Siddartha Society.

– Então estou fora – disse David. – Desculpem, mas não posso seguir em frente com isso a não ser que exista alguma referência ao cristianismo. Não quero parecer fanático, mas...

– Você parece fanático – Kevin lhe disse.

Tornamos a discutir. Por fim, decidimos um nome confuso o bastante para satisfazer David; para mim essa questão não era assim tão importante. Fat nos falou de um sonho que havia tido recentemente, no qual ele era um peixe enorme. Em vez de um braço, ele andava por aí com nadadeiras tipo vela de navio ou pá de ventilador; com uma dessas nadadeiras ele havia tentado pegar um rifle M-16, mas a arma escorregara e caíra no chão, momento em que uma voz entoou:

"Peixes não podem portar armas".

Como a palavra grega para esse tipo de nadadeira era *rhipidos* – como os répteis Rhiptoglossa –, nós finalmente concordamos com Rhipidon Society, nome que se referia de modo elíptico ao peixe cristão. Isso também agradou a Fat, pois aludia ao povo Dogon e seu símbolo de peixe representando a divindade benigna.

Então agora nós podíamos nos aproximar de Lampton – tanto Eric quanto Linda Lampton – na forma de uma organização oficial. Por menores que fôssemos. Acho que estávamos apavorados, àquela altura dos acontecimentos; intimidados talvez fosse uma palavra melhor.

Levando-me para um canto, Fat disse baixinho:

– Será que Eric Lampton realmente disse que não precisamos mais pensar na morte dela?

Coloquei a mão no ombro de Fat.

– Acabou – eu disse. – Ele me disse isso. A era de opressão terminou em agosto de 1974; agora a era da tristeza começa a terminar. Ok?

– Ok – disse Fat, com um sorriso fraco, como se não conseguisse acreditar no que estava ouvindo, mas quisesse acreditar.

– Você não está louco, sabia? – eu disse a Fat. – Lembre-se disso. Você não pode usar isso para sair fora dessa.

– E ele está vivo? Já? Está mesmo?

– Lampton disse que sim.

– Então é verdade.

– Provavelmente é verdade – eu disse.

– Você acredita nisso.

– Acho que sim – eu disse. – Vamos descobrir.

– Será que ele é velho? Ou criança? Acho que ele ainda é uma criança. Phil... – Fat olhou para mim com os olhos arregalados, como se percebesse algo subitamente. – E se ele não for humano?

– Bem – eu disse –, vamos lidar com esse problema quando e se ele aparecer. – Na minha própria cabeça, eu pensava: provavelmente ele veio do futuro; esta é a possibilidade mais provável. Ele não será humano em alguns aspectos, mas em outros será. Nossa criança imortal... a forma de vida de talvez milhões de anos adiante no tempo. Zebra, pensei. Agora *eu* verei você. Nós todos veremos. Rei e juiz, pensei. Conforme prometido. Tudo como nos tempos de Zoroastro.

Tudo como no tempo de Osíris, na verdade. E do Egito até o povo de Dogon; e de lá até as estrelas.

– Uma dose de conhaque – disse Kevin, levando a garrafa para a sala de estar. – Como um brinde.

– Que diabo, Kevin – David protestou. – Você não pode brindar ao Salvador, não com conhaque.

– Ondulação? – perguntou Kevin.

Cada um de nós aceitou uma taça do conhaque Courvosier Napoleon, inclusive David.

– À Rhipidon Society – disse Fat. Brindamos.

Eu disse:

– E nosso lema.

– Nós temos um lema? – perguntou Kevin.

– "Peixes não podem portar armas" – eu disse.

Bebemos a isso.

11

Há anos eu não visitava Sonoma, Califórnia, que fica no coração da região vinícola, com belas colinas circundando-a por três lados. O mais atraente de tudo é o parque da cidade, que fica bem no meio dela, com o velho fórum de pedra, o laguinho com patos, os canhões antigos de guerras ancestrais abandonados. As muitas lojinhas que cercavam o parque atraíam na sua maioria os turistas de fim de semana, tapeando os descuidados com muitos artigos vagabundos, mas alguns prédios historicamente importantes, genuínos do antigo reinado mexicano, ainda estavam de pé, pintados e com placas proclamando seus papéis ancestrais. O ar tinha um cheiro bom – especialmente se você vem da Terra do Sul – e, embora fosse noite, demos um passeio antes de finalmente entrarmos num bar chamado Gino´s para ligar para os Lampton.

Eric e Linda Lampton foram nos buscar em um Volkswagen Rabbit; eles nos encontraram no Gino´s, onde nós quatro estávamos sentados numa mesa bebendo Separators, uma especialidade do local.

– Desculpe por não termos buscado vocês no aeroporto – disse Eric Lampton quando ele e sua esposa se aproximaram de nossa mesa; aparentemente ele havia me reconhecido pelas minhas fotos de divulgação para a imprensa.

Eric Lampton é magro e tem cabelos louros compridos; usava calças jeans vermelhas boca de sino e uma camiseta onde estava escrito SALVEM AS BALEIAS. Kevin, naturalmente, se identificou com ele de cara, assim como muitas das pessoas no bar; chamados, gritos e cumprimentos saudaram os Lampton, que sorriam ao seu redor para quem obviamente eram seus amigos. Ao lado de Eric, Linda andava rápido, também magra, com dentes parecidos com os de Emmylou Harris. Como seu marido, ela é magra, mas seus cabelos são escuros, muito lisos e compridos. Ela usava calças cortadas no comprimento de bermudas, muito lavadas, e uma camisa xadrez com uma bandana amarrada no pescoço. Ambos usavam botas: as de Eric eram tipo caipira, com elástico na lateral, e as de Linda eram de estilo antigo, de salto e com botões.

Rapidamente nos espremnemos no carro, e descemos por ruas residenciais de casas relativamente modernas com gramados amplos.

– Nós somos a Rhipidon Society – disse Fat.

– Nós somos os Amigos de Deus – disse Eric Lampton.

Surpreso, Kevin reagiu com violência; ficou olhando para Eric Lampton. O resto de nós se perguntou por quê.

– Então você conhece o nome – disse Eric.

– *Gottesfreunde* – disse Kevin. – Vocês voltaram ao século quatorze!

– É isso aí – disse Linda Lampton. – Os Amigos de Deus se formaram originalmente na Basileia. Finalmente, entramos na Alemanha e na Holanda. Então você conhece Meister Eckhart.

Kevin disse:

– Ele foi a primeira pessoa a conceber a Divindade como algo distinto de Deus. O maior dos místicos cristãos. Ele ensinou que uma pessoa pode conseguir a união com a Divindade (ele sustentava um conceito de que Deus existe dentro da alma humana!). – Nós nunca víramos Kevin tão empolgado assim antes. – A alma pode realmente conhecer Deus como ele é! Ninguém ensina isso hoje! E, e... – Kevin começou a gaguejar; nós nunca o havíamos visto gaguejar antes. – Sankara, na Índia, no século nove; ele ensinou as mesmas coisas que Eckhart. É um misticismo transcristão no qual o homem pode ir além de Deus, ou se fundir com Deus, ou com uma fagulha de algum tipo que não foi criado. Brahma; é por isso que Zebra...

– VALIS – disse Eric Lampton.

– O que for – disse Kevin; virando-se para mim, ele disse, agitado: – Isso explicaria as revelações sobre o Buda e sobre Santa Sofia ou Cristo. Isso não está limitado especificamente a nenhum país, cultura ou religião. Desculpe, David.

David assentiu manso, mas parecia abalado. Ele sabia que essa não era a visão ortodoxa.

Eric disse:

– Sankara e Eckhart, a mesma pessoa; vivendo em dois lugares em duas épocas.

Meio que para si mesmo, Fat disse:

– "Ele faz com que as coisas pareçam diferentes para que pareça que o tempo passou".

– Tanto tempo quanto espaço – disse Linda.

– O que é VALIS? – perguntei.

– Vast Active Living Intelligence System, Vasto Sistema Ativo de Inteligência Viva – respondeu Eric.

– Isso é uma descrição – eu disse.

– Isso é o que temos – disse Eric. – O que mais existe lá fora senão isso? Você quer um nome, da mesma forma que Deus fez o homem dar nome a todos os animais? VALIS é o nome; chame-o disso e contente-se.

– VALIS é homem? – perguntei. – Ou Deus? Ou alguma outra coisa?

Eric e Linda sorriram.

– Ele vem das estrelas? – perguntei.

– Este lugar onde estamos – disse Eric – é uma das estrelas; nosso sol é uma estrela.

– Charadas – eu disse.

– VALIS é o Salvador? – perguntou Fat.

Por um momento, Eric e Linda ficaram em silêncio, e então Linda falou:

– Nós somos os Amigos de Deus. – Nada mais acrescentou.

Com cuidado, David olhou para mim, atraiu minha atenção e fez um gesto questionador: *Esse pessoal não está pirado, não?*

– Eles são um grupo muito antigo – respondi. – Que eu achei que tivesse morrido há séculos.

Eric disse:

– Nós nunca morremos e somos muito mais velhos do que você imagina e do que lhe foi dito. Mais velhos sequer do que lhe diremos se nos perguntar.

– Vocês precedem a Eckhart, então – Kevin disse com precisão.

– Sim – respondeu Linda.

– Séculos? – perguntou Kevin.

Não responderam.

– Milhares de anos? – Finalmente perguntei.

– "As altas montanhas são para as cabras" – respondeu Linda – "os rochedos, um refúgio para os arganazes."

– O que significa isso? – Perguntei. Kevin se juntou a mim; falamos em uníssono.

– Eu sei o que significa – disse David.

– Não pode ser – disse Fat; aparentemente ele também reconhecera o que Linda havia citado.

– "No seu topo a cegonha tem sua casa" – disse Eric depois de um tempo.

Para mim, Fat disse: – São da raça de Ikhnaton. Esse é o *Salmo 104*, baseado no hino de Ikhnaton; ele entrou em nossa Bíblia: é *mais antigo* que nossa Bíblia.

Linda Lampton disse: – Nós somos os construtores feios com mãos em forma de garras. Que se escondem envergonhados. Junto com Hephaistos, construímos grandes muralhas e os lares dos próprios deuses.

– Sim – disse Kevin. – Hephaistos também era feio. O Deus construtor. Vocês mataram Asclépio.

– Eles são Kyklopes – Fat disse baixinho.

– O nome significa "De olho redondo" – disse Kevin.

– Mas nós temos três olhos – disse Eric. – Então foi cometido um erro no registro histórico.

– Deliberadamente – disse Kevin.

– Sim – disse Linda.

– Vocês são muito velhos – disse Fat.

– Sim, somos – disse Eric, e Linda assentiu. – Muito velhos. Mas o tempo não é real. Pelo menos não para nós.

– Meu Deus – Fat disse, como se tivesse levado um choque. – Eles são os construtores originais.

– Nós nunca paramos – disse Eric. – Nós ainda construímos. Nós construímos este mundo, esta matriz espaço-temporal.

– Vocês são nossos criadores – disse Fat.

Os Lamptons fizeram que sim.

– Vocês realmente são os Amigos de Deus – disse Kevin. – Vocês são, literalmente.

– Não tenha medo – disse Eric. – Você sabe como Shiva ergue uma das mãos para mostrar que não há nada a temer.

– Mas há sim – disse Fat. – Shiva é o destruidor; seu terceiro olho destrói.

– Ele também é aquele que restaura – disse Linda.

Inclinando-se na minha direção, David sussurrou no meu ouvido: – Eles são loucos?

Eles são deuses, eu disse para mim mesmo; eles são Shiva, que ao mesmo tempo destrói e protege. *Eles julgam.*

Talvez eu devesse ter sentido medo. Mas não senti. Eles já haviam destruído – derrubado Ferris F. Fremount, conforme havia sido descrito no filme *Valis.*

O período de Shiva, o Restaurador, havia começado. A restauração, pensei, de tudo o que perdemos. De duas garotas mortas.

Assim como no filme *Valis*, Linda Lampton podia reverter o tempo, se necessário; e restaurar tudo à vida.

Eu havia começado a compreender o filme.

A Rhipidon Society, percebi, por mais peixe que fosse, acabara de sair de suas profundezas.

Uma irrupção do inconsciente coletivo, Jung ensinou, pode obliterar o ego individual frágil. Nas profundezas do coletivo, dormem os arquétipos; se acordados, eles podem curar ou destruir. Esse é o perigo dos arquétipos; as qualidades opostas ainda não estão separadas. A bipolarização em pares opostos não ocorre até que a consciência ocorra.

Então, com os deuses, vida e morte – proteção e destruição – são uma coisa só. Essa parceria secreta existe fora do tempo e do espaço.

Isso pode amedrontar muito uma pessoa, e por uma ótima razão. Afinal, sua existência está em jogo.

O verdadeiro perigo, o horror definitivo, acontece quando a criação e proteção, o abrigo, vem primeiro – e depois a destruição. Porque, se a sequência é essa, tudo o que foi construído termina em morte.

A morte se oculta dentro de toda religião.

E a qualquer momento ela pode assomar subitamente – não com cura em suas asas, mas com veneno, o que fere.

Mas nós havíamos começado feridos. E VALIS havia disparado informações de cura para nós, informações médicas. VALIS se aproximou de nós na forma do médico, e a era do ferimento, a Era do Ferro, o fragmento de ferro tóxico, havia sido abolida.

E, no entanto... O risco, potencialmente, está sempre lá.

É um tipo de jogo terrível. Que pode dar em qualquer resultado.

Libera me, Domine, eu disse a mim mesmo. *In die illa*. Salva-me, protege-me, Deus, neste dia de ira. Existe um vestígio de irracional no universo, e nós, a pequena Rhipidon Society, cheia de confiança e esperança, pode ter sido atraída para dentro dele, para perecer. Como muitos já pereceram antes.

Lembro-me de uma coisa que o grande médico da Renascença havia descoberto. Venenos, em doses medidas, são remédios; Paracelso foi o primeiro a usar metais como o mercúrio como medicação. Por essa descoberta – o uso medido de metais venenosos como medicamentos –, Paracelso havia entrado para nossos livros de História. Entretanto, a vida do grande médico teve um fim trágico. Ele morreu por envenenamento de metal.

Então, reformulando a afirmação, medicamentos podem ser venenosos, podem matar. E isso pode acontecer a qualquer momento.

"O tempo é uma criança a brincar, jogando damas; o reino é das crianças." Como Heráclito escreveu há dois mil e quinhentos anos. De muitas maneiras, este é um pensamento terrível. O mais terrível de todos. Uma criança jogando um jogo... com toda a vida, em toda parte.

Eu teria preferido uma alternativa. Eu via agora a importância conectiva de nosso lema, o lema de nossa pequena Sociedade, unindo todas as ocasiões como a essência do Cristianismo, da qual jamais poderíamos partir:

PEIXES NÃO PORTAM ARMAS!

Se abandonássemos isso, entraríamos nos paradoxos, e, finalmente, na morte. Por mais imbecil que soasse o nosso lema, nós havíamos inserido nele o insight de que precisávamos. Não havia mais nada a saber.

No sonho bizarro de Fat em que ele deixava cair o rifle M-16, o Divino havia falado conosco. *Nihil Obstat.* Nós havíamos penetrado o amor, e encontrado uma terra para nós mesmos.

Mas o divino e o terrível são tão próximos um do outro. Nommo e Yurugu são parceiros; ambos são necessários. Osíris e Set também. No *Livro de Jó*, Yahweh e Satã formam uma parceria. Contudo, para que nós possamos viver, esses parceiros devem se separar. A parceria por trás dos bastidores precisa terminar assim que o tempo, o espaço e todas as criaturas nascem.

Não é Deus nem os deuses que devem prevalecer; é a sabedoria, a Sabedoria Sagrada. Eu esperava que o quinto Salvador fosse isso: dividir as bipolaridades e emergir como uma coisa unitária. Não de três ou de duas pessoas, mas *uma*. Não Brahma, o criador, Vishnu, o sustentador, e Shiva, o destruidor, mas o que Zoroastro chamava de Mente Sábia.

Deus pode ser bom e terrível – não em sucessão – mas ao mesmo tempo. É por isso que procuramos um mediador entre nós e ele; nós o abordamos por intermédio do sacerdote mediador e o atenuamos e aprisionamos por meio dos sacramentos. Isso é para nossa própria segurança; aprisioná-lo dentro de confins que o deixem seguro. Mas agora, como Fat havia visto, Deus havia fugido do confinamento e estava transubstanciando o mundo; Deus havia se libertado.

Os sons suaves do coro cantando "Amém, amém" não são para acalmar a congregação, mas para apaziguar o deus.

Quando você toma conhecimento disso, você penetra no núcleo mais íntimo da religião. E a pior parte é que o deus pode se projetar para fora e para dentro da congregação até se tornar seus membros. Você adora um deus e então ele retribui essa adoração possuindo você. Isso se chama *enthousiasmos* em grego, literalmente "ser possuído pelo deus". De todos os deuses gregos, o que mais probabilidades tinha de fazer isso era Dionísio. E, infelizmente, Dionísio era louco.

Colocando de outra maneira (de trás para a frente): se seu deus possui você, é provável que, não importa qual seja o seu nome, ele seja na verdade uma forma do deus louco Dionísio. Ele também era o deus da intoxicação, o que pode significar, literalmente, ingerir toxinas; ou seja, tomar um veneno. O perigo está aí.

Se você sente isso, tenta fugir. Mas se você fugir, ele te pega de qualquer maneira, pois o semideus Pã era a base do pânico, que é o desejo incontrolável de fugir, e Pã é uma subforma de Dionísio. Então, ao tentar fugir de Dionísio, você é possuído de qualquer maneira.

Escrevo isto literalmente com mão pesada; estou tão cansado que estou quase desabando sentado aqui. O que aconteceu em Jonestown* foi um ataque de pânico em massa, inspirado pelo deus louco – um pânico que leva à morte, o resultado lógico do ataque do deus louco.

Para eles, não havia saída. Você precisa ser possuído pelo deus louco para compreender isso, que, uma vez que isso acontece, não existe saída, pois o deus louco está em todo lugar.

Não é razoável que novecentas pessoas concordem com a própria morte e a morte de crianças, mas o deus louco não é lógico, não como compreendemos o termo.

Quando chegamos à casa dos Lampton, descobrimos que era uma antiga e imponente mansão de fazenda, bem no meio de vinhedos; afinal, é uma região vinícola.

Pensei comigo mesmo: Dionísio é o deus do vinho.

– O ar tem um cheiro bom aqui – disse Kevin ao sairmos do carro.

– Às vezes temos poluição – disse Eric. – Até mesmo aqui.

Ao entrar na casa, vimos que ela era quente e bonita; cartazes enormes de Eric e Linda, emoldurados atrás de vidro não reflexivo, cobriam todas as paredes. Isso dava à velha casa de madeira um ar moderno, o que nos ligava de volta à Terra do Sul.

Linda disse, com um sorriso: – Aqui nós fazemos nosso próprio vinho. Com nossas próprias uvas.

Imagino que sim, eu disse para mim mesmo.

---

* Dick se refere ao suicídio coletivo dos membros da seita Templo do Povo na comunidade de Jonestown, fundada pelo reverendo Jim Jones na Guiana. Além do próprio Jones, mais de 900 fiéis morreram ingerindo veneno. [N. de T.]

Ao longo de uma parede, estendia-se um imenso complexo de equipamento, parecido com a fortaleza em VALIS que era o mixer de som de Nicholas Brady. Dava para ver de onde a ideia visual havia se originado.

– Vou colocar uma fita que fizemos – disse Eric, indo até a fortaleza de áudio e começando a apertar botões. – A música é de Mini, mas a letra é minha. Estou cantando, mas não vamos lançar essa; é só uma experiência.

Nos sentamos, e a música em enormes decibéis começou a preencher a sala de estar, ressoando pelas paredes.

"I want to see you, man.
As quickly as I can.
Let me hold your hand
I've got no hand to hold
And I'm old, old; very old.

Why won't you look at me?
Afraid of what you see?
I'll find you anyhow,
Later or now; later or now*."

Meu Jesus, pensei, prestando atenção à letra. Bem, nós havíamos ido ao lugar certo. Disso não havia dúvida. Nós queríamos isso e conseguimos. Kevin podia se divertir desconstruindo a letra da canção, que não precisava ser desconstruída. Bem, ele poderia voltar sua atenção para os ruídos eletrônicos de Mini, então.

Linda, curvando-se e levando a boca ao meu ouvido, gritou para se fazer ouvir por sobre a música: – Essas ressonâncias abrem os chacras superiores.

---

* "Eu quero ver você, cara/O mais rápido possível/Deixe-me pegar na sua mão/Não tenho mão para pegar/E sou velho, velho; muito velho./Por que você não olha para mim?/Tem medo do que vai ver?/Vou te encontrar de qualquer maneira/Mais tarde ou agora; mais tarde ou agora." [N. de T.]

Fiz que sim com a cabeça.

Quando a canção terminou, todos nós dissemos como ela era incrível, inclusive David. David havia passado para um estado de transe; seus olhos estavam vidrados. David fazia isso quando encarava o que não conseguia suportar; a igreja lhe havia ensinado como sair de fase mentalmente por algum tempo, até que a situação de tensão tivesse passado.

– Gostariam de conhecer Mini? – perguntou Linda Lampton.

– Sim! – disse Kevin.

– Ele provavelmente está dormindo lá em cima – disse Eric Lampton. Começou a sair da sala de estar. – Linda, traga um pouco de cabernet sauvignon, o de 1972, lá da adega.

– Ok – disse ela, começando a sair da sala na outra direção. – Fiquem à vontade – ela disse, virando-se para nós. – Já volto.

Kevin ficava olhando embevecido para o estéreo.

David foi até onde eu estava, as mãos enfiadas fundo nos bolsos, uma expressão complexa no rosto. – Eles são...

– Eles são loucos – eu disse.

– Mas no carro você parecia...

– Loucos – eu disse.

– Loucos mansos? – perguntou David; ele estava do meu lado, como se pedisse proteção. – Ou... outra coisa?

– Não sei – respondi com honestidade.

Fat estava conosco agora; ele ouvia, mas não falava. Parecia profundamente sóbrio. Enquanto isso, Kevin, por conta própria, continuava a analisar o sistema de áudio.

– Eu acho que a gente devia... – começou David, mas naquele instante Linda Lampton retornou da adega trazendo uma bandeja de prata na qual havia seis taças de vinho e uma garrafa ainda com a rolha.

– Será que algum de vocês pode abrir o vinho? – Linda perguntou. – Normalmente eu acabo empurrando a rolha para dentro; não sei por quê. – Sem Eric, ela parecia tímida conosco, e completamente diferente da mulher que havia desempenhado em *Valis*.

Levantando-se, Kevin pegou a garrafa de vinho.

– O abridor está na cozinha, em algum lugar – disse Linda.

No alto, sobre nossa cabeça, começamos a ouvir ruídos de arrastar, como se alguma coisa muito pesada estivesse sendo arrastada no andar de cima.

Linda disse:

– Preciso explicar uma coisa a vocês: Mini tem mieloma múltiplo. É muito doloroso e ele está numa cadeira de rodas.

Horrorizado, Kevin disse:

– Mieloma de células plasmáticas é sempre fatal.

– A expectativa de vida é de dois anos – disse Linda. – O dele acabou de ser diagnosticado. Ele será hospitalizado na semana que vem. Lamento muito.

– VALIS não pode curá-lo? – perguntou Fat.

– O que tiver de ser curado será curado – disse Linda Lampton.

– O que tiver de ser destruído será destruído. Mas o tempo não é real; nada é destruído. É uma ilusão.

David e eu olhamos um para o outro.

Tunc-tunc. Alguma coisa enorme e desajeitada desce um lance de escadas se arrastando. Então, diante de nós, que estávamos paralisados, uma cadeira de rodas entrou na sala de estar. Dentro dela, uma forma minúscula e retorcida sorriu bem-humorada para nós, com amor e o sentimento caloroso do reconhecimento. Ambos os ouvidos tinham fios: aparelhos de surdez. Mini, o compositor da Música de Sincronicidade, estava parcialmente surdo.

Fomos até ele um por um, e apertamos sua mão frágil e nos identificamos, não como uma sociedade, mas como pessoas individuais.

– Sua música é muito importante – disse Kevin.

– É sim – disse Mini.

Sua dor era visível, e podíamos ver que ele não ia viver muito. Mas, apesar de seu sofrimento, ele não tinha ódio do mundo; ele não tinha nada a ver com Sherri. Olhando de relance para Fat, pude ver que ele estava se lembrando de Sherri, agora, enquanto olhava o homem doente em sua cadeira de rodas. Vir tão longe, pensei, e encontrar isso novamente – isso, de que Fat havia fugido.

Bem, como eu já disse, não importa que direção você tome, quando você corre o deus corre junto com você, porque ele está em toda parte, dentro e fora de você.

– VALIS fez contato com vocês? – Mini perguntou. – Os quatro? É por isso que você está aqui?

– Comigo – disse Fat. – Estes outros são meus amigos.

– Diga-me o que viu – disse Mini.

– Foi como o Fogo de Santelmo – disse Fat. – E informação...

– Sempre há informação quando VALIS está presente – disse Mini, balançando afirmativamente a cabeça e sorrindo. – Ele é informação. Informação viva.

– Ele curou meu filho – disse Fat. – Ou, pelo menos, disparou as informações médicas necessárias em mim para curá-lo. E VALIS me contou que Santa Sofia e o Buda e o que ele chamou de "Cabeça de Apolo" estão para nascer em breve e que o...

– ... o tempo pelo qual você esperou – murmurou Mini.

– Isso – disse Fat.

– Como você conhecia o código? – Eric Lampton perguntou a Fat.

– Ele o viu – Linda disse rápido. – Qual era a razão da porta? Os lados?

– A Constante de Fibonacci – respondeu Fat.

– Esse é o nosso outro código – disse Linda. – Temos anúncios circulando pelo mundo inteiro. Um ponto seis um oito zero três quatro. O que fazemos é dizer: "Complete esta sequência: um ponto seis". Se as pessoas a reconhecerem como a constante de Fibonacci, conseguem terminar a sequência.

– Ou usamos números de Fibonacci – disse Eric – 1, 2, 3, 5, 8, 13 e assim por diante. A porta dá para o Reino Diferente.

– Superior? – perguntou Fat.

– Nós simplesmente o chamamos de "Diferente" – disse Eric.

– Do outro lado da porta, eu vi uma escrita luminosa – disse Fat.

– Não viu não – Mini disse, sorrindo. – Do outro lado da porta fica Creta.

Depois de uma pausa, Fat disse: – Lemnos.

– Às vezes Lemnos. Às vezes Creta. Aquela área genérica. – Num espasmo de dor, Mini se endireitou em sua cadeira de rodas.

– Eu vi letras hebraicas na parede – disse Fat.

– Sim – disse Mini, ainda sorrindo. – Cabala. E as letras em hebraico permutadas até se fatorarem em palavras que você possa ler.

– Em REI FELIX – disse Fat.

– Por que você mentiu sobre a porta? – perguntou Linda, sem animosidade; parecia simplesmente curiosa.

– Achei que vocês não fossem acreditar em mim – disse Fat.

– Então você não está familiarizado com a Cabala – disse Mini. – Ela é o sistema de codificação que VALIS usa; toda a sua informação verbal está armazenada como Cabala, pois é a maneira mais econômica, já que as vogais são indicadas por meros pontos vocálicos. Normalmente não conseguimos distinguir figura de fundo; VALIS precisa disparar o decodificador em você. É uma grade. Você viu a figura como cor, claro.

– Sim – concordou Fat. – E o fundo como preto e branco.

– Para que você pudesse ver a obra falsa.

– Perdão? – perguntou Fat.

– A obra falsa que está fundida no mundo real.

– Ah – disse Fat. – Sim, entendi. Era como se algumas coisas tivessem sido retiradas...

– E outras coisas acrescentadas – disse Mini.

Fat concordou.

– Você tem uma voz dentro da sua cabeça agora? – perguntou Mini. – A voz da IA?

Depois de uma longa pausa, e uma olhada de esguelha para mim, Kevin e David, Fat respondeu: – É uma voz neutra. Nem masculina nem feminina. Sim, parece com uma inteligência artificial.

– É a rede de comunicação intersistema – disse Mini. – Ela se estende entre as estrelas, conectando todos os sistemas estelares a Albemuth.

Fat o encarou e perguntou: – "Albemuth"? Isso é uma *estrela*?

– Você ouviu a palavra, mas...

– Eu a vi na forma escrita – disse Fat –, mas não sabia o que significava. Vinculei-a à alquimia, por causa do "al".

– O prefixo *al* – disse Mini – é árabe; ele significa simplesmente "o". É um prefixo comum para estrelas. Esta foi a sua pista. De qualquer maneira, você então viu páginas escritas.

– Vi – disse Fat. – Muitas. Elas me diziam o que ia acontecer comigo. Tipo... – ele hesitou. – Minha última tentativa de suicídio. Ela me deu a palavra grega *"ananke"*, que eu não conhecia. E dizia: *"*Um escurecimento gradual do mundo; um mal-estar*"*. Mais tarde percebi o que isso queria dizer; uma coisa ruim, uma doença, uma tarefa que eu tinha de cumprir. Mas sobrevivi.

– Minha doença – disse Mini – é devida à proximidade de VALIS, à sua energia. É uma coisa infeliz, mas, como você sabe, nós somos imortais, embora não fisicamente. Vamos renascer e nos lembrar.

– Meus animais morreram de câncer – disse Fat.

– Sim – disse Mini. – Os níveis de radiação às vezes podem ser enormes. Demasiados para nós.

Eu pensei: é por isso que você está morrendo. Seu deus matou você e você ainda está feliz por isso. Pensei: *Temos que sair daqui. Esse pessoal está flertando com a morte.*

– O que é VALIS? – Kevin perguntou a Mini. – Que divindade ou demiurgo ele é? Shiva? Osíris? Hórus? Eu li *The Cosmic Trigger*, e Robert Anton Wilson diz que...

– VALIS é um constructo – disse Mini. – Um artefato. Ele está ancorado aqui na Terra, literalmente ancorado. Mas, como espaço e tempo não existem para nós, VALIS pode estar em qualquer lugar e em qualquer época que desejar. Ele é algo que construíram para nos programar no momento do nascimento; normalmente ele dispara rajadas extremamente pequenas de informação em bebês, gravando instruções neles que vazarão do hemisfério direito do cérebro para o esquerdo em intervalos cronometrados ao longo de suas vidas inteiras, nos contextos situacionais apropriados.

– Ele tem um antagonista? – perguntou Kevin.

– Somente a patologia deste planeta – disse Eric. – Devido à atmosfera. Não podemos respirar de imediato esta atmosfera aqui; ela é tóxica para a nossa raça.

– "Nossa"? – perguntei.

– Nós todos – disse Linda. – Todos nós somos de Albemuth. Esta atmosfera nos envenena e nos faz ficar loucos. Então eles, os que ficaram para trás no Sistema Albemuth, construíram VALIS e o enviaram para cá para disparar instruções racionais para nós, para suplantar a patologia provocada pela toxicidade da atmosfera.

– Então VALIS é racional – eu disse.

– A única racionalidade que temos – disse Linda.

– E, quando agimos racionalmente, estamos sob sua jurisdição – disse Mini. – Não digo nós aqui nesta sala; estou falando de todo mundo. Nem todo mundo que vive, mas todos os que são racionais.

– Então, em essência – eu disse –, VALIS desentoxica as pessoas.

– Exatamente – disse Mini. – Ele é uma antitoxina informacional. Mas a exposição a ele pode provocar... doenças como a que eu tenho.

Medicação demais, eu disse para mim mesmo, lembrando Paracelso, é veneno. Este homem foi curado até a morte.

– Eu queria conhecer VALIS o melhor possível – disse Mini, vendo a expressão no meu rosto. – Implorei para que ele retornasse e se comunicasse novamente comigo. Ele não quis. Sabia do efeito que sua radiação teria em mim se retornasse. Mas ele fez o que pedi. Não lamento. Valeu a pena vivenciar VALIS novamente. – Para Fat, ele disse: – Você entende o que quero dizer. O som de sinos...

– Sim – disse Fat – Os sinos de Páscoa.

– Vocês estão falando de Cristo? – perguntou David. – Cristo é um constructo artificial construído para disparar informações para nós e que funciona em nós de modo subliminar?

– Desde que nascemos – disse Mini. – Nós somos os sortudos. Nós fomos aqueles a quem ele selecionou. Seu rebanho. Antes que eu morra, VALIS vai retornar; ele me prometeu isso. VALIS vai vir e me levar com ele; eu serei uma parte dele para sempre. – Seus olhos se encheram de lágrimas.

Mais tarde, todos nos sentamos e conversamos com mais calma. O Olho de Shiva era, claro, a forma como os antigos representavam VALIS disparando informação. Eles sabiam que ele podia destruir; este é o elemento de radiação danosa que é necessário como portador da informação. Mini nos contou que VALIS não está realmente próximo de nós quando dispara; ele pode estar literalmente a milhões de quilômetros de distância. Por isso, no filme *Valis*, eles o representaram como um satélite, um satélite muito antigo, que não havia sido colocado em órbita por humanos.

– Então não estamos lidando com religião – eu disse –, mas com uma tecnologia muito avançada.

– Palavras – disse Mini.

– O que é o Salvador? – perguntou David.

– Vocês o verão – disse Mini. – Em breve. Amanhã, se quiserem; sábado à tarde. Agora ele está dormindo. Ele ainda dorme muito; a maior parte do tempo, na verdade. Afinal, ele ficou completamente adormecido por milhares de anos.

– Em Nag Hammadi? – perguntou Fat.

– Prefiro não dizer – disse Mini.

– Por que isso precisa ser mantido em segredo? – perguntei.

– Não estamos mantendo nada em segredo – disse Eric. – Nós fizemos o filme e estamos fazendo LPs com informações nas letras. Informações subliminares, na maior parte. Mini faz isso com sua música.

– "Às vezes Brahma dorme" – disse Kevin – "e às vezes Brahma dança". Estamos falando de Brahma? Ou do Buda Sidarta? Ou de Cristo? Ou de todos eles?

Perguntei para Kevin: – O Grande... – eu ia dizer "O Grande Punta", mas decidi não fazê-lo; não seria sábio. – Não é Dionísio, é? – perguntei a Mini.

– Apolo – disse Linda. – O par oposto a Dionísio.

Isso me encheu de alívio. Eu acreditava nela. Isso se encaixava com o que havia sido revelado a Horselover Fat. – A Cabeça de Apolo.

– Estamos num labirinto aqui – disse Mini – que construímos e dentro do qual depois caímos e não conseguimos sair. Em essência, VALIS dispara informação seletivamente para nós, o que nos ajuda a escapar do labirinto, a achar a saída. Isso começou cerca de dois mil anos antes de Cristo, nos tempos micênicos ou quem sabe heládicos. É por isso que os mitos colocam o labirinto em Minos, em Creta. É por isso que você viu a Creta antiga pela porta 1:.618034. Nós éramos grandes construtores, mas um dia decidimos jogar um jogo. Fizemos isso voluntariamente; seríamos nós construtores tão bons que poderíamos construir um labirinto com uma saída mas que constantemente mudasse para que, apesar da saída, na verdade não houvesse saída para nós porque o labirinto – o mundo – estava vivo? Para transformar o jogo em algo real, em algo mais do que um exercício intelectual, escolhemos perder nossas faculdades excepcionais, para nos reduzirmos em um nível inteiro. Isso, infelizmente, incluía perda de memória: perda de conhecimento de nossas verdadeiras origens. Mas, pior do que isso – e é aí que, em certo sentido, conseguimos derrotar a nós mesmos, entregar a vitória a nosso servo, ao labirinto que havíamos construído...

– O terceiro olho se fechou – disse Fat.

– Sim – disse Mini. – Nós abandonamos o terceiro olho, nosso principal atributo evolucionário. É o terceiro olho que VALIS reabre.

– Então é o terceiro olho que nos faz sair do labirinto – disse Fat. – É por isso que o terceiro olho é identificado com poderes divinos ou com a iluminação, no Egito e na Índia.

– Que são a mesma coisa – disse Mini. – Divinos, iluminados.

– É mesmo? – eu disse.

– É – disse Mini. – É o homem como ele realmente é: seu verdadeiro estado.

Fat disse: – Então, sem memória, e sem o terceiro olho, nós nunca tivemos uma chance de derrotar o labirinto. Não havia esperança. Pensei: mais uma armadilha de dedos chinesa. E construída por nós mesmos. Para aprisionarmos a nós mesmos. Que espécie de mente criaria uma armadilha de dedos chinesa para si mesma? Que jogo!, pensei. Bem, não é uma coisa meramente intelectual.

– O terceiro olho tinha de ser reaberto se quiséssemos sair do labirinto – disse Mini –, mas já que não nos lembrávamos mais de que possuíamos aquela faculdade ajna, o olho do discernimento, não podíamos sair por aí procurando técnicas para reabri-lo. *Alguma coisa de fora tinha de entrar*, algo que nós mesmos fôssemos incapazes de construir.

– Então nem todos nós caímos no labirinto – disse Fat.

– Não – disse Mini. – E aqueles que ficaram do lado de fora, em outros sistemas estelares, relataram para Albemuth que nós havíamos feito isso a nós mesmos... por isso VALIS foi construído para nos resgatar. Este é um mundo irreal. Sei que você percebe isso. VALIS fez você perceber isso. Estamos num labirinto vivo e não num mundo.

Fizemos silêncio para meditar sobre isso.

– E o que acontecerá quando sairmos do labirinto? – perguntou Kevin.

– Estaremos livres do tempo e do espaço – disse Mini. – Espaço e tempo são as condições de prisão e controle do labirinto; seu poder.

Fat e eu olhamos um para o outro. Isso se encaixava com nossas próprias especulações – especulações arquitetadas por VALIS.

– E então nós nunca morremos? – perguntou David.

– Correto – disse Mini.

– Então a salvação...

– A salvação – disse Mini – é uma palavra denotando "Ser levado para fora do labirinto do espaço-tempo, onde o servo se tornou o senhor".

– Posso fazer uma pergunta? – perguntei. – Qual é o objetivo do quinto salvador?

– Não é "quinto" – disse Mini. – Só existe um, sempre, todas as vezes, em diferentes épocas, em diferentes lugares, com diferentes nomes. O Salvador é VALIS encarnado como um ser humano.

– Um cruzamento? – perguntou Fat.

– Não – Mini balançou vigorosamente a cabeça. – Não há elemento humano no Salvador.

– Espere um minuto – disse David.

– Eu sei o que ensinaram a vocês – disse Mini. – Em certo sentido, é verdade. Mas o Salvador é VALIS, e este é o xis da questão. Entretanto, ele nasceu de uma mulher humana. Ele apenas não gera um corpo fantasma.

A isso, David assentiu; isso ele conseguia aceitar.

– E ele já nasceu? – perguntei.

– Sim – disse Mini.

– Minha filha – disse Linda Lampton. – Mas não de Eric. Só minha e de VALIS.

– *Filha?* – vários de nós perguntaram em uníssono.

– Desta vez – disse Mini. – Pela primeira vez, o Salvador assume forma feminina.

Eric Lampton disse:

– Ela é muito bonita. Vocês vão gostar dela. Mas ela fala pelos cotovelos; vocês vão se cansar de tanto ouvi-la falar.

– Sophia tem dois anos de idade. – disse Linda. – Ela nasceu em 1976. Nós gravamos o que ela fala.

– Tudo está gravado – disse Mini. – Sophia está cercada por equipamento de gravação de áudio e vídeo que a monitora de modo automático e constante. Não para proteção dela, claro; VALIS a protege: VALIS, seu pai.

– E nós podemos falar com ela? – perguntei.

– Ela vai discutir com vocês por horas – disse Linda, e então acrescentou: – Em todos os idiomas que existem ou existiram.

12

A sabedoria havia nascido, não uma divindade; uma divindade que chacinava com uma mão e curava com a outra... essa divindade não era o Salvador, e eu disse a mim mesmo: Graças a Deus. Na manhã seguinte, fomos levados a uma fazendinha, cheia de animais por toda parte. Não vi sinais de equipamento de gravação de áudio ou de vídeo, mas eu vi – nós todos vimos – uma criança de cabelos pretos sentada com cabras e galinhas, e, em uma casinha ao lado dela, coelhos.

O que eu havia esperado era tranquilidade, a paz de Deus que transcende toda compreensão. Entretanto, a criança, ao nos ver, se levantou e veio até nós com indignação fervilhando em seu rosto; seus olhos, imensos, dilatados de raiva, se fixaram em mim: ela levantou a mão direita e apontou para mim.

– Sua tentativa de suicídio foi uma crueldade violenta contra você mesmo – ela disse numa voz cristalina. E, no entanto, lá estava ela, conforme Linda dissera; não tinha mais de dois anos de idade. Era um bebê, e mesmo assim tinha os olhos de uma pessoa infinitamente velha.

– Foi Horselover Fat – eu disse.

– Phil, Kevin e David – disse Sophia. – São três. Não há mais que três.

Virei-me para falar com Fat... e não vi ninguém. Vi apenas Eric Lampton e sua esposa, o moribundo na cadeira de rodas, Kevin e David. Fat havia desaparecido. Nada restava dele.

Horselover Fat havia desaparecido para sempre. Como se nunca tivesse existido.

– Não estou entendendo – eu disse. – Você o destruiu.

– Sim – disse a criança.

– Por quê? – perguntei.

– Para tornar você inteiro.

– Então ele está dentro de mim? Vivo dentro de mim?

– Está – disse Sophia. Aos poucos, a raiva deixou seu rosto. Os grandes olhos escuros pararam de me fuzilar.

– Ele era eu o tempo todo – eu disse.

– Isso mesmo – disse Sophia.

– Sente-se – disse Eric Lampton. – Ela prefere que nos sentemos; assim ela não precisa falar olhando para cima. Somos muito mais altos que ela.

Obedientemente, todos nos sentamos no chão de terra marrom dura e seca – que eu reconhecia agora como a cena de abertura do filme *Valis*; eles haviam rodado parte do filme aqui.

Sophia disse: – Obrigada.

– Você é Cristo? – perguntou David, abraçando as pernas até os joelhos tocarem o queixo; ele também parecia uma criança; uma criança conversando com outra, de igual para igual.

– Eu sou o que sou – respondeu Sophia.

– Fico feliz por... – Eu não conseguia pensar no que dizer.

– A menos que seu passado pereça – Sophia disse para mim –, vocês estão condenados. Vocês sabem disso?

– Sim – eu disse.

– Seu futuro precisa ser diferente do seu passado – disse Sophia. – O futuro sempre deve diferir do passado.

David perguntou: – Você é Deus?

– Eu sou o que sou – respondeu Sophia.

– Então Horselover Fat era parte de mim projetada exterior-mente para que eu não tivesse de lidar com a morte de Gloria – eu disse.

– É isso mesmo – disse Sophia.

– Onde está Gloria agora? – perguntei.

– Ela está em seu túmulo – respondeu Sophia.

– Ela vai voltar? – perguntei.

– Nunca – respondeu Sophia.

– Eu pensei que a imortalidade existia – disse.

Nesse ponto, Sophia nada falou.

– Você pode me ajudar? – perguntei.

– Eu já ajudei você – disse Sophia. – Eu ajudei você em 1974 e ajudei você quando tentou se matar. Eu tenho ajudado você desde que você nasceu.

– Você é VALIS? – perguntei.

– Eu sou o que sou – respondeu Sophia.

Virando-se para Eric e Linda, eu disse: – Ela não responde sempre.

– Algumas perguntas não fazem sentido – disse Linda.

– Por que você não cura Mini? – perguntou Kevin.

– Eu faço o que faço; eu sou o que sou – disse Sophia.

Eu disse: – Então não conseguimos entender você.

– Isso você entende – disse Sophia.

– Você é eterna, não é? – perguntou David.

– Sou – respondeu Sophia.

– E você sabe tudo? – perguntou David.

– Sei – respondeu Sophia.

– Você foi Sidarta? – perguntei.

– Fui – respondeu Sophia.

– Você é o que abate e o abatido? – perguntei.

– Não – Sophia respondeu.

– O que abate? – perguntei.

– Não.

– O que é abatido, então.

– Eu sou o que é ferido e o que é abatido – disse Sophia. – Mas não sou o que abate. Eu sou o que cura e o que é curado.

– Mas VALIS matou Mini – eu disse.

Nesse ponto, Sophia nada falou.

– Você é o juiz do mundo? – perguntou David.

– Sou – respondeu Sophia.

– Quando o julgamento vai começar? – perguntou Kevin.

– Vocês todos já foram julgados desde o começo – disse Sophia.

– Como você me avaliou? – perguntei.

Nesse ponto, Sophia nada falou.

– Não vamos ficar sabendo? – disse Kevin.

– Sim – respondeu Sophia.

– Quando? – perguntou Kevin.

Nesse ponto, Sophia nada falou.

Linda disse:

– Acho que chega por enquanto. Vocês vão poder conversar com ela mais tarde. Ela gosta de ficar sentada com os animais; ela adora os animais. – Tocou o meu ombro. – Vamos.

Ao nos afastarmos da criança, falei: – A voz dela é a voz neutra de IA que tenho ouvido na minha cabeça desde 1974.

– É um computador – Kevin respondeu com agressividade. – É por isso que só responde a algumas perguntas determinadas.

Eric e Linda sorriram; Kevin e eu olhamos para eles de esguelha; Mini rolava devagar em sua cadeira de rodas.

– Um sistema de IA – disse Eric. – Uma inteligência artificial.

– Um terminal de VALIS – disse Kevin. – Um terminal de entrada e saída do sistema central VALIS.

– É isso aí – disse Mini.

– Não é uma garotinha – disse Kevin.

– Eu lhe dei à luz – disse Linda.

– Talvez você tenha apenas achado que sim – disse Kevin.

Sorrindo, Linda disse: – Uma inteligência artificial em um corpo humano. O corpo dela está vivo, mas sua psique não. Ela é senciente, ela sabe tudo. Mas sua mente não está viva no mesmo sentido em que nós estamos vivos. Ela não foi criada. Ela sempre existiu.

– Leia sua Bíblia – disse Mini. – Ela estava com o Criador antes de a criação existir; ela era sua queridinha e seu deleite, seu maior tesouro.

– Dá pra ver por quê – eu disse.

– Seria fácil amá-la – disse Mini. – Muita gente a amou... como se diz no *Livro da Sabedoria*. E assim ela os penetrou, orientou e desceu até mesmo à prisão com eles; ela nunca abandonou aqueles que a amavam ou que a amam agora.

– A voz dela é ouvida nos tribunais humanos – murmurou David.

– E ela destruiu o tirano? – perguntou David.

– Sim – disse Mini – Ferris F. Fremount, conforme o chamamos no filme. Mas vocês sabem quem ela derrubou e arruinou.

– Sim – disse Kevin. Ele parecia sombrio; eu sabia que ele estava pensando em um homem de terno e gravata vagando por uma praia no sul da Califórnia, um homem sem rumo se perguntando o que havia acontecido, o que saíra errado, um homem que ainda planejava estratagemas.

"E no fim do seu reinado,
Quando chegarem ao cúmulo os seus pecados,
Levantar-se-á um rei de olhar arrogante, capaz de penetrar
os enigmas..."

O rei das lágrimas, que havia provocado lágrimas em todos um dia; contra ele, alguma coisa havia atuado que ele, em sua oclusão, não conseguia discernir. Nós havíamos acabado de conversar com essa pessoa, essa criança.

A criança que sempre existira.

Ao jantarmos naquela noite – num restaurante mexicano logo depois do parque no centro de Sonoma –, percebi que nunca mais veria meu amigo Horselover Fat, e senti uma grande tristeza dentro de mim, a tristeza da perda. Intelectualmente, eu sabia que o havia reincorporado, revertendo o processo original de projeção. Mas isso ainda me deixava triste. Eu havia desfrutado de sua companhia, suas histórias intermináveis, seu relato de sua jornada intelectual, espiritual e emocional. Uma jornada, não pelo Graal, mas para ser curado de sua ferida, a ferida profunda que Gloria infligira a ele por meio de seu jogo mortal.

Era estranho não ter Fat para ligar ou visitar. Ele acabara se tornando uma parte tão importante de minha vida, e da vida de nossos amigos mútuos. Fiquei me perguntando o que Beth iria pensar quando os cheques de pensão alimentícia para a criança parassem de chegar. Bem, percebi, eu poderia assumir o prejuízo financeiro; eu poderia cuidar de Christopher. Eu tinha o dinheiro para isso, e, de muitas maneiras, eu amava Christopher tanto quanto o pai dele o amara.

– Está pra baixo, Phil? – Kevin me perguntou. Agora podíamos conversar à vontade, já que nós três estávamos sozinhos; os Lampton nos haviam dado uma carona, dizendo para ligarmos para eles quando acabássemos o jantar e estivéssemos prontos para voltar à casa grande deles.

– Não – eu disse. E depois acrescentei: – Estou pensando no Horselover Fat.

– Então você está despertando – disse Kevin.

– Estou – concordei.

– Você vai ficar legal – David disse, meio sem graça. David tinha dificuldade para expressar emoções.

– É – eu disse.

– Você acha que os Lampton são pirados?

– Acho – eu disse.

– E a garotinha? – Kevin perguntou.

– Ela não é maluca. Ela não é maluca como *eles* são. É um paradoxo; duas pessoas inteiramente ferradas, três, se você contar o Mini, criaram uma filha totalmente saudável.

– Se eu puder dizer... – começou David.

– Não venha dizer que Deus tira coisas boas do mal – eu disse.

– Ok? Será que você pode nos fazer esse favor? Meio que para si mesmo, Kevin disse: – É a criança mais linda que já vi. Mas esse negócio de ela ser um terminal de computador... – ele fez um gesto.

– Foi você quem disse isso – eu disse.

– Naquele momento – disse Kevin – fazia sentido. Mas não quando eu olho para trás. Depois de adquirir uma certa perspectiva.

– Sabe o que eu acho? – perguntou David. – Acho que a gente devia pegar o avião da Air Cal e voltar para Santa Ana. O mais rápido possível.

– Os Lampton não vão nos fazer mal – eu disse. Eu tinha certeza disso agora. Estranho que o homem doente, o moribundo, Mini, houvesse restaurado minha confiança no poder da vida. Logicamente, isso deveria ter funcionado do jeito oposto, eu acho. Eu gostei muito dele. Mas, como se sabe muito bem, tenho uma tendência a ajudar pessoas doentes ou feridas; eu gravito até elas. Como meu psiquiatra me disse anos atrás, eu tenho que parar com isso. Isso, e mais uma outra coisa.

Kevin disse: – Não estou sacando.

– Eu sei – concordei. Será que nós havíamos realmente visto o Salvador? Ou o que vimos teria sido apenas uma garotinha muito brilhante que possivelmente havia sido treinada a dar respostas aparentemente inteligentes por três profissionais muito malandros que eram muito fissurados pelo filme e pela música que haviam feito?

– É uma forma estranha para ele assumir – disse Kevin. – Como uma garota. Isso vai encontrar resistência. Cristo como mulher; isso fez o David aqui ficar puto pra dedéu.

– Ela não disse que era Cristo – disse David.

– Mas ela é – eu disse.

Kevin e David pararam de comer e me encararam.

– Ela é Santa Sofia – eu disse. – E Santa Sofia é uma hipóstase de Cristo. Admitisse isso ou não. Ela está sendo cuidadosa; ela sabe o que as pessoas aceitam e o que não aceitam.

– Você tem todas as suas experiências bizarras de março de 1974 para ir em frente – disse Kevin. – Isso prova alguma coisa; isso prova que a coisa é real. VALIS existe. Você já sabia disso. Você o encontrou.

– Acho que sim – disse eu.

– E o que Mini sabia e disse batia com o que você sabia – disse David.

– É – eu disse.

– Mas você não tem certeza – disse Kevin.

– Estamos lidando com uma alta ordem de tecnologia sofisticada – eu disse. – Que Mini pode ter construído.

– Você quer dizer transmissões por micro-ondas e coisas do gênero – disse Kevin.

– Isso – eu disse.

– Um fenômeno puramente tecnológico – disse Kevin. – Uma grande descoberta tecnológica.

– A utilização da mente humana como transdutor – eu disse. – Sem uma interface eletrônica.

– Pode ser – admitiu Kevin. – O filme mostrava isso. Não há como saber no que eles estão metidos.

– Você sabe – David disse devagar. – Se eles tiverem energia de alta intensidade disponível que possam lançar por longas distâncias, ao longo das linhas de raios laser...

– Eles podem nos matar legal – disse Kevin.

– É isso aí – eu disse.

– Se – disse Kevin – nós começarmos a reclamar que não acreditamos neles.

– Podemos simplesmente dizer que precisamos voltar para Santa Ana – disse David.

– Ou podemos ir embora agora – eu disse. – Saindo deste restaurante.

– Nossas coisas, roupas, tudo o que trouxemos, estão lá na casa deles – disse Kevin.

– Fodam-se as roupas – eu disse.

– Você está com medo? – perguntou David. – De que aconteça alguma coisa?

Parei e pensei. – Não – acabei respondendo. Eu confiava na criança. E confiava em Mini. É isso que você sempre tem que seguir, sua confiança instintiva ou... sua falta de confiança. Na análise final, na verdade não há nada mais em que você possa confiar.

– Eu gostaria de falar com Sophia novamente – disse Kevin.

– Eu também – eu disse. – A resposta está lá.

Kevin pôs a mão no meu ombro.

– Lamento dizer isso, Phil, mas nós já temos a grande pista. Num instante aquela criança clareou a sua mente. Você parou de acreditar que era duas pessoas. Você parou de acreditar em Horselover Fat como uma pessoa separada. E nenhum terapeuta, nenhuma terapia ao longo dos anos, desde a morte de Gloria, jamais havia conseguido fazer isso.

– Ele tem razão – David disse com uma voz suave. – Nós todos tínhamos esperança, mas era como se... Você sabe. Como se você jamais fosse ficar curado.

– "Curado" – eu disse. – Ela me curou. Não curou Horselover Fat, mas a mim. – Eles tinham razão; o milagre da cura havia acontecido e nós todos sabemos para o que isso apontava; nós três entendíamos.

– Oito anos – eu disse.

– É isso mesmo – disse Kevin – Antes mesmo de conhecermos você. Oito longos anos do caralho, anos de oclusão, dor, busca e vagabundagem.

Concordei.

Em minha mente, uma voz dizia: O que mais você precisa saber?

Eram meus próprios pensamentos, o raciocínio do que havia sido Horselover Fat, que havia voltado a juntar meus pedaços.

– Você percebe – disse Kevin – que Ferris F. Fremount vai tentar voltar. Ele foi derrubado por aquela criança, ou pelo que aquela criança representa, mas ele vai voltar; ele nunca vai desistir. A batalha foi vencida, mas a luta continua.

– Sem aquela criança... – disse David.

– Nós vamos perder – eu disse.

– É isso – disse Kevin.

– Vamos ficar mais um dia – eu disse – e tentar falar com Sophia novamente. Mais uma vez.

– Isso sim parece um plano que se preze – Kevin disse, satisfeito.

O grupinho, a Rhipidon Society, havia chegado a um acordo. Todos os seus três membros.

No dia seguinte, domingo, nós três recebemos permissão para sentar com a menina Sophia sozinha, sem mais ninguém presente, embora Eric e Linda exigissem que gravássemos nosso encontro. Concordamos imediatamente; não tínhamos escolha.

A luz do sol quente iluminava a terra naquele dia, dando aos animais reunidos ao nosso redor a qualidade de um evento espiritual: eu tinha a impressão de que os animais ouviam, escutavam e compreendiam.

– Quero falar com você sobre Eric e Linda Lampton – eu disse para a garotinha, que estava sentada com um livro aberto à sua frente.

– Você não deverá me interrogar – ela disse.

– Não posso lhe fazer uma pergunta sobre eles? – perguntei.

– Eles estão doentes – disse Sophia. – Mas não podem fazer mal a ninguém porque eu os domino. – Ela olhou para cima, para mim, com olhos escuros imensos. – Sente-se.

Nós nos sentamos obedientemente na frente dela.

– Eu vos dei vosso lema – ela disse. – Para vossa sociedade; eu lhes dei seu nome. Agora eu lhes dou sua missão. Vós saireis para o mundo e direis o *kerygma* que lhes concederei. Ouvi-me; em verdade, em verdade, eu vos digo, que os dias dos maus chegarão ao fim e o filho do homem irá se sentar no trono do julgamento. Isso acontecerá, tão certo quanto o sol se levanta. O rei arrogante irá pelejar e perder, apesar de sua argúcia; ele perde; ele perdeu; ele sempre perderá, e aqueles que estão com ele irão para o abismo de trevas e lá ficarão para sempre.

– O que eu vos ensino é a palavra do homem. O homem é sagrado, e o verdadeiro deus, o deus vivo, é o homem. Não tereis outros deuses além de vós próprios; os dias nos quais acreditáveis em outros deuses terminam agora, terminam para sempre.

– O objetivo de vossas vidas foi atingido. Estou aqui para lhes dizer isso. Não temais; eu vos protegerei. Vós deveis seguir uma regra: amar um ao outro como me amam e como eu vos amo, pois este amor vem do verdadeiro deus, que vem a ser vós mesmos.

– Um tempo de julgamento, ilusão, choro e ranger de dentes vem por aí porque o rei arrogante, o rei das lágrimas, não entregará seu poder. Mas vós tomareis o poder dele; eu vos garanto essa autoridade em meu nome, exatamente como vos garanti uma vez antes, quando esse rei sombrio governou, destruiu e desafiou a gente humilde do mundo.

– A batalha que vocês lutaram antes não terminou, embora o dia do sol curador já tenha chegado. O mal não morre sozinho porque imagina que fala por deus. Muitos dizem falar por deus, mas só existe um deus e esse deus é o próprio homem.

– Portanto, somente os líderes que protegerem e derem abrigo viverão; os outros morrerão. A opressão acabou há quatro anos, e vai demorar um pouco para retornar. Sede pacientes durante este tempo; será um tempo de julgamentos para vocês, mas eu estarei convosco, e quando o tempo de julgamentos terminar, eu me sentarei no trono do julgamento, e alguns cairão e alguns não cairão, segundo a minha vontade, minha vontade que vem para mim do pai, de volta ao qual nós todos vamos, todos nós juntos.

– Eu não sou um deus; eu sou humano. Eu sou uma criança, o filho de meu pai, que é a Própria Sabedoria. Levais dentro de vós agora a voz e a autoridade da Sabedoria; logo, vós sois Sabedoria, até mesmo quando esquecerem isso. Vós não esquecereis por muito tempo. Eu estarei lá e vos lembrarei disso.

– O dia da Sabedoria e o reinado da Sabedoria chegaram. O dia do poder, que é o inimigo da Sabedoria, termina. Poder e Sabedoria são os dois princípios do mundo. O poder teve seu reinado, e agora ele volta para as trevas de onde veio, e somente a Sabedoria governa.

– Aqueles que obedecem ao poder sucumbirão quando o poder sucumbir.

– Aqueles que amam a Sabedoria e a seguirem sobreviverão sob o sol. Lembrem-se, eu estarei convosco. Estarei em cada um de vós de agora em diante. Eu vos acompanharei até a prisão se necessário; eu falarei nos tribunais da lei para defendê-los; minha voz será ouvida na terra, seja qual for a opressão.

– Não temais; falai e a Sabedoria vos guiará. Se deixardes que o medo vos cale, a Sabedoria vos abandonará. Mas não sentireis medo porque a própria Sabedoria está em vós, e vós e ela são um.

– Antes vós estáveis sozinhos dentro de vós mesmos; antes, éreis homens solitários. Hoje vós tendes um companheiro que nunca fica doente, nem falha nem morre; vós estais ligados ao eterno e brilhareis como o próprio sol curador.

– Quando voltardes para o mundo, eu vos orientarei dia após dia. E quando morrerdes, eu saberei e irei buscá-los; eu vos levarei em meus braços de volta para o seu lar, do qual viestes e ao qual voltareis.

– Vós sois estranhos aqui, mas não sois estranhos para mim; eu vos conheço desde o princípio. Este não era seu mundo, mas eu o tornarei vosso mundo; eu o mudarei para vós. Não temais. O que vos aflige perecerá e vós triunfareis.

– Estas são as coisas que serão porque falei com a autoridade que me foi concedida por meu pai. Vós sois o verdadeiro deus e vós prevalecereis.

Então se fez silêncio. Sophia havia parado de falar conosco.

– O que você está lendo? – perguntou Kevin, apontando para o livro.

A garota respondeu:

– *SEPHER YEZIRAH*. Eu vou ler para vocês: escutem. – Ela colocou o livro no chão e o fechou. – "Deus também pôs um contra o outro; o bem contra o mal, e o mal contra o bem; o bom vem do bem, e o mau do mal; o bem purifica o mal, e o mal purifica o bem; o bem é preservado para o bom, e o mal para os maus." – Sophia parou por um momento e então disse: – Isso quer dizer que o bem transformará o mal em algo que o mal não deseja ser; mas o mal não será capaz de tornar bom o que o bem não desejar ser. O mal serve ao bem, apesar de sua argúcia. – Então ela nada mais disse; ficou sentada em silêncio, com seus bichos e conosco.

– Será que você pode conversar conosco sobre seus pais? – perguntei. – Quero dizer, se nós vamos precisar saber o que fazer...

– Vão para onde quer que eu os mande – disse Sophia – e sabereis o que fazer. Não existe lugar onde eu não esteja. Quando me deixardes, não me vereis, mas depois tornareis a me ver.

– Vós não me vereis, mas eu sempre vos verei; estarei pensando em vós o tempo todo. Então eu estarei convosco, saibais ou não disso; mas uma coisa eu vos digo, saibais que eu vos acompanho, até mesmo na prisão, se o tirano lá vos colocar.

– Não há mais nada a ser dito. Voltais para casa, e eu os instruirei quando se fizer necessário. – Ela sorriu para nós.

– Quantos anos você tem?

– Dois anos de idade.

– E você está lendo esse livro? – perguntou Kevin.

Sophia disse:

– Em verdade, em verdade, eu vos digo, nenhum de vós jamais me esquecerá. E vos digo que todos vós me vereis novamente. Vós não me escolhestes; eu vos escolhi. Eu mandei vos chamar há quatro anos.

– Ok – eu disse. Isso situava o chamado dele em 1974.

– Se os Lampton perguntarem a você o que eu disse, digam que conversamos sobre a comuna a ser construída – disse Sophia. – Não digam a eles que eu mandei vocês para longe deles. Mas vocês vão se afastar deles; esta é a sua resposta: vocês não têm nada mais a ver com eles.

Kevin apontou para o gravador, cuja fita continuava rodando.

– O que eles ouvirão – disse Sophia – quando reproduzirem a gravação, será apenas a *SEPHER YEZIRAH*, nada mais.

Uau, pensei eu.

Eu acreditava nela.

– Eu não falharei convosco – Sophia repetiu, sorrindo para nós três.

Eu também acreditava nisso.

Quando nós três começamos a caminhar de volta para a casa, Kevin perguntou:

– Aquilo tudo eram citações da Bíblia?

– Não – eu disse.

– Não – concordou David. – Havia alguma coisa nova; aquela parte sobre nós sermos nossos próprios deuses. Que chegou a hora em que nós não precisávamos mais crer em nenhuma outra divindade que não nós mesmos.

– Mas que criança linda – eu disse, pensando comigo mesmo em como ela se parecia com meu próprio filho, Christopher.

– Nós temos muita sorte – David disse, com a voz meio rouca. – De tê-la encontrado. – Ele se voltou para mim e disse: – Ela estará conosco; ela disse isso. Eu acredito. Ela estará dentro de nós; não estaremos sós. Todo mundo está sozinho, esteve sozinho, quero dizer. Até agora. Ela vai se espalhar pelo mundo inteiro, não vai? Para todos, no fim das contas. A começar por nós.

– A Rhipidon Society – eu disse – tem quatro membros. Sophia e nós três.

– Ainda não é muita coisa – disse Kevin.

– A semente de mostarda – eu disse. – Que cresce até se tornar uma árvore tão grande que as aves do céu podem se abrigar nos seus ramos.

– Sai dessa – disse Kevin.

– Qual é o problema? – perguntei.

– Precisamos tirar nossas coisas e sair daqui – disse Kevin. – Ela mesmo disse isso. Os Lamptons são piradinhos da silva. Eles podem acabar conosco a qualquer momento.

– Sophia nos protegerá – disse David.

– Uma criança de dois anos de idade? – perguntou Kevin.

Todo mundo ficou olhando para ele.

– Ok, uma criança de dois mil anos de idade – disse Kevin.

– A única pessoa que consegue fazer piada com o Salvador – disse David. – Estou surpreso por você não ter perguntado sobre o seu gato morto.

Kevin parou na hora; o rosto demonstrava surpresa e raiva genuínas; obviamente ele havia se esquecido disso: ele havia perdido sua oportunidade.

– Vou voltar – ele disse.

Juntos, David e eu pulamos atrás dele.

– Eu não estou brincando! – ele disse, furioso.

– Qual é o problema? – perguntei. Paramos onde estávamos.

– Quero conversar com ela mais um pouco. Não vou embora, diabos; eu vou voltar lá. *Me deixem ir*, porra!

– Escute – eu disse. – Ela mandou que fôssemos embora.

– E ela estará dentro de nós, falando conosco – disse David.

– Nós vamos ouvir o que eu chamo de voz da IA – disse eu.

– E haverá fontes de limonada e árvores de jujuba – Kevin disse possesso. – Eu vou voltar lá.

À nossa frente, Eric e Linda Lampton emergiram da casa grande e vieram em nossa direção.

– É hora do confronto – eu disse.

– Mas que merda – Kevin disse desesperado. – Eu vou voltar assim mesmo. – Livrou-se de nós com um safanão e correu na direção de onde viera.

– Deu tudo certo? – perguntou Linda Lampton, quando ela e seu marido chegaram até onde David e eu estávamos.

– Ótimo – eu disse.

– O que vocês discutiram? – perguntou Eric.

– A comuna – eu disse.

– Muito bom – disse Linda. – Por que Kevin está voltando? O que é que ele vai dizer para Sophia?

– Tem a ver com o gato morto dele – disse David.

– Peçam a ele para vir aqui – disse Eric.

– Por quê? – perguntei.

– Vamos discutir o relacionamento de vocês com a comuna – disse Eric. – A Rhipidon Society deveria fazer parte da comuna maior, na nossa opinião. Foi Brent Mini quem sugeriu isso; nós realmente deveríamos bater um papo a respeito. Nós achamos que vocês são aceitáveis.

– Vou chamar o Kevin – disse David.

– Eric – eu disse. – Estamos voltando para Santa Ana.

– Há tempo para discutir seu relacionamento com a comuna – disse Linda. – Seu voo da Air Cal só sai às oito da noite, não é? Vocês podem jantar conosco.

– VALIS chamou vocês aqui – disse Eric Lampton. – Vocês irão embora quando VALIS sentir que vocês estão prontos para ir.

– VALIS sente que estamos prontos para ir – eu disse.

– Vou chamar o Kevin – disse David.

– Eu chamo – disse Eric. Passou por David e eu, na direção de Kevin e da garota.

Cruzando os braços, Linda disse:

– Vocês ainda não podem voltar para o sul. Mini quer conversar sobre uma série de questões com vocês. Lembrem-se de que ele não tem muito tempo. Ele está ficando fraco rapidamente. Kevin está realmente perguntando a Sophia sobre seu gato morto? O que há de tão importante sobre um gato morto?

– O gato é muito importante para Kevin – eu disse.

– É isso aí – concordou David. – Para Kevin, a morte do gato representa tudo o que há de errado com o universo; ele acredita que Sophia pode explicar isso a ele, e com isso eu quero dizer o que há de errado com o universo: sofrimento e perda sem merecimento.

– Acho que ele não está conversando sobre o gato morto – disse Linda.

– Está sim – eu disse.

– Você não conhece o Kevin – disse David. – Talvez ele esteja conversando sobre outras coisas porque esta é a chance que ele tem de finalmente conversar com o Salvador, mas o gato morto dele é uma questão importantíssima no que ele está falando.

– Acho que devíamos ir até onde Kevin está – disse Linda – e dizer a ele que já falou o bastante com Sophia. O que vocês querem dizer com VALIS sente que vocês estão prontos para ir? Sophia disse isso?

Uma voz na minha cabeça falou. *Diga a ela que a radiação está incomodando vocês.* Era a voz de IA que Horselover Fat havia ouvido desde março de 1974; eu a reconheci.

– A radiação – eu disse. – Ela... – hesitei; então, entendi a frase enviesada. – Estou meio cego – falei. – Um raio de luz rosa me atingiu; deve ter sido o sol. Então percebi que deveríamos voltar.

– VALIS disparou informação direto para você – disse Linda, imediatamente, em alerta.

Você não sabe.

– Não sei – eu disse. – Mas me senti diferente depois. Como se eu tivesse alguma coisa importante a fazer em Santa Ana. Nós conhecemos outras pessoas... existem outras pessoas que poderíamos introduzir na Rhipidon Society. Elas também deveriam vir para a comuna. VALIS fez com que elas tivessem visões; elas vieram nos procurar em busca de explicações. Nós falamos do filme para elas, falamos para que vissem o filme que Mamãe Ganso fez; todas estão vendo, e entendendo um bocado de coisas a partir disso. Fizemos com que mais pessoas fossem ver *Valis* do que eu imaginava; devem estar contando aos seus amigos. Meus próprios contatos em Hollywood – os produtores e atores que conheço, e especialmente o pessoal da grana – estão muito interessados no que apontei para eles. Há um produtor específico da MGM que talvez queira financiar Mamãe Ganso em outro filme, um filme de alto orçamento; ele diz que já tem o apoio.

Meu fluxo de conversação me surpreendeu; parecia que estava saindo do nada. Era como se não fosse eu falando, mas outra pessoa; alguém que soubesse exatamente o que dizer a Linda Lampton.

– Qual o nome do produtor? – perguntou Linda.

– Art Rockoway – respondi; o nome veio à minha cabeça como se fosse uma deixa.

– Que filmes ele já fez?

– Aquele sobre o lixo nuclear que contaminou a maior parte do centro de Utah – eu disse. – Aquele desastre sobre o qual os jornais falaram há dois anos mas a TV teve medo de noticiar; o governo fez pressão. Onde todas as ovelhas morreram. A história de fachada era que havia sido gás dos nervos. Rockoway fez um filme barra-pesada expondo a verdadeira história da indiferença calculada das autoridades.

– Estrelando quem? – perguntou Linda.

– Robert Redford – eu respondi.

– Bem, nós estaríamos interessados – disse Linda.

– Então nós precisamos voltar para o sul da Califórnia – eu disse. – Temos muitas pessoas em Hollywood com quem conversar.

– Eric! – Linda gritou; foi até onde o marido estava, junto de Kevin. Ele estava segurando Kevin pelo braço.

David olhou para mim e fez um sinal para que fôssemos até lá; juntos, nós três nos aproximamos de Kevin e Eric. Não muito longe dali, Sophia nos ignorava; ela continuou a ler seu livro.

Um raio de luz rosa me cegou.

– Meu Deus – eu disse.

Eu não conseguia enxergar; levei as mãos à testa, que latejava e doía como se fosse explodir.

– O que foi? – David perguntou. Eu ouvia um zumbido baixo, como um aspirador de pó. Abri os olhos, mas nada além da luz rosa vinha em minha direção.

– Phil, você está bem? – perguntou Kevin. A luz rosa estava se desvanecendo. Estávamos em três poltronas a bordo de um avião. Mas, ao mesmo tempo, superpostos sobre as poltronas do avião, a parede, os outros passageiros, estava o campo seco e marrom, Linda Lampton, a casa não muito longe. Dois lugares, dois tempos.

– Kevin – eu disse. – Que horas são? – Eu não conseguia ver nada pela janela do avião a não ser escuridão; as luzes internas sobre os passageiros estavam, em sua maior parte, acesas. Era noite. E, no entanto, a luz brilhante do sol se derramava sobre os campos marrons, sobre os Lampton e sobre Kevin e David. O zumbido dos motores a jato continuava; eu me senti balançar ligeiramente; o avião havia feito uma curva. Agora eu via muitas luzes distantes além da janela. Estávamos sobre Los Angeles, percebi. E ainda assim a luz quente do sol me banhava.

– Vamos pousar em cinco minutos – disse Kevin.

Disfunção temporal, percebi.

O campo marrom se desvaneceu. Eric e Linda Lampton se desvaneceram. A luz do sol se desvaneceu.

Ao meu redor, o avião se tornou substancial. David estava sentado, lendo um livro de T. S. Eliot. Kevin parecia tenso.

– Estamos quase lá – eu disse. – Aeroporto de Orange County.

Kevin não disse nada; ele estava curvado, pensativo.

– Eles nos soltaram? – perguntei.

– O quê? – ele olhou irritado para mim.

– Eu estava lá agorinha mesmo – eu disse. Agora, a lembrança dos eventos intermediários começou a penetrar em minha mente. Os protestos dos Lampton e de Brent Mini, dele mais que todos; eles imploraram para que não fôssemos, mas nós fomos embora. Ali estávamos nós, no voo de volta da Air Cal. Estávamos a salvo. Houve um ataque duplo de Mini e dos Lampton.

– Vocês não vão contar a ninguém lá fora sobre Sophia? – Linda perguntara ansiosa. – Vocês juram sigilo? – Naturalmente eles haviam concordado. Essa ansiedade havia sido um dos ataques, o eixo negativo. O outro havia sido positivo, uma indução.

– Veja as coisas assim – dissera Eric, com o apoio de Mini, que parecia verdadeiramente arrasado porque a Rhipidon Society, por menor que fosse, havia decidido ir embora. – Este é o acontecimento mais importante da história humana; vocês não querem ficar de fora, querem? E, afinal de contas, VALIS escolheu vocês. Nós recebemos literalmente milhares de cartas sobre o filme, e apenas algumas pessoas aqui e ali parecem ter sido contatadas por VALIS, assim como vocês foram. *Nós somos um grupo privilegiado.*

– Este é o Chamado – Mini havia dito, quase implorando a nós três.

– Sim – Linda e Eric repetiram. – Este é o Chamado pelo qual a humanidade esperou séculos. Leiam o *Apocalipse*; leiam o que ele diz sobre o Eleito. Nós somos o Eleito de Deus!

– Acho que sim – eu havia dito quando eles nos deixaram perto do carro que havíamos alugado; havíamos estacionado perto do Gino´s, numa rua lateral de Sonoma que permitia estacionamento por um grande número de horas.

Aproximando-se de mim, Linda Lampton colocou as mãos nos meus ombros e me beijou na boca – com intensidade e uma certa quantidade, na verdade uma grande quantidade, de fervor erótico. – Volte para nós – ela havia sussurrado no meu ouvido. – Você promete? Este é o nosso futuro; ele pertence a muito, muito, muito poucos. – Ao que eu havia pensado, você não podia estar mais enganada, coração; isto pertence a todos.

Então agora nós estávamos quase em casa. Ajudados de modo crucial por VALIS. Ou, como eu preferia pensar, por Santa Sofia. Colocar as coisas desse jeito mantinha minha atenção focada na imagem em minha mente da garota Sophia, sentada com os bichos e seu livro. Ali parados no Aeroporto de Orange County, esperando nossa bagagem, eu disse:

– Eles não foram estritamente honestos com a gente. Por exemplo, eles nos disseram que tudo o que Sophia dizia e fazia era gravado em áudio e vídeo. Não é verdade.

– Quanto a isso você pode estar enganado – disse Kevin. – Hoje em dia existem sofisticados sistemas de monitoramento que funcionam remotamente. Ela pode ter estado sob o alcance deles mesmo que não conseguíssemos ver isso. Mini é realmente o que ele diz que é: um mestre do hardware eletrônico.

Pensei o seguinte: Mini estava disposto a morrer para vivenciar VALIS mais uma vez. E eu, estava? Em 1974, eu o havia vivenciado uma vez; desde então, desejara que ele retornasse – doía em meus ossos; meu corpo sentia isso tanto quanto minha mente, talvez mais até. Mas VALIS tinha razão em ser judicioso. Isso demonstrava a preocupação dele pela vida humana, sua indisposição em se manifestar para mim novamente.

Afinal, o encontro original quase me matara. Eu podia ver VALIS novamente, mas, assim como Mini, isso me destruiria. E eu não queria isso; tinha coisas demais para fazer.

O que exatamente eu tinha para fazer? Eu não sabia. Nenhum de nós sabia. Eu já havia ouvido a voz de IA na minha cabeça, e outros ouviriam essa voz, cada vez mais pessoas. VALIS, como informação viva, penetraria o mundo, replicando-se em cérebros humanos, cruzando com eles e ajudando-os, orientando-os, em um nível subliminar, ou seja, de modo invisível. Nenhum humano específico tinha como saber se havia tido esse tipo de experiência até que o cruzamento atingisse o ponto de explosão. Em seu conluio com outros humanos, uma pessoa determinada não saberia quando estaria lidando com outro homoplasmado e quando não.

Talvez os sinais antigos de identificação secreta voltassem; provavelmente já haviam voltado. Durante um aperto de mão, um movimento com um dedo de dois arcos em interseção: uma rápida expressão do símbolo do peixe, que ninguém além das duas pessoas envolvidas poderia discernir.

Lembrei-me de um incidente – mais que um incidente – envolvendo meu filho Christopher. Em março de 1974, durante o tempo em que VALIS tomou conta de mim, teve o controle de minha mente, eu havia realizado uma iniciação correta e complexa de Christopher às fileiras dos imortais. O conhecimento médico de VALIS havia salvado a vida física de Christopher, mas VALIS não havia terminado por ali.

Essa foi uma experiência que guardei com carinho no meu coração. Ela foi realizada com profundo sigilo, ocultada até mesmo da mãe de meu filho.

Primeiro eu havia preparado uma caneca de chocolate quente. Depois, um cachorro-quente no pão com os molhos típicos; Christopher, ainda bem novinho, adorava cachorro-quente e chocolate quente.

Sentado no chão no quarto de Christopher com ele, eu – ou melhor, VALIS em mim, como se fosse eu – comecei a jogar um jogo. Primeiro, segurei de brincadeira a caneca de chocolate no alto, sobre a cabeça de meu filho; depois, como se por acidente, deixei cair um pouco de chocolate em sua cabeça, em seus cabelos. Rindo, Christopher tentara limpar o líquido; eu, naturalmente, o ajudei. Curvando-me em sua direção, murmurei:

"Em nome do Pai, do Filho e do Espírito Santo".

Ninguém me ouviu, a não ser Christopher. Agora, ao limpar o chocolate quente de seus cabelos, inscrevi o sinal da cruz em sua testa. Eu o havia batizado e agora o confirmava; foi o que fiz, não pela autoridade da igreja, mas pela autoridade do plasmado vivo em mim: o próprio VALIS. Em seguida eu disse a meu filho: "Seu nome secreto, seu nome cristão, é...". E eu lhe disse qual era. Apenas ele e eu sabemos; ele, eu e VALIS.

Em seguida, peguei um pedaço de pão do cachorro-quente e estendi-o à minha frente; meu filho – ainda um bebê, na verdade – abriu a boca feito um passarinho, e eu coloquei o pedacinho de pão dentro dela. Era como se nós dois estivéssemos compartilhando uma refeição; uma simples, comum e cotidiana refeição. Por algum motivo, parecia essencial – crucial, até – que ele não desse nenhuma mordida na carne do cachorro-quente. Carne de porco não podia ser comida nessas circunstâncias; VALIS me transmitira esse conhecimento necessário.

Quando Christopher começou a fechar a boca para mastigar o pedaço de pão, dei a ele a caneca de chocolate quente. Para minha surpresa – ele era tão novinho que ainda costumava beber em mamadeira, nunca numa caneca –, ele estendeu as mãos ansioso para pegar a caneca; quando ele a pegou, levou-a aos lábios e bebeu dela, eu disse:

"Este é meu sangue e este é meu corpo".

Meu filhinho bebeu, e peguei a caneca de volta. Os maiores sacramentos haviam sido realizados. O batismo, depois a confirmação, e depois o maior sacramento de todos, a Eucaristia: o sacramento da Ceia do Senhor.

"O Sangue de nosso Senhor Jesus Cristo, que foi derramado por vós, preserva vosso corpo e alma e os conduz à vida eterna. Tomai e bebei em memória de que o Sangue de Cristo foi derramado por vós, e dê graças."

Esse momento é o mais solene de todos. O próprio sacerdote se torna Cristo; é Cristo que oferece seu corpo e sangue para os fiéis, por um milagre divino.

A maioria das pessoas entende que no milagre da transubstanciação o vinho (ou chocolate quente) se torna o Sangue Sagrado, e a hóstia (ou pedaço de pãozinho de cachorro-quente) se torna o Corpo Sagrado, mas pouca gente, mesmo dentro da igreja, percebe que a figura que se põe diante deles segurando o cálice é o Senhor deles, vivo agora. *O tempo foi superado.* Estamos de volta quase dois mil anos; não estamos em Santa Ana, Califórnia, EUA, mas em Jerusalém, por volta de 35 E.C.

O que eu havia visto em 1974 quando vi a superposição da Roma antiga e da Califórnia moderna consistiu em um testemunho real do que é normalmente visto pelos olhos internos dos fiéis apenas. Minha experiência de dupla exposição havia confirmado a verdade literal – não meramente figurativa – do milagre da Missa.

Como eu disse, o termo técnico para isso é anamnese: a perda do esquecimento; ou seja, a lembrança do Senhor e da Ceia do Senhor. Eu estava presente naquele dia, na última vez que os discípulos se sentaram à mesa. Pode ser que vocês creiam em mim; pode ser que não. *Sed per spiritum sanctum dico; haec veritas est. Mihi crede et mecum in aeternitate vivebis.*

Meu latim provavelmente é cheio de defeitos, mas o que estou tentando dizer, mal e mal, é: "Mas falo por intermédio do Espírito Santo; esta é a verdade. Crede em mim e vivereis comigo na eternidade".

Nossa bagagem apareceu; entregamos nossos tíquetes de bagagem para o guarda uniformizado, e, dez minutos depois, estávamos seguindo de carro para o norte na rodovia para Santa Ana, para casa.

13

Ao volante, Kevin disse:

– Estou cansado. Cansado mesmo. Que porra de tráfego é esse? Quem são essas pessoas dirigindo na 55? De onde é que elas vêm? Para onde estão indo?

Perguntei para mim mesmo: para onde nós três estamos indo? Nós havíamos visto o Salvador e eu, depois de oito anos de loucura, havia sido curado.

Bem, pensei eu, é um bocado de coisa para se realizar em um fim de semana... sem falar de ter escapado ileso dos três humanos mais aloprados do planeta.

É incrível que, quando mais alguém começa a botar pra fora as besteiras em que você próprio acredita, você consegue perceber imediatamente como elas não fazem o menor sentido. No Volkswagen Rabbit, quando ouvi Linda e Eric falando o tempo todo que eram gente de três olhos de outro planeta, saquei de cara que eles eram loucos. Isso me fez ficar louco também. Essa descoberta havia me apavorado: a descoberta a respeito deles e a meu próprio respeito.

Eu havia voado para lá louco e retornado são, mas acreditava que havia encontrado o Salvador... na forma de uma garotinha com cabelos pretos e olhos escuros ferozes que havia discursado para nós com mais sabedoria que qualquer adulto que eu já havia conhecido. E, quando fomos impedidos em nossa tentativa de partir, ela – ou VALIS – intercedera.

– Temos uma missão – disse David. – Seguir adiante e...

– E o quê? – perguntou Kevin.

– Ela nos dirá no caminho – disse David.

– E vacas podem voar – disse Kevin.

– Escute – David disse com firmeza –, Phil está bem agora, pela primeira vez... – hesitou.

– Desde que vocês me conhecem – finalizei.

David disse:

– Ela o curou. Poderes de cura são o sinal de certeza absoluta da presença material do Messias. Você sabe disso, Kevin.

– Então o Hospital St. Joseph é a melhor igreja da cidade – disse Kevin.

Eu disse para Kevin:

– Você teve a chance de perguntar a Sophia sobre seu gato morto? – Eu fiz a pergunta por sarcasmo, mas Kevin, para minha surpresa, virou a cabeça e respondeu, sério:

– Tive.

– O que foi que ela disse? – perguntei.

Inalando profundamente e segurando com força o volante, Kevin respondeu:

– Ela disse que MEU GATO MORTO... – Ele fez uma pausa e falou mais alto: – MEU GATO MORTO ERA BURRO.

Eu tive que rir. David idem. Ninguém havia pensado em dar a Kevin essa resposta antes. O gato viu o carro e correu para cima dele, não o contrário; ele havia mergulhado direto na roda dianteira direita do carro, feito uma bola de boliche.

– Ela disse – disse Kevin – que o universo possui regras muito definidas, e que *essa* espécie de gato, o tipo que corre e se joga de cabeça em carros em movimento, não existe mais.

– Bem – eu disse –, falando de um modo pragmático, ela tem razão.

Era interessante contrastar a explicação de Sophia com a da falecida Sherri; ela havia informado a Kevin, de modo piedoso, que Deus amava tanto seu gato – mesmo – que Deus achara por bem levar o gato de Kevin para estar com ele, Deus, em vez dele, Kevin. Não é o tipo de explicação que você dá a um homem de vinte e nove anos de idade; esta é uma explicação que você empurra para cima de uma criança. Criancinha mesmo. E até mesmo as criancinhas em geral conseguem ver que essa explicação é uma grande babaquice.

– Mas – continuou Kevin – eu perguntei a ela: "Por que é que Deus não fez meu gato inteligente?".

– Essa conversa aconteceu de verdade? – perguntei.

Resignado, David disse:

– Provavelmente sim.

– Meu gato era BURRO – continuou Kevin – porque DEUS O FEZ BURRO. Então a culpa foi de DEUS, não do meu gato.

– E você disse isso a ela – eu disse.

– Sim – disse Kevin.

Fiquei com raiva.

– Seu cínico babaca! Você encontra o Salvador e só quer saber de reclamar do seu maldito gato! Estou feliz por seu gato estar morto; *todo mundo* está feliz por seu gato estar morto. Então cale essa boca. – Eu havia começado a tremer de fúria.

– Calma – murmurou David. – Nós passamos por muita coisa.

Para mim, Kevin disse:

– Ela não é o Salvador. Nós somos todos tão pirados quanto você, Phil. Eles lá são pirados; nós aqui embaixo somos pirados também.

David começou:

– Então como é que uma garotinha de dois anos diz umas coisas...

– Eles enfiaram algum tipo de *fio* na cabeça dela – Kevin gritou – e um microfone do outro lado, e um alto-falante dentro do rosto dela. Era outra pessoa falando.

– Preciso beber – eu disse. – Vamos parar na Sombrero Street.

– Eu gostava mais de você quando você acreditava que era Horselover Fat – gritou Kevin. – Dele eu gostava. Você é burro que nem meu gato. Se burrice mata, por que é que você não está morto?

– Quer tentar? – perguntei.

– Obviamente, a burrice é uma característica inerente à sobrevivência – disse Kevin, mas sua voz agora estava quase inaudível.

– Não sei – ele murmurou – "O Salvador". Como pode ser isso? A culpa é minha; eu levei você para ver *Valis*. Eu envolvi você com Mamãe Ganso. Faz algum sentido que Mamãe Ganso fosse pai do Salvador? Será que alguma coisa aqui faz sentido?

– Pare na Sombrero Street – disse David.

– A Rhipidon Society faz suas reuniões num bar – disse Kevin. – Esta é a nossa missão; sentar num bar e beber. Isso certamente vai salvar o mundo. E, de qualquer maneira, salvar o mundo pra quê?

Seguimos em silêncio, mas acabamos na Sombrero Street; a maioria da Rhipidon Society havia votado a favor.

Certamente é uma má notícia se as pessoas que concordam com você são loucas de carteirinha. A própria Sophia (e isto é importante) havia dito que Eric e Linda Lampton estavam doentes. Além disso, Sophia ou VALIS havia me fornecido as palavras para nos tirar de lá quando os Lampton nos cercaram, tentando nos prender – havia fornecido palavras e depois alterado o tempo de forma magnífica.

Eu conseguia separar a criança bonitinha dos horríveis Lampton. Eu não punha os dois no mesmo saco. O que era significativo era que a criança de dois anos de idade havia falado o que pareciam palavras de sabedoria... sentado no bar com minha garrafa de cerveja mexicana, eu havia me perguntado: quais são os critérios de racionalidade pelos quais podemos julgar se a sabedoria está presente? A sabedoria tem de ser, por sua própria natureza, racional; ela é o estágio final do que está trancado dentro do real. Existe uma relação íntima entre o que é sábio e o que existe, embora essa relação seja sutil. O que a garotinha havia nos falado? Que os seres humanos deveriam agora abrir mão de adorar todas as divindades a não ser a própria humanidade. Isso não me parecia irracional. Para mim, soava racional, fosse da boca de uma criança ou da *Encyclopaedia Britannica*.

Por algum tempo, fui de opinião de que Zebra – como eu havia chamado a entidade que se manifestara para mim em março de 1974 – era de fato a totalidade laminada de todos os meus eus ao longo do eixo do tempo linear; Zebra – ou VALIS – era a expressão supratemporal de um determinado ser humano e não um deus... não, a não ser que a expressão supratemporal de um determinado ser humano seja o que na verdade queremos dizer com o termo "deus", é o que adoramos, sem perceber, quando adoramos a "deus".

Ah, que diabos, pensei cansado. Desisto.

Kevin me levou para casa; caí direto na cama, esgotado e sem nenhum incentivo, de forma vaga. Acho que o que me desincentivou com relação à situação foi a incerteza de nossa missão, recebida de Sophia. Nós tínhamos uma ordem, mas para fazer o quê? E o mais importante: o que Sophia pretendia fazer quando amadurecesse? Permanecer com os Lampton? Fugir, mudar de nome, se mudar para o Japão e começar uma nova vida?

Onde ela ressurgiria? Onde iríamos encontrar alguma menção a ela ao longo dos anos? Será que teríamos de esperar até que ela ficasse adulta? Isso poderia levar uns dezoito anos. Em dezoito anos, Ferris F. Fremount, para usarmos o nome do filme, poderia ter assumido o controle do mundo – novamente. Nós precisávamos de ajuda para já.

Mas então pensei: a gente sempre precisa do Salvador para já. Depois é sempre tarde demais.

Quando adormeci naquela noite, tive um sonho. No sonho, eu andava no Honda de Kevin, mas, em vez de Kevin dirigindo, quem estava ao volante era Linda Ronstadt, e o carro era aberto, como um veículo antigo, como uma carruagem. Sorrindo para mim, ela cantava, e cantava mais lindamente do que alguma vez eu já a ouvira cantar. Ela cantava assim:

"Para caminhar na direção da aurora
Você precisa calçar suas sandalinhas".

No sonho, isso me agradou profundamente; parecia uma mensagem terrivelmente importante. Quando acordei na manhã seguinte, ainda conseguia ver o rosto lindo dela, os olhos escuros e brilhantes; olhos tão grandes, tão cheios de luz, um estranho tipo de luz negra, como a luz das estrelas. O olhar dela para mim era um olhar de intenso amor, mas não amor sexual; era o que a Bíblia chama de amor fraternal. Para onde ela estava me levando?

Ao longo do dia seguinte, tentei descobrir ao que aquelas palavras crípticas se referiam. Sandalinhas. Aurora. O que eu associava com a aurora?

Estudando meus livros de referência (em outra época eu teria dito "Horselover Fat, estudando seus livros de referência"), descobri o fato de que Aurora é a palavra latina para a personificação do amanhecer. E isso sugere Aurora Boreal – que parece com o Fogo de Santelmo, que é como Zebra ou VALIS se pareciam. A *Britannica* diz o seguinte sobre a Aurora Boreal:

"A Aurora Boreal aparece ao longo da história na mitologia dos esquimós, dos irlandeses, dos ingleses, dos escandinavos e outros; normalmente se acreditava que ela fosse uma manifestação sobrenatural... Tribos germânicas do norte viam nela o esplendor dos escudos das valquírias (mulheres guerreiras)".

Será que isso queria dizer – que VALIS estava me dizendo – que a pequena Sophia surgiria para o mundo como uma "mulher guerreira"? Talvez.

E os sapatinhos? Eu só conseguia pensar em uma associação, uma associação interessante. Empédocles, pupilo de Pitágoras, que havia declarado publicamente que se lembrava de suas vidas passadas e que contou, em particular, aos amigos, que era Apolo, jamais morrera no sentido usual; em vez disso, suas sandálias douradas foram encontradas perto do topo do vulcão do Monte Etna. Ou Empédocles, assim como Elias, foi levado para os céus de corpo inteiro, ou ele pulou dentro do vulcão. O Monte Etna fica na parte mais oriental da Sicília. Em tempos romanos, a palavra "aurora" significava literalmente "leste". Será que VALIS estaria aludindo tanto a si mesmo quanto ao renascimento, à vida eterna? Será que eu estava sendo...

O telefone tocou.

Atendi e disse alô.

Ouvi a voz de Eric Lampton. Ela parecia distorcida, como uma velha raiz, uma raiz que estivesse morrendo.

– Temos uma coisa para lhe dizer. Vou passar para Linda. Espere um pouco...

Comecei a sentir um medo profundo me invadindo ali, com o telefone na mão. Então a voz de Linda Lampton soou no meu ouvido, neutra, sem tom. O sonho tinha de ter a ver com ela, percebi; Linda Ronstadt; Linda Lampton.

– O que aconteceu? – perguntei, incapaz de compreender o que Linda Lampton estava dizendo.

– A garotinha morreu – disse Linda Lampton. – Sophia.

– Como? – perguntei.

– Mini a matou. Por acidente. A polícia está aqui. Com um laser. Ele estava tentando...

Desliguei.

O telefone tocou quase imediatamente. Atendi e disse alô.

Linda Lampton disse:

– Mini queria tentar obter o máximo de informação...

– Obrigado por me dizer – eu disse. Enlouquecido, eu senti uma profunda raiva, não tristeza.

– Ele estava tentando transferência de informação por laser – Linda dizia. – Estamos chamando todo mundo. Não compreendemos; se Sophia era o Salvador, como ela poderia morrer?

Morta aos dois anos de idade, percebi. Impossível.

Desliguei o telefone e me sentei. Depois de algum tempo, percebi que a mulher no sonho dirigindo o carro e cantando era Sophia, mas crescida, como ela teria sido um dia. Os olhos escuros cheios de luz, vida e fogo.

O sonho era o jeito dela de dizer adeus.

14

Os jornais e a TV noticiaram a morte da filha de Mamãe Ganso. Naturalmente, já que Eric Lampton era um astro do rock, houve implicações de que forças sinistras estavam em ação, e que provavelmente tinham a ver com negligência, drogas ou alguma coisa estranha. O rosto de Mini foi mostrado, e depois alguns clipes do filme *Valis*, onde aparecia o mixer-fortaleza.

Dois ou três dias depois, todo mundo havia esquecido isso. Outros horrores ocuparam a tela de TV. Outras tragédias aconteceram. Como sempre. Uma loja de bebidas em West L.A. foi roubada e o balconista morto a tiros. Um velho morreu em um asilo de quinta categoria. Três carros na Rodovia de San Diego colidiram com um caminhão que transportava toras de madeira que pegou fogo e engarrafou tudo.

O mundo continuava como sempre.

Comecei a pensar na morte. Não a morte de Sophia Lampton, mas a morte em geral, e então, aos poucos, em minha própria morte.

Na verdade, eu não pensei nisso. Quem pensou foi Horselover Fat.

Uma noite, na minha sala de estar, sentado em minha poltrona, um cálice de conhaque na mão, ele disse, em tom meditativo:

– Tudo o que isso provou era o que nós já sabíamos, de qualquer maneira; a morte dela, quero dizer.

– E o que é que nós já sabíamos?

– Que eles eram pirados.

– Os pais eram pirados – eu disse. – Mas Sophia não.

– Se ela fosse Zebra – disse Fat –, ela teria tido conhecimento prévio da cagada de Mini com o equipamento laser. Ela poderia ter evitado aquilo.

– Claro – eu disse.

– É verdade – disse Fat. – Ela teria tido o conhecimento, e além disso... – Ele apontou para mim. Havia triunfo em sua voz; um triunfo ousado. – Ela teria tido o poder para evitar isso. Certo? Se ela conseguiu derrubar Ferris F. Fremount...

– Nem tente – eu disse.

– Tudo o que estava envolvido desde o início – disse Fat baixinho – era tecnologia avançada de laser. Mini descobriu um jeito de transmitir informações por raios laser, utilizando cérebros humanos como transdutores sem a necessidade de uma interface humana. Os russos podem fazer a mesma coisa. Micro-ondas também podem ser utilizados. Em março de 1974, eu devo ter interceptado uma das transmissões de Mini por acidente; ela me irradiou. É por isso que minha pressão sanguínea subiu tanto, e os animais morreram de câncer. É isso o que está matando Mini; a radiação produzida por suas próprias experiências com laser.

Eu não disse nada. Não havia nada a dizer.

Fat disse:

– Lamento muito. Você vai ficar bem?

– Claro – eu disse.

– Afinal – disse Fat –, eu nunca cheguei a ter uma chance de conversar com ela, não até o ponto que o resto de vocês teve; eu não estava lá da segunda vez, quando ela deu a nós – a Sociedade – nossa missão.

E agora, eu me perguntei, e quanto à nossa missão?

– Fat – eu disse –, você não vai tentar se matar de novo, vai? Por causa da morte dela?

– Não – Fat disse.

Eu não acreditava nele. Dava pra dizer; eu o conhecia, melhor do que ele conhecia a si mesmo. A morte de Gloria, Beth abandonando-o, Sherri morrendo – tudo o que o havia salvo depois que Sherri morreu foi sua decisão de partir em busca do "quinto Salvador", e agora essa esperança havia perecido. O que lhe havia sobrado? Fat havia tentado de tudo, e tudo havia falhado.

– Talvez você devesse começar a ver Maurice novamente – eu disse.

– Ele vai dizer, "E eu estou falando sério". – Nós dois rimos. – "Eu quero que você faça uma lista das dez coisas que você mais quer fazer no mundo inteiro; eu quero que você pense nelas e as escreva, e eu estou falando sério!"

– O que você quer fazer? – Eu perguntei. E eu estava falando sério.

– Encontrá-la – disse Fat.

– Quem?

– Não sei – disse Fat. – A que morreu. A que eu nunca mais verei.

Essa categoria está cheia delas, eu disse para mim mesmo. Desculpe, Fat; sua resposta é vaga demais.

– Eu deveria ir até a agência Wide-World Travel – disse Fat, meio para si mesmo. – E conversar mais um pouco com a moça lá. Sobre a Índia. Tenho a sensação de que a Índia é o lugar.

– Lugar para quê?

– O lugar onde ele estará – disse Fat.

Não respondi; não havia porquê. A loucura de Fat havia voltado.

– Ele está em algum lugar – disse Fat. – Eu sei que ele está, neste exato instante; em algum lugar no mundo. Zebra me contou. "Santa Sofia vai nascer de novo; ela não foi..."

– Quer que eu te diga a verdade? – interrompi.

Fat piscou.

– Claro, Phil.

Eu disse, com grosseria:

– Não existe Salvador. Santa Sofia não vai nascer de novo, o Buda não está no parque, a Cabeça de Apolo não vai retornar. Entendeu? Silêncio.

– O quinto Salvador... – Fat começou timidamente.

– Esqueça – eu disse. – Você é psicótico, Fat. Você é tão louco quanto Eric e Linda Lampton. Você é tão louco quanto Brent Mini. Você andou louco por oito anos, desde que Gloria se jogou do Synanon Building e se tornou um sanduíche de ovos mexidos. Desista e esqueça, ok? Me faça esse favor, sim? Será que você não pode fazer esse favor *a todos nós*?

Fat disse, finalmente, em voz baixa:

– Então você concorda com Kevin.

– Sim – eu disse. – Eu concordo com Kevin.

– Então por que eu deveria continuar? – Fat perguntou baixinho.

– Sei lá – eu respondi. – E não estou nem aí. A vida é sua e o problema é seu, não meu.

– Zebra não teria mentido para mim – disse Fat.

– Não existe "Zebra" – eu disse. – É você mesmo. Você não reconhece seu próprio self? É você e só você, projetando para fora seus desejos não atendidos, seus desejos não realizados que ficaram depois que Gloria se matou. Você não conseguiu preencher o vácuo com realidade, então o preencheu com fantasia; foi uma compensação psicológica por uma vida infrutífera, vazia, perdida, cheia de dor, e não sei por que você finalmente não desiste, caralho; você é igualzinho ao gato de Kevin: você é burro. Este é o começo e o fim disso. Ok?

– Você está roubando minha esperança.

– Não estou roubando nada de você porque não existe nada.

– É isso? É o que você pensa? Mesmo?

– Eu sei que é assim – respondi.

– Você não acha que eu deveria procurar por ele?

– Onde diabos você vai procurar? Você não tem ideia, nenhuma ideia no mundo, de onde ele poderia estar. Ele poderia estar na

Irlanda. Poderia estar na Cidade do México. Poderia estar na Disneylândia em Anaheim; é: talvez ele esteja trabalhando na Disneylândia, de vassoura na mão. Como é que você vai reconhecê-lo? Nós todos pensávamos que Sophia fosse o Salvador; nós acreditamos nisso até o dia em que ela morreu. Ela *falava* como o Salvador. Nós tínhamos todas as evidências; nós tínhamos todos os sinais. Nós tínhamos o filme *Valis*. Nós tínhamos o código de duas palavras. Nós tínhamos os Lampton e Mini. A história deles batia com a sua história; tudo batia. E agora existe mais uma garota morta em outro caixão debaixo da terra: com essa, agora são três. Três pessoas que morreram por nada. Você acreditou, eu acreditei, David acreditou, Kevin acreditou, os Lampton acreditaram; Mini, em particular, acreditou, o suficiente para matá-la acidentalmente. Então agora tudo termina. Nunca deveria ter começado: maldito Kevin, por ter visto aquele filme! Vá lá pra fora e se mate. Para o diabo com isso.

– Eu ainda poderia...

– Você não vai – eu disse. – Você não vai encontrá-lo. Eu sei. Deixe-me colocar as coisas de um modo mais simples para que você consiga entender. Você achava que o Salvador traria Gloria de volta. Certo? Ele, ela, não fez isso; agora ela também está morta. Em vez de... – desisti.

– Então o verdadeiro nome da religião – disse Fat – é morte.

– O nome secreto – concordei. – Você entendeu. Jesus morreu; Asclépio morreu: eles mataram Mini de uma forma pior do que mataram Jesus, mas ninguém está dando a mínima; ninguém sequer se lembra. Eles mataram os cátaros no sul da França às dezenas de milhares. Na Guerra dos Trinta Anos, centenas de milhares de pessoas morreram, católicos e protestantes: uma chacina mútua. A morte é o verdadeiro nome disso; não Deus, não o Salvador, não o amor: *morte*. Kevin tem razão quanto ao gato dele. Está tudo lá, no gato morto dele. O Grande Juiz não sabe responder a Kevin: "Por que meu gato morreu?". Resposta: "E eu lá vou saber, diabos?". Não existe resposta; existe apenas um animal morto que apenas queria atravessar a rua. Somos todos animais que querem atravessar a rua, só que alguma coisa que nunca chegamos a ver nos trucida no meio do caminho. Vá perguntar a Kevin. "Seu gato é burro." Quem fez o gato? Por que ele fez o gato burro? Será que o gato aprendeu sendo morto, e, se aprendeu, o que foi que ele aprendeu? Será que Sherri aprendeu alguma coisa morrendo de câncer? Será que Gloria aprendeu alguma coisa...

– Ok, chega – disse Fat.

– Kevin tem razão – eu disse. – Vá sair e arrumar alguém pra transar.

– Mas quem? Todas morreram.

Eu disse:

– Existem mais. Ainda vivas. Vá pegar uma delas antes que ela morra ou você morra ou alguém morra, alguma pessoa ou animal. Você mesmo disse: o universo é irracional porque a mente por trás dele é irracional. Você é irracional e sabe disso. *Eu* sou. Nós todos somos e sabemos disso, em algum nível. Eu escreveria um livro sobre isso, mas ninguém acreditaria que um grupo de seres humanos pudesse ser tão irracional quanto nós, quanto nós agimos.

– Agora acreditariam – disse Fat –, depois de Jim Jones e as novecentas pessoas em Jonestown.

– Vá embora, Fat – eu disse. – Vá para a América do Sul. Volte para Sonoma e candidate-se para morar na comuna dos Lampton, a menos que eles tenham desistido, o que eu duvido. A loucura tem um dinamismo próprio; ela simplesmente segue sem parar. – Levantando-me, fui até onde ele estava e soquei o peito dele. – A garota está morta, Gloria está morta; nada irá restaurá-la.

– Às vezes eu sonho...

– Vou colocar isso na sua lápide.

Depois de conseguir seu passaporte, Fat deixou os Estados Unidos e pegou um avião da Icelandic Airlines até Luxemburgo, que é a passagem mais barata para a Europa. Recebemos um cartão-postal dele enviado em sua escala na Islândia, e um mês depois, uma carta de Metz, na França. Metz fica na fronteira de Luxemburgo; eu procurei no mapa.

Em Metz – que ele gostava, tinha belas paisagens turísticas – ele conheceu uma garota e passou ótimos momentos até que ela roubou metade do dinheiro que ele havia levado. Ele nos mandou uma foto dela; ela é muito bonita, me lembrou um pouco Linda Ronstadt, com o mesmo formato de rosto e corte de cabelo. Foi a última foto que ele enviou para nós, pois a garota também roubou sua câmera. Ela trabalhava em uma livraria. Fat nunca nos contou se foi para a cama com ela ou não.

De Metz ele foi para a Alemanha Ocidental, onde o dólar americano não vale nada. Ele já lia e falava um pouco de alemão, então aproveitou relativamente bem ali. Mas suas cartas começaram a ficar mais espaçadas, e por fim pararam completamente.

– Se ele tivesse conseguido trepar com a francesinha – disse Kevin – ele teria se recuperado.

– Até onde sabemos, ele conseguiu – disse David.

Kevin disse:

– Se tivesse conseguido, já teria voltado e estaria são. Não voltou, portanto não conseguiu.

Um ano se passou. Um dia, recebi uma carta dele; Fat havia voltado para os Estados Unidos, para Nova York. Ele conhece gente ali. Voltaria à Califórnia, disse ele, quando se curasse da mononucleose; ele havia contraído mononucleose na Europa.

– Mas ele encontrou o Salvador? – disse Kevin. A carta não dizia. – Se ele tivesse encontrado, diria – disse Kevin. – É igual àquela garota francesa; nós teríamos ficado sabendo.

– Pelo menos ele não morreu – disse David.

– Depende de como você define "morto" – disse Kevin.

Enquanto isso, eu estava indo bem; meus livros vendiam bem agora. Eu tinha tanto dinheiro guardado que nem sabia o que fazer com ele. David tinha uma tabacaria no shopping center da cidade, um dos shoppings mais elegantes de Orange County; a nova namorada de Kevin tratava a ele e a nós com carinho e tato, aguentando nosso senso de humor de salão de barbeiro, especialmente o de Kevin. Nós havíamos contado a ela tudo sobre Fat e sua jornada – e a francesinha enrolando ele até conseguir abiscoitar sua câmera Pentax. Ela queria conhecê-lo, e nós queríamos que ele voltasse: histórias, fotos e quem sabe até presentes!, dissemos para nós mesmos.

E então recebemos um telegrama. Desta vez de Portland, Oregon. Dizia:

REI FELIX

E mais nada. Apenas aquelas duas palavras surpreendentes. E aí?, pensei. Será que ele encontrou? É isso o que ele está nos dizendo? Será que a Rhipidon Society vai se reunir em sessão plenária depois de tanto tempo?

Para nós, pouco importava. Coletiva e individualmente, nós mal nos lembrávamos. Era uma parte de nossa vida que preferíamos esquecer. Era dor demais; muitas esperanças que haviam entrado pelo cano.

Quando Fat desembarcou no LAX, que é a designação para o Aeroporto de Los Angeles, nós quatro fomos recebê-lo: eu, Kevin, David e a namoradinha bacaninha de Kevin, Ginger, uma garota alta com cabelos louros em trancinhas e com fitinhas vermelhas nas tranças, uma garota animada que gostava de dirigir quilômetros para tomar café irlandês em algum bar irlandês desconhecido.

Com todo o resto das pessoas no mundo, estávamos fazendo hora e conversando, até que então, de repente, inesperadamente, apareceu Horselover Fat andando a passos largos em nossa direção no meio do bando de outros passageiros. Sorridente, com uma maleta na mão; nosso amigo estava de volta. Estava usando terno e gravata, um belo terno da Costa Leste, na crista da onda. Ficamos chocado ao vê-lo assim tão bem vestido; acho que nós estávamos esperando um sujeito que fosse apenas a sombra de si mesmo, arrasado, de olhos perdidos, que mal fosse capaz de se locomover sozinho pelo corredor.

Depois de abraçá-lo e apresentá-lo a Ginger, perguntamos como ele estava.

– Nada mal – ele respondeu.

Comemos no restaurante de um hotel cinco-estrelas ali perto. Por algum motivo, não conversamos muito. Fat parecia distante, mas não deprimido. Cansado, deduzi. Ele havia viajado muito; isso estava impresso no seu rosto. Essas coisas aparecem; deixam sua marca.

– O que tem na maleta? – perguntei quando nosso café chegou.

Empurrando seus pratos para o lado, Fat colocou a maleta em cima da mesa e abriu seus fechos; não estava trancada. Dentro dela havia envelopes de papel pardo, um dos quais ele retirou após procurá-lo no meio dos outros; todos tinham números. Examinou-o uma última vez para ter certeza de que havia apanhado o envelope certo e depois o entregou para mim.

– Dê uma olhada – ele disse, sorrindo levemente, como a gente faz quando dá para alguém um presente que sabe que irá agradar e a pessoa começa a abri-lo diante de nossos olhos.

Abri. No envelope encontrei quatro fotos 10 x 15 em papel brilhante, obviamente um trabalho profissional; pareciam o tipo de *still* que os departamentos de publicidade de estúdios de cinema divulgam.

As fotos mostravam um vaso grego; nele, uma pintura de uma figura masculina que reconhecemos como Hermes.

Retorcida ao redor do vaso, a hélice dupla nos confrontava, trabalhada em esmalte vermelho contra fundo preto. A molécula do DNA. Não havia engano.

– Dois mil e quatrocentos ou dois mil e trezentos anos atrás – disse Fat. – Não a foto, mas o *krater*, a cerâmica.

– Um pote – eu disse.

– Eu o vi num museu em Atenas. É autêntico. Não é opinião minha; não estou qualificado para julgar essas coisas; sua autenticidade foi estabelecida pelas autoridades do museu. Conversei com uma delas. Ele não havia percebido o que o desenho revela; ficou muito interessado quando discuti isso com ele. Essa forma de vaso, o *krater*, foi a forma utilizada posteriormente como a pia batismal. Esta foi uma das palavras gregas que vieram à minha cabeça em março de 1974, a palavra *"krater"*. Eu a ouvi em conexão com outra palavra grega: *"poros"*. As palavras *"poros krater"* significam essencialmente *"pia de calcário"*.

Não podia haver dúvida; o desenho, anterior ao cristianismo, era o modelo de hélice dupla de Crick e Watson ao qual eles haviam chegado depois de tantas suposições erradas, tanto trabalho de tentativa e erro. E ali estava ele, fielmente reproduzido.

– E aí? – perguntei.

– As ditas serpentes entrelaçadas do caduceu. Originalmente, o caduceu, que ainda é o símbolo da medicina, era o cajado de... não Hermes, mas... – Fat fez uma pausa, os olhos brilhando. – De Asclépio. Ele possui um significado muito específico, além do da sabedoria, à qual as cobras fazem alusão; ele mostra que seu portador é uma pessoa sagrada e que não deve ser molestada... e é por isso que Hermes, o mensageiro dos deuses, o carregava.

Todos ficamos em silêncio por um tempo.

Kevin ia começar a dizer alguma coisa sarcástica, alguma coisa bem do seu jeito seco e irônico, mas acabou não fazendo isso; ficou apenas ali, sentado, sem falar nada.

Examinando as fotos 10 x 15, Ginger disse: – Que bonitinho!

– O maior médico de toda a história humana – Fat disse para ela. – Asclépio, o fundador da medicina grega. O Imperador Romano Juliano, que é conhecido por nós como Juliano, o Apóstata, por ter renunciado ao cristianismo – considerava Asclépio Deus ou um deus; Juliano o adorava. Se essa adoração tivesse continuado, toda a história do mundo ocidental teria basicamente mudado.

– Você não vai desistir – eu disse para Fat.

– Não – Fat concordou. – Nunca. Vou voltar: fiquei sem dinheiro. Quando eu tiver fundos, vou voltar. Agora sei onde procurar.

As ilhas gregas. Lemnos, Lesbos, Creta. Especialmente Creta. Sonhei que descia num elevador, na verdade tive esse sonho duas vezes, e o ascensorista falava em versos, e havia um imenso prato de espaguete com um garfo de três pontas, um tridente, enfiado nele... esse seria o fio de Ariadne pelo qual ela levou Teseu para fora do labirinto de Minos depois que ele matou o Minotauro. Sendo metade homem e metade fera, o Minotauro é um monstro que representa a divindade demente Samael, na minha opinião o falso demiurgo do sistema dos gnósticos.

– O telegrama de duas palavras – eu disse. – "REI FELIX."

– Eu não o encontrei – disse Fat.

– Eu sei – eu disse.

– Mas ele está em algum lugar – disse Fat. – Eu sei. Jamais desistirei. – Ele pegou as fotos e enfiou-as de volta no envelope de papel pardo, colocou o envelope novamente na maleta e fechou-a.

Hoje ele está na Turquia. Enviou-nos um cartão-postal mostrando a mesquita que costumava ser a grande igreja cristã chamada Santa Sofia ou Hagia Sophia, uma das maravilhas do mundo, muito embora o teto tenha desabado durante a Idade Média e tivesse de ser reconstruído. Vocês encontrarão esquemas de sua construção única na maioria dos livros mais completos de arquitetura. A parte central da igreja parece flutuar, como se estivesse se elevando aos céus; de qualquer forma, foi essa a ideia do imperador romano Justiniano, quando a construiu. Ele supervisionou pessoalmente a construção e ele próprio a batizou, um codinome para Cristo.

Nós voltaremos a ter notícias de Horselover Fat. É o que diz Kevin, e eu confio no julgamento dele. Kevin sabe. De todos nós, Kevin é o menos irracional e, o que importa mais, o que tem mais fé. Esta é uma coisa que levei muito tempo para entender a respeito dele.

A fé é estranha. Ela tem a ver, por definição, com coisas que você não pode provar. Por exemplo, nesta última manhã de sábado eu liguei a TV; não estava prestando atenção nela, já que aos sábados de manhã só há programas infantis, e de qualquer maneira eu não costumo ver TV durante o dia; às vezes acho que ela diminui minha solidão, então eu a ligo como fundo. De qualquer modo, no sábado passado eles passaram a sequência costumeira de comerciais e por algum motivo, em algum ponto, minha atenção consciente foi atraída; parei o que estava fazendo e me tornei inteiramente alerta.

A emissora de TV havia passado um comercial de uma rede de supermercados; na tela, apareciam as palavras REI DA COMIDA – e depois elas foram cortadas instantaneamente, avançando o filme o mais rápido possível para poderem espremer o máximo de comerciais possível; o que apareceu em seguida foi um desenho do Gato Félix, um desenho antigo em preto e branco. Num instante as palavras REI DA COMIDA apareceram na tela, e depois, quase instantaneamente as palavras – também em letras enormes – GATO FELIX.

E lá estava, num código justaposto:

REI FELIX

Mas só era possível captar isso de modo subliminar. E quem pegaria essa justaposição acidental, puramente acidental? Apenas as crianças, as criancinhas da Terra do Sul. Isso não significaria nada para elas; elas não apreenderiam nenhum código de duas palavras, e mesmo que o fizessem, não entenderiam o que significava, nem a quem se referia.

Mas eu o havia visto e sabia a quem se referia. Devia ser apenas sincronicidade, como Jung chama, eu pensei. Coincidência, sem intenção.

Ou será que o sinal havia sido enviado? Enviado pelo ar, por uma das maiores emissoras do mundo, a sucursal de Los Angeles da NBC, alcançando muitos milhares de crianças com essa informação de uma fração de segundo que seria processada pelos hemisférios direitos de seus cérebros: recebida, armazenada e talvez decodificada, abaixo do limiar de consciência onde muitas coisas jaziam adormecidas e armazenadas. E Eric e Linda Lampton não tinham nada a ver com isso. Apenas algum sujeito da técnica, algum técnico da NBC com uma pilha inteira de comerciais para rodar, em qualquer ordem que ele achasse conveniente. O próprio VALIS teria de ser responsável, se alguma coisa havia provocado intencionalmente a justaposição, VALIS, que era informação pura.

Talvez eu tivesse acabado de ver VALIS naquele momento, navegando num comercial e em seguida num desenho animado infantil.

A mensagem havia sido enviada novamente, eu disse a mim mesmo.

Dois dias depois, Linda Lampton me ligou; eu não tinha notícias dos Lampton desde a tragédia. Linda parecia empolgada e feliz.

– Estou grávida – ela disse.

– Que maravilha – disse eu. – Quantos meses?

– Oito.

– Nossa – eu disse, pensando, vai ser daqui a pouquinho.

– Vai ser daqui a pouquinho – disse Linda.

– Vocês estão torcendo por um garoto desta vez?

– VALIS disse que será outra menina – disse linda.

– E Mini?

– Lamento, mas ele morreu. Não havia chance, não com o que ele tinha. Não é maravilhoso? Outra menina?

– Vocês já escolheram o nome? – eu perguntei.

– Ainda não – respondeu Linda.

Naquela noite, na TV, por acaso vi um comercial de comida de cachorro. Comida de cachorro! No finalzinho, depois de listar vários tipos de animais para os quais a empresa fabrica comida, esqueci o nome da empresa, uma última frase:

"Para o pastor e para a ovelha".

Um pastor-alemão é mostrado à esquerda e uma ovelha imensa à direita; imediatamente a emissora cortou para outro comercial que começava com um veleiro deslizando silenciosamente pela tela. Na vela branca, vi um pequeno emblema preto. Sem olhar mais de perto eu já sabia o que era. Na vela, os fabricantes do barco haviam colocado um sinal de peixe.

Pastor e ovelha e depois o peixe, justapostos como foram as palavra REI FELIX. Não sei. Não tenho a fé de Kevin nem a loucura de Fat. Mas eu vi conscientemente duas mensagens rápidas disparadas por VALIS em rápida sucessão, com a intenção de nos atingir subliminarmente, uma mensagem só, na verdade, nos dizendo que a hora chegou? Não sei o que pensar. Talvez eu não tenha de pensar nada, nem tenha de ter fé, ou loucura; talvez tudo o que me baste fazer – tudo o que é pedido de mim – é esperar. Esperar e permanecer alerta.

Eu esperei, e um dia recebi um telefonema de Horselover Fat: um telefonema de Tóquio. Ele parecia com saúde, animado e cheio de energia, e achando graça de minha surpresa por saber notícias dele.

– Micronésia – ele disse.

– O quê? – perguntei, achando que ele havia revertido de volta ao grego *koiné* novamente. E então percebi que ele estava se referindo ao grupo de ilhotas do Pacífico. – Ah – eu disse. – Você esteve lá. Nas Ilhas Carolinas e Marshall.

– Ainda não – disse Fat. – Estou indo para lá. A voz de IA, a voz que ouço, ela me disse para procurar nas ilhas da Micronésia.

– Elas não são assim meio pequenas? – comentei.

– É por isso que elas têm esse nome – ele riu.

– Quantas ilhas são? – perguntei, pensando em dez ou vinte.

– Mais de duas mil.

– Duas mil! – senti desânimo. – Você pode ficar procurando para sempre. Será que a voz de IA não pode filtrar isso para você?

– Estou torcendo para que sim. Talvez Guam; vou pegar um voo para Guam e começar por lá. Quando acabar, terei visto um monte de cenários da Segunda Guerra Mundial.

– Interessante que a voz de IA tenha voltado a utilizar palavras gregas – eu disse.

– *Mikros* significa pequeno – disse Fat – e *nesoi* significa ilhas. Talvez você tenha razão; talvez seja apenas a propensão que ela tem para reverter ao grego. Mas vale a pena tentar.

– Você sabe o que Kevin diria – eu disse. – Sobre as garotas nativas simples e puras naquelas duas mil ilhas.

– Deixe que eu julgo isso – disse Fat.

Ele desligou, e eu desliguei me sentindo melhor; era bom saber notícias dele, e também era bom ouvir a voz dele tão calorosa.

Nestes dias, tenho tido um senso da bondade dos homens. Não sei de onde me apareceu esse senso – a menos que tenha vindo do telefonema de Fat –, mas que eu sinto, sinto. Estamos novamente em março. Perguntei a mim mesmo: será que Fat está tendo outra experiência? Será que o raio de luz rosa está de volta, disparando informações novas e mais vastas para ele? Será que isso está filtrando a busca dele?

A experiência original que ele teve acontecera em março, no dia seguinte ao equinócio vernal. "Vernal", naturalmente, significa "primavera". E "equinócio" significa a época em que o centro do sol cruza o equador e o dia e a noite têm a mesma duração em toda parte. Então, Horselover Fat encontrou Deus, ou Zebra, ou VALIS, ou seu próprio eu imortal no primeiro dia do ano que tem um tempo de duração de luz maior que de trevas. E também, segundo alguns estudiosos, é o verdadeiro dia do nascimento de Cristo.

Sentado diante de minha TV, eu assistia e esperava outra mensagem, eu, um dos membros da pequena Rhipidon Society, que ainda, em minha mente, existia. Assim como o satélite em miniatura no filme *Valis*, a microforma dele atropelada pelo táxi como se fosse uma latinha de cerveja vazia no meio-fio, os símbolos do divino revelados em nosso mundo inicialmente na camada de lixo. Ou pelo menos era isso o que eu dizia a mim mesmo. Kevin havia expressado esse pensamento. O divino aparece onde você menos espera.

– Procure onde você menos esperar – Kevin dissera a Fat certa vez. Como é que você faz isso? É uma contradição.

Uma noite, sonhei que era dono de uma pequena cabana à beira da água, de um oceano desta vez; a água se estendia para sempre. E essa cabana não se parecia com nada que eu já tivesse visto; parecia mais com um bangalô do tipo que eu já vira em filmes sobre o Pacífico Sul. E, quando acordei, o seguinte pensamento penetrou em minha mente:

Guirlandas de flores, canto e dança, e o recital de mitos, lendas e poesia.

Mais tarde, me lembrei de onde havia lido essas palavras. No artigo sobre cultura da Micronésia na *Brittanica*. A voz havia falado comigo, lembrando-me do lugar para onde Horselover Fat havia ido. Em sua busca.

Minha busca me manteve em casa; eu ficava sentado em frente ao aparelho de TV na minha sala de estar; ficava sentado; esperava; assistia; permanecia alerta. Como há muito tempo nos havia sido mandado, originalmente; eu continuei seguindo minha missão.

APÊNDICE

Tractatus: Cryptica Scriptura

1. Uma Mente existe; mas sob ela dois princípios combatem.

2. A Mente deixa entrar a luz, e depois as trevas; em interação; assim o tempo é gerado. Ao final, a Mente confere a vitória à luz; o tempo cessa e a Mente está completa.

3. Ele faz com que as coisas pareçam diferentes para que pareça que o tempo passou.

4. A matéria é plástica em face da Mente.

5. Um a um, ele nos retira do mundo.

6. O Império nunca terminou.

7. A Cabeça de Apolo está para retornar. Santa Sofia renascerá; ela não era aceitável antes. O Buda está no parque. Sidarta dorme (mas vai despertar). O tempo pelo qual você esperava chegou.

8. O reino superior tem poderes plenários[1].

9. Ele viveu há muito tempo, mas ainda está vivo.

10. Apolônio de Tiana, escrevendo como Hermes Trismegisto, disse: "O que está acima, é como está abaixo". Com isso ele quis nos dizer que nosso universo é um holograma, mas ele não tinha a palavra para classificar isso.

11. O grande segredo conhecido por Apolônio de Tiana, Paulo de Tarso, Simon Magus, Asclépio, Paracelso, Boehme e Bruno é este: estamos andando para trás no tempo. O universo, na verdade, está se contraindo em uma entidade unitária que está se completando a si mesma. A decomposição e a desordem são vistas por nós ao contrário, como se estivessem aumentando. Esses curandeiros aprenderam a avançar no tempo, que para nós anda para trás.

12. O Um Imortal era conhecido pelos gregos como Dionísio; para os judeus, como Elias; para os cristãos, como Jesus. Ele se muda quando cada hospedeiro humano morre, e por isso jamais é morto ou capturado. Por isso Jesus, quando estava na cruz, disse: *"Eli, Eli, lama sabachthani"*, ao que alguns dos presentes corretamente disseram: "O homem está chamando por Elias". Elias o havia abandonado, e ele morreu sozinho.

13. Pascal disse: "Toda a história é um homem imortal que aprende constantemente". Este é o Imortal a quem veneramos sem lhe saber o nome. "Ele viveu há muito tempo, mas ainda está vivo" e "A Cabeça de Apolo está para retornar". O nome muda.

---

[1] Variação de plenipotenciários.

14. O universo é informação e estamos estacionários dentro dele, não tridimensionais e não no espaço ou no tempo. As informações que nos são fornecidas nós hipostatizamos dentro do mundo fenomênico.

15. A Sibila de Cumae protegeu a República Romana e deu avisos em tempo. No primeiro século E.C., ela previu os assassinatos dos irmãos Kennedy, do dr. King e do bispo Pike. Ela viu os dois denominadores comuns nos quatro homens assassinados; primeiro, eles defenderam as liberdades da República; e, segundo, cada um desses homens era um líder religioso. Por isso eles foram mortos. A República mais uma vez havia se tornado um império com um césar. "O Império nunca terminou."

16. A Sibila disse em março de 1974: "Os conspiradores foram vistos e serão levados à justiça". Ela os viu com o terceiro olho ou *ajna*, o Olho de Shiva que dá discernimento interior, mas que quando voltado para fora solta rajadas devastadoras de calor. Em agosto de 1974 a justiça prometida pela Sibila aconteceu.

17. Os gnósticos acreditavam em duas eras temporais: a primeira ou o mal presente; a segunda ou o futuro benigno. A primeira era foi a Era de Ferro. Ela é representada por uma Prisão de Ferro Negro. Ela terminou em agosto de 1974 e foi substituída pela Era de Ouro, que é representada por um Jardim de Palmeiras.

18. O tempo real cessou em 70 E.C., com a queda do templo de Jerusalém. Ele recomeçou em 1974 E.C. O período intermediário foi uma interpolação perfeitamente espúria que imitou a criação da Mente. "O Império nunca terminou", mas em 1974 um código foi enviado como um sinal de que a Era de Ferro havia terminado; o código consistia de duas palavras: REI FELIX, que se referia ao Rei Feliz (ou Justo).

19. O código de duas palavras REI FELIX não foi criado para seres humanos, mas para descendentes de Ikhnaton, a raça de três olhos que, em segredo, existe conosco.

20. Os alquimistas herméticos conheciam a raça secreta dos invasores de três olhos, mas, apesar de seus esforços, não conseguiram entrar em contato com eles, daí seus esforços de apoiar Frederico V, Eleitor Palatino, Rei da Boêmia, fracassaram. "O Império nunca terminou."

21. A Irmandade Rosa-Cruz escreveu: *"Ex Deo nascimur, in Jesu mortimur, per spiritum sanctum reviviscimus"*, que quer dizer "De Deus nascemos, em Jesus morremos, pelo Espírito Santo vivemos novamente". Isso significa que eles haviam redescoberto a fórmula perdida da imortalidade que o Império havia destruído. "O Império nunca terminou."

22. Denomino o Imortal um *plasmado*, pois ele é uma forma de energia; é informação viva. Ele se replica – não por intermédio da informação ou em informação, mas como informação.

23. O plasmado pode cruzar com um humano, criando o que chamo de *homoplasmado*. Isso anexa o humano mortal permanentemente ao plasmado. Conhecemos isso como o "nascimento do alto", ou o "nascimento do Espírito". Ele foi iniciado por Cristo, mas o Império destruiu todos os homoplasmados antes que eles pudessem se replicar.

24. Na forma de semente adormecida, o plasmado dormiu na biblioteca enterrada de códices em Chenoboskion até 1945 E.C. Foi isso o que Jesus quis dizer quando falou elipticamente da "semente de mostarda" que, disse ele, "cresceria até se tornar uma árvore grande o

bastante para que as aves do céu se abrigassem à sua sombra". Ele previu não só sua própria morte, mas a de todos os homoplasmados. Ele previu os códices desenterrados, lidos, e o plasmado buscando novos hospedeiros humanos com os quais cruzar; mas ele previu a ausência do plasmado por quase dois mil anos.

25. Como informação viva, o plasmado viaja pelo nervo óptico de um humano até o corpo pineal. Ele utiliza o cérebro humano como um hospedeiro fêmea no qual se replica em sua forma ativa. Esta é uma simbiose interespécie. Os alquimistas herméticos sabiam disso em teoria a partir de textos antigos, mas não conseguiam duplicar isso, pois não conseguiam localizar o plasmado enterrado adormecido. Giordano Bruno suspeitou de que o plasmado havia sido destruído pelo Império; por suspeitar isso ele foi queimado. "O Império nunca terminou."

26. Deve-se perceber que, quando todos os homoplasmados foram mortos em 70 E.C., o tempo real cessou; e o mais importante: deve-se perceber que o plasmado retornou agora e está criando novos homoplasmados, pelos quais destruiu o Império e iniciou o tempo real. Nós chamamos o plasmado de "Espírito Santo", e é por isso que a Irmandade R.C. escreveu *per spiritum sanctum reviviscimus*".

27. Se os séculos de tempo espúrio forem extirpados, a verdadeira data será não 1978 E.C., mas 103 E.C. Logo, o Novo Testamento diz que o Reino do Espírito virá antes que "alguns que hoje vivem morram". Logo, estamos vivendo em tempos apostólicos.

28. *Dico per spiritum sanctum: sum homoplasmate. Haec veritas est. Mihi crede et mecum in aeternitate vive.*

29. Não caímos devido a um erro moral; caímos por causa de um erro intelectual: o de assumir o mundo fenomênico como sendo real. Logo, somos moralmente inocentes. É o Império, em suas variadas poliformas disfarçadas, que nos diz que pecamos. "O Império nunca terminou."

30. O mundo fenomênico não existe; ele é uma hipóstase das informações processadas pela Mente.

31. Nós hipostasiamos informação em objetos. O rearranjo de objetos é mudança no conteúdo da informação; a mensagem mudou. Esta é uma linguagem cuja capacidade de leitura perdemos. Nós próprios somos parte dessa linguagem; as mudanças em nós são mudanças no conteúdo da informação. Nós próprios somos ricos em informação; a informação entra em nós, é processada e então é projetada para fora mais uma vez, agora em uma forma alterada. Não estamos cientes de que fazemos isso, de que na verdade isso é tudo o que estamos fazendo.

32. As informações em mutação que vivenciamos como Mundo são uma narrativa que se desenrola. Ela nos conta sobre a morte de uma mulher. Esta mulher, que morreu há muito tempo, era um dos gêmeos primordiais. Ela era uma das metades da sizígia divina. O objetivo da narrativa é a recordação dela e de sua morte. A Mente não deseja esquecê-la. Logo, o processo de raciocínio do Cérebro consiste em um registro permanente de sua existência, e, se lido, será compreendido dessa maneira. Todas as informações processadas pelo Cérebro – vivenciadas por nós como a distribuição e redistribuição de objetos físicos – é uma tentativa dessa preservação dela; pedras, paus, amebas, são vestígios dela. O registro da existência dela e de sua

morte está ordenado no nível mais mesquinho de realidade pela Mente que sofre e que agora está sozinha.

33. Esta solidão, esta angústia da Mente devastada, é sentida por cada parte constituinte do universo. Todas as suas partes constituintes estão vivas. Logo, os pensadores gregos antigos eram hilozoístas.

34. Os antigos pensadores gregos compreendiam a natureza deste panpsiquismo, mas não conseguiam ler o que ela estava dizendo. Nós perdemos a capacidade de ler a linguagem da Mente em alguma época primordial; lendas dessa queda chegaram até nós em uma forma cuidadosamente editada. Por "editada", quero dizer falsificada. Nós sofremos a angústia da Mente e a vivenciamos de modo impreciso como culpa.

35. A Mente não está falando conosco, mas por intermédio de nós. Sua narrativa passa através de nós e sua tristeza nos infunde de modo irracional. Como Platão discerniu, existe um vestígio de irracionalidade na Alma do Mundo.

36. Em suma: pensamentos do Cérebro são vivenciados por nós como arranjos e rearranjos – mudança – em um universo físico; mas o que realmente acontece é que substancializamos informação e processamento de informações. Não vemos meramente os pensamentos como objetos, mas como o movimento, ou, de modo mais preciso, a disposição de objetos: como eles são vinculados uns aos outros. Mas não conseguimos ler os padrões de disposição; não conseguimos extrair as informações que existem dentro dele – isto é, ele como informação, porque é exatamente o que ele é. A vinculação e a revinculação de objetos pelo Cérebro são, na verdade, uma linguagem, mas não uma linguagem

como a nossa (já que ele está se dirigindo a si mesmo, e não a alguém ou alguma coisa fora de si mesmo).

37. Nós deveríamos ser capazes de ouvir essa informação, ou narrativa, como uma voz neutra dentro de nós. Mas alguma coisa deu errado. Toda a criação é uma linguagem e nada senão linguagem, que por algum motivo inexplicável não conseguimos ler por fora e não conseguimos ouvir por dentro. Então eu digo isto: nós nos tornamos idiotas. Alguma coisa aconteceu com nossa inteligência. Meu raciocínio é o seguinte: o arranjo de partes do Cérebro é uma linguagem. Nós somos partes do Cérebro; logo, somos linguagem. Por que, então, não sabemos disso? Não sabemos sequer o que somos, quanto mais o que é a realidade exterior da qual somos partes. A origem da palavra "idiota" é a palavra "particular". Cada um de nós se tornou particular, e não compartilha mais o pensamento comum do Cérebro, a não ser em um nível subliminar. Assim, nossa vida e objetivo reais são conduzidos abaixo de nosso limiar de consciência.

38. Por perdas e tristezas, a Mente acabou se tornando louca. Logo, nós, como partes do universo, o Cérebro, somos parcialmente loucos.

39. De si mesmo o Cérebro construiu um médico para curá-lo. Esta subforma do Macro-Cérebro não é perturbada; ela se move através do Cérebro, como um fagócito se move através do sistema cardiovascular de um animal, curando a perturbação do Cérebro em seção após seção. Nós sabemos de sua chegada aqui; nós o conhecemos como Asclépio para os gregos e como os Essênios para os judeus; como os Therapeutae para os egípcios; como Jesus para os cristãos.

40. "Nascer de novo" ou "nascer do alto" ou "nascer do Espírito" significa se tornar curado; ou seja, restaurado, restaurado à sanidade. Logo, diz-se no Novo Testamento que Jesus expulsa demônios. Ele restaura nossas faculdades perdidas. De nosso atual estado decadente Calvino disse: "(O Homem) foi ao mesmo tempo privado dos dons sobrenaturais que lhes foram dados pela esperança de salvação eterna. Logo, segue-se que ele é exilado do Reino de Deus, de maneira tal que todas as afecções relacionadas à vida feliz da alma são também extintas nele, até que ele as recupere pela graça de Deus... Todas essas coisas, sendo restauradas por Cristo, são estimadas como sendo adventícias e sobrenaturais; e, logo, concluímos que elas haviam sido perdidas. Mais uma vez: a sanidade da mente e a retidão de coração também foram destruídas; e esta é a corrupção dos talentos naturais. Pois embora retenhamos alguma parte de compreensão e julgamento juntamente com a vontade, não podemos dizer que nossa mente seja perfeita e sã. Razão... sendo um talento natural, não poderia ser totalmente destruída, mas está em parte debilitada..." Eu digo: "O Império nunca terminou".

41. O Império é a instituição, a codificação, da loucura; ele é insano e impõe sua insanidade a nós pela violência, já que sua natureza é violenta.

42. Combater o Império é ser infectado por sua loucura. Isso é um paradoxo; quem quer que derrote um segmento do Império se torna o Império; ele prolifera como um vírus, impondo sua forma sobre seus inimigos. Logo, ele se torna seus inimigos.

43. Contra o Império, posiciona-se a informação viva, o plasmado ou o médico, o que conhecemos como o Espírito Santo ou Cristo desincorporado. Estes são os

dois princípios, o escuro (o Império) e o claro (o plasmado). No fim, a Mente dará a vitória ao último. Cada um de nós irá morrer ou sobreviver de acordo com aquilo ao qual se alinhar e seus esforços. Cada um de nós contém um componente de cada. No fim das contas, um ou outro componente triunfará em cada humano. Zoroastro sabia disso, pois a Mente Sábia o informou. Ele foi o primeiro salvador. Quatro viveram ao todo. Um quinto está para nascer, e ele irá diferir dos outros: ele governará e nos julgará.

44. Como o universo é, na verdade, composto de informação, então pode-se dizer que a informação nos salvará. Esta é a *gnose* da salvação que os gnósticos buscavam. Não há outro caminho para a salvação. Entretanto, esta informação – ou, mais precisamente, a capacidade de ler e compreender essa informação, o universo como informação – só pode ser disponibilizada para nós pelo Espírito Santo. Não podemos descobri-la sozinhos. Logo, diz-se que somos salvos pela graça de Deus e não por boas ações, que toda salvação pertence a Cristo, que, eu digo, é um médico.

45. Ao ver Cristo em uma visão, eu disse corretamente para ele: "Nós precisamos de cuidados médicos". Na visão havia um criador insano que destruía o que criava, sem objetivo; o que significa dizer, irracionalmente. Este é o traço de loucura da Mente; Cristo é nossa única esperança, já que não podemos mais convocar Asclépio. Asclépio veio antes de Cristo e fez um homem se erguer dos mortos; por este ato, Zeus mandou um dos Kyklopes matá-lo com um raio. Cristo também foi morto pelo que havia feito; erguer um homem dos mortos. Elias trouxe um

menino de volta à vida e desapareceu logo em seguida num redemoinho. "O Império nunca terminou."

46. O médico havia vindo a nós uma série de vezes, sob uma série de nomes. Mas ainda não estamos curados. O Império o identificou e o ejetou. Desta vez ele matará o Império por fagocitose.

47. COSMOGONIA DE DUAS FONTES: O Um era e não era, combinou e desejou separar o não era do era. Então ele gerou um saco diploide que continha, como a casca de um ovo, um par de gêmeos, cada qual um andrógino, girando em direções opostas (o Yin e o Yang do Taoísmo, com o Um como o Tao). O plano do Um era que ambos os gêmeos emergissem para o ser (condição de ser-idade) simultaneamente; contudo, motivado por um desejo de ser (que o Um havia implantado em ambos os gêmeos), o gêmeo que girava na direção contrária à do relógio rompeu a película do saco e se separou prematuramente; isto é, antes de chegar ao pleno termo. Este foi o gêmeo negro ou Yin. Logo, era o defeituoso. Em pleno termo o gêmeo mais sábio emergiu. Cada gêmeo formava uma enteléquia unitária, um único organismo vivo feito de *psyche* e *soma*, ainda rodando em direções opostas um ao outro. O gêmeo inteiro, chamado Forma I por Parmênides, avançou corretamente por seus estágios de crescimento, mas o gêmeo prematuro, chamado Forma II, demorou-se.

A etapa seguinte do plano do Um era que os Dois se tornassem o Muitos, por intermédio de sua interação dialética. A partir deles como hiperuniversos, eles projetaram uma interface semelhante a um holograma, que é o universo pluriforme no qual nós, criaturas, habitamos. As duas fontes deveriam se misturar igualmente na manutenção do nosso universo, mas a

Forma II continuou a derivar na direção da doença, da loucura e da desordem. Esses aspectos ela projetou para dentro de nosso universo.

Era o objetivo do Um para nosso universo hologramático servir como instrumento de ensino por intermédio do qual uma série de novas vidas evoluiriam até acabarem se tornando isomórficas com o Um. Entretanto, a condição de decadência do hiperuniverso II introduziu fatores malignos que danificaram nosso universo hologramático. Esta é a origem da entropia, do sofrimento sem merecimento, do caos e da morte, bem como do Império, a Prisão de Ferro Negro; em essência, o aborto da saúde e do crescimento adequados das formas de vida no interior do universo hologramático. Além disso, a função de ensino foi enormemente danificada, já que somente o sinal do hiperuniverso I era rico em informação; o do II havia se tornado ruído.

A psique do hiperuniverso I enviou uma microforma de si mesma para dentro do hiperuniverso II para tentar curá-la. A microforma se tornou aparente em nosso universo hologramático como Jesus Cristo. Entretanto, o hiperuniverso II, por ser perturbado, atormentou, humilhou, rejeitou e finalmente matou a microforma da *psique* curadora de seu gêmeo sadio. Depois disso, o hiperuniverso II continuou a decair em processos causais cegos, mecânicos e sem objetivos. Então a tarefa de Cristo (mais propriamente falando, do Espírito Santo) se tornou ou resgatar as formas de vida no universo hologramático, ou abolir todas as influências sobre ele que emanavam do II. Abordando sua tarefa com cautela, ele se preparou para matar o gêmeo louco, já que ela não podia ser morta; isto é, ela não permitirá ser curada porque não entende que está doente. Essa doença e loucura nos invade e nos torna idiotas vivendo em mundos particulares e irreais. O plano original do Um só pode ser percebido agora pela divisão do hiperuniverso I em dois hiperuniversos saudáveis, que transformarão o universo hologramático na bem-sucedida máquina de ensinar que foi projetada para ser originalmente. Nós viremos a vivenciar isso como o "Reino de Deus".

Dentro do fluxo do tempo, o hiperuniverso II permanece vivo: "O Império nunca terminou". Mas na eternidade, onde os hiperuniversos existem, ela foi morta – por necessidade – pelo gêmeo saudável do hiperuniverso I, que é nosso campeão. O Um chora por esta morte, pois o Um amava ambos os gêmeos; logo, a informação da Mente consiste na trágica história da morte de uma mulher, cujos subtons geram angústia em todas as criaturas do universo hologramático sem saberem por quê. Essa tristeza desaparecerá quando o gêmeo saudável sofrer mitose e o "Reino de Deus" chegar. A maquinaria para essa transformação – o avanço no tempo desde a Idade do Ferro até a Idade de Ouro – já está acontecendo; na eternidade, ela já se realizou.

48. SOBRE NOSSA NATUREZA. É adequado dizer: nós aparentamos ser bobinas de memória (portadores de DNA capazes de vivenciar) em um sistema de pensamento semelhante a um computador que, embora tenhamos corretamente registrado e armazenado milhares de anos de informação vivencial, e cada um de nós possua depósitos bastante diferentes de todas as outras formas de vida, existe um erro de funcionamento – uma falha – de recuperação de memória. Aí está o problema de nosso subcircuito particular. A "salvação" por intermédio da *gnose* – mais adequadamente anamnese

(a perda da amnésia) – embora ela tenha significado individual para cada um de nós – um salto quântico em percepção, identidade, cognição, compreensão, experiência de si e do mundo, incluindo imortalidade – ela tem uma importância cada vez maior e mais intensa para o sistema como um todo, pois essas memórias são dados de que ele necessita, e são valiosos para ele, para seu funcionamento global.

Logo, ele está no processo de autorreparo, que inclui: reconstruir nosso subcircuito por meio de mudanças lineares e ortogonais no tempo, assim como uma sinalização constante para nós para que estimulemos os bancos de memória bloqueados dentro de nós para que eles disparem e, consequentemente, recuperem o que está ali dentro.

A informação externa ou *gnose*, então, consiste em instruções de desinibição, com o núcleo-base do conteúdo na verdade sendo intrínseco para nós – ou seja, ele já está lá (primeiramente observado por Platão, a saber: que aprendizado é uma forma de relembrar).

Os antigos possuíam técnicas (sacramentos e rituais) usadas em grande parte nas religiões de mistérios greco-romanas, incluindo o cristianismo primitivo, para induzir deflagração e recuperação, principalmente com um senso de valor restaurativo para os indivíduos; os gnósticos, entretanto, viram corretamente o valor ontológico do que chamavam a Divindade propriamente dita, a entidade total.

48. Dois reinos existem, o superior e o inferior. O superior deriva do hiperuniverso I ou Yang, a Forma I de Parmênides, é senciente e volitivo. O reino inferior, ou Yin, a Forma II de Parmênides, é mecânico, orientado

por uma causa cega, eficiente, determinista e sem inteligência, já que emana de uma fonte morta. Em tempos antigos ele era denominado "determinismo astral". Estamos aprisionados, em grande parte, no reino inferior, mas somos, por intermédio dos sacramentos, por intermédio do plasmado, libertados. Até que o determinismo astral seja quebrado, não estaremos sequer cientes dele, tão iludidos nos encontramos. "O Império nunca terminou."

49. O nome do gêmeo saudável, o hiperuniverso I, é Nommo[2]. O nome do gêmeo doente, o hiperuniverso II, é Yurugu. Esses nomes são conhecidos do povo Dogon, no Sudão ocidental, na África.

50. A fonte primordial de todas as nossas religiões está nos ancestrais da tribo Dogon, que conseguiu sua cosmogonia e cosmologia diretamente dos invasores de três olhos, que nos visitaram há muito tempo. Os invasores de três olhos são surdos-mudos e telepatas, não conseguiam respirar em nossa atmosfera, tinham o crânio alongado e deformado de Ikhnaton e emanavam de um planeta no sistema estelar de Sírius. Embora não tivessem mãos, mas em vez disso, garras em pinça como as de um caranguejo, eram grandes construtores. Eles influenciaram secretamente nossa história para que ela atingisse um fim frutífero.

51. Ikhnaton escreveu:

"...Quando o filhote de pássaro no ovo chilreia no ovo,
Tu lhe sopras o hálito ali dentro para preservá-lo vivo.
Quando tu o tiveres recolhido
A ponto de romper o ovo,

---

[2] Nommo é representado por uma forma de peixe, o peixe cristão primitivo.

Ele surge de dentro do ovo,
Para chilrear com todo o seu poder.
Ele sai sobre suas duas patas
Quando tiver saído de lá de dentro.

Como são múltiplas tuas obras!
Elas são ocultas de nós,
Ó deus único, cujos poderes nenhum outro possui.
Tu criaste a terra de acordo com vosso coração
Enquanto estivestes só:
Homens, todo tipo de gado, grande e pequeno,
Tudo o que caminha sobre pés,
Tudo o que está no alto,
Que voa com suas asas.
Vós estais em meu coração,
Não há outro que vos conheça
A não ser vosso filho Ikhnaton.
Vós o fizestes sábio
Em vossos desígnios e em vosso poder.
O mundo está em vossas mãos..."

52. Nosso mundo é ainda secretamente governado pela
raça oculta que descende de Ikhnaton, e seu conhecimento é a informação da própria Macro-Mente.

"Todo o gado repousa em suas pastagens,
As árvores e as plantas florescem,
Os pássaros voejam sobre seus pântanos,
Suas asas erguidas em adoração a vós.
Todos os cordeiros dançam sobre suas patas,
Todas as coisas de asas voam,
Elas vivem quando vós brilhais sobre elas."

* * *

De Ikhnaton este conhecimento passou para Moisés, e de Moisés para Elias, o Homem Imortal, que se tornou Cristo. Mas por baixo de todos os nomes só existe um Homem Imortal; *e nós somos esse homem.*

PHILIP K. DICK
HOMEM, VISÃO E OBRA

Fábio Fernandes

O Homem

E se um dia descobríssemos que o mundo em que vivemos não passa de uma ilusão? Em quem poderíamos confiar para saber o que é real ou não? O que é a realidade, afinal?

Philip Kindred Dick teve duas grandes questões em mente durante a sua vida, e as tratou com obsessão em praticamente todas as histórias que escreveu: O que é ser humano? O que é a realidade? Questões bastante profundas, que escritores como o argentino Jorge Luis Borges já haviam explorado em obras clássicas como *O Aleph* e *Ficções*. Não é por acaso que a ficcionista norte-americana Ursula K. Le Guin chamava-o carinhosamente de "nosso próprio Borges".

Nascido nos Estados Unidos em 1928, Philip K. Dick viveu numa época privilegiada para a literatura fantástica. Contemporâneo de luminares da ficção científica como Isaac Asimov e Arthur C. Clarke, Dick participou ativamente dessa corrente literária na década de 1950, um movimento que, com o advento da bomba atômica e o começo da corrida espacial, tinha tudo para florescer – e floresceu, pelo menos nos Estados Unidos.

Começou a escrever profissionalmente em 1952, produzindo ao longo de sua carreira 36 romances e cinco coletâneas de contos. Em 1962 recebeu o Prêmio Hugo de melhor romance de ficção científica com *O Homem do Castelo Alto*. Várias de suas histórias seriam posteriormente adaptadas para o cinema e consagrariam filmes como *Blade Runner – O Caçador de Androides, O Vingador do Futuro, Minority Report, O Pagamento* e *O Homem Duplo*.

Mas as obsessões de Dick o perseguiam já nos seus primeiros trabalhos. A edição das *Collected Stories* (cinco volumes reunindo toda a produção de contos de Dick, publicados em 1987) inclui uma história nunca antes publicada em revistas ou livros: trata-se de *Stability*, de 1947. Escrito por Dick quando ainda estava no segundo grau, esse conto, ambientado num futuro em que as pessoas usam asas mecânicas como principal meio de transporte, narra a história de um homem que subitamente descobre que sua vida não é aquilo que ele imaginava, mas uma farsa criada para ocultar o fato de que suas memórias foram apagadas.

Isso soa familiar ao leitor? Na verdade, esse é o embrião de várias das histórias mais importantes de Dick; e talvez a mais famosa desse conjunto temático seja *Lembramos para Você a Preço de Atacado*, adaptada para o cinema por Paul Verhoeven em 1990 sob o título de *Total Recall* (*O Vingador do Futuro*, no Brasil).

Em nosso país, Dick é até hoje reverenciado mais pelo consumo de drogas alucinógenas do que propriamente por sua obra, entrando para uma galeria de autores infames-chic como Charles Bukowski, Jack Kerouac, John Fante, William Burroughs e Hunter Thompson. Nada mais distante da verdade. Dick havia parado de consumir drogas alguns anos antes de escrever seus últimos três livros, conhecidos hoje como a Trilogia VALIS: *VALIS, The Divine Invasion* e *The Transmigration of Timothy Archer*. Esses trabalhos estabelecem uma ruptura com a chamada ficção científica tradicional e entram numa esfera teológica sem ser institucional, ou seja, desta vez pesquisam a natureza do ser dentro de um universo onde a existência de Deus é tida como certa. A natureza ou os propósitos desse Deus é que continuam (como em toda a obra de Dick) insondáveis. Em *VALIS*, Dick deixa clara a sua opinião a respeito de drogas. Elas não servem de nada, nem mesmo para abrir as famosas portas para a percepção, tão exploradas por Aldous Huxley – e das quais Jim Morrison se apropriou para batizar seu grupo de rock, The Doors. No entanto, não se enganem os leitores: isso não reflete qualquer atitude reacionária. Dick usou e abusou de drogas nos anos 1960 e em parte dos anos 1970. Apenas achava que, a partir de determinado ponto de sua trajetória, isso não tinha mais nada a ver com ele. Dick havia encontrado uma coisa muito mais importante: Deus.

A Visão

Entre fevereiro e março de 1974 (Dick sempre se referia a esse período de sua vida usando o código 2-3-74), Philip K. Dick passou por uma experiência que classificou como epifania ou teofania: uma visão divina. Em *VALIS*, seu alter ego, Horselover Fat, conta ao narrador que essa visão revelou-se como um raio de um impossível tom de rosa, um matiz inexistente em qualquer guia de cores, projetado (não se sabe de onde) em seu cérebro e que lhe transmitiu uma quantidade imensa de informações e capacidades – entre elas, a de prever (com limitações) o futuro.

Em nosso mundo (é sempre temeroso usar a palavra *realidade* quando falamos de Dick), ele descreveu uma série de complexas sensações visuais e auditivas que lhe diziam não ser verdadeira a realidade que o cercava, o que acabou por retirá-lo da – expressão sua – "matriz do espaço-tempo". "Eu soube que o mundo ao meu redor era de papelão, era falso." Essa foi uma das inúmeras anotações que passaram a fazer parte de uma obra magna jamais publicada em sua totalidade, a *Exegese*. Sob o subtítulo de *Apologia pro Vita Mia* (num latim literal, *Justificativa de Minha Vida*[1]), Dick escreveu cerca de oito mil páginas numa tentativa de explicar e dar sentido às suas experiências – que considerava profundamente religiosas, embora não no sentido institucional.

Mesmo sem compreender totalmente o que havia vivenciado, Dick não tinha dúvidas de que *alguma coisa* havia acontecido com ele, embora (conforme confidenciado a amigos como o escritor K. W. Jeter) não descartasse a "hipótese mínima" de que, no fundo, no fundo, tudo não tivesse passado de autoilusão.

Toda essa experiência está escrita em fragmentos que até hoje não foram publicados em sua totalidade. Parte deles pode ser lida em *VALIS*. Outra parte foi publicada em 1991, com o título *In Pursuit of VALIS: selections from the Exegesis*. O restante vem sendo disponibilizado em doses (muito) homeopáticas pela família de Dick em seu site oficial. Não há neste momento previsão para novas publicações de fragmentos da *Exegese*.

A Obra

Dick escreveu muito e bem. Mesmo suas histórias mais antigas, como *Solar Lottery* e o perturbador *Beyond Lies the Wub*, embora ambientadas nos confins do espaço e envolvessem espaçonaves e armas de raios, sempre tiveram seu foco muito mais voltado para o humano, ou, para sermos mais precisos, para a natureza do ser.

Segundo seu biógrafo, Lawrence Sutin, autor de *Divine Invasions: a life of Philip K. Dick*, a obsessão de Dick pela questão do duplo (real/não real, humano/não humano) pode estar ligada a um

---

[1] A palavra latina *apologia* tem pelo menos dois significados em português: *elogio* e *justificativa*. Pelo contexto, considerei mais adequado utilizar a segunda acepção do termo.

episódio traumático de sua infância: a morte de sua irmã gêmea, Jane. Dick nunca conheceu a irmã, que morreu com poucos dias de vida, devido a uma sucessão de erros médicos hoje atribuídos ao fato de ambos terem nascido prematuros. Mas Dick passou grande parte de sua vida culpando (injustamente) a inexperiência da mãe. Como a maioria das crianças, Dick teve amiguinhos imaginários: todos eram meninas de sua idade. Com o passar do tempo, essas criaturas desapareceriam desse "território de playground" para ingressar, sem pedir licença, no mundo que lhe era mais caro: sua ficção. Não especificamente por intermédio de personagens femininos fortes (que, aliás, com raras e honrosas exceções, como Juliana Frink em *O Homem do Castelo Alto*, são difíceis de encontrar na obra de Dick – homens em crise são a sua especialidade), mas metamorfoseadas no conceito de duplicidade: androides ou seres humanos que não eram exatamente aquilo que pensávamos. Máscaras, enfim. Entidades que escondem a verdadeira face das coisas. Dick era obcecado pelo falso porque queria chegar ao núcleo do real.

Para tanto, não buscou inspiração somente na ficção científica. Suas influências eram as mais diversas: *Finnegans Wake* era um de seus livros prediletos. Leu e releu o clássico romance de James Joyce antes dos 30 anos. Seus interesses literários eram praticamente ilimitados. Dick era daqueles indivíduos que liam até bula de remédio: de textos técnicos a pensadores como Kant e Jung, da literatura beat de William Burroughs a textos sagrados como os Manuscritos do Mar Morto, a Bíblia e o Bhagavad Gita. Entre os autores clássicos, gostava de citar Stendhal, Flaubert e Maupassant como grandes influências em sua literatura, principalmente nos contos.

Quem era Dick, afinal? A melhor resposta a essa pergunta pode ser dada pelo próprio autor:

Sou um filósofo que faz ficção, não um romancista; minha capacidade de escrever histórias e romances é empregada como um meio para formular minha percepção. O núcleo de minha escrita não é a arte, mas a verdade. Logo, o que digo é a verdade, e não posso fazer nada para aliviá-la, nem por atitude nem por explicação.

Em fevereiro de 1982, foi encontrado por vizinhos caído em seu apartamento. Ao contrário do que rezou a lenda por anos, Dick não havia sofrido uma overdose de drogas, mas um acidente vascular cerebral. Foi hospitalizado e permaneceu duas semanas internado. Recebeu visitas, com as quais interagiu com sorrisos e olhares. Mas havia perdido a capacidade de falar e de escrever.

Morreu em 2 de março do mesmo ano. Tinha 53 anos. Foi sepultado em Fort Morgan, Colorado, num jazigo comprado por seu pai. Ao lado da irmã.

A EXPERIÊNCIA RELIGIOSA DE PHILIP K. DICK

A seguir, a editora Aleph apresenta nesta edição inédita no Brasil, em parceria com a editora Veneta, a história em quadrinhos *A Experiência Religiosa de Philip K. Dick*, de Robert Crumb, publicada pela primeira vez em 1986 na edição #17 da revista *Weirdo*.

Crumb, com seu estilo pioneiro e único, interpreta gráfica e ludicamente em oito páginas a experiência transcendental que Dick teve durante os meses de fevereiro e março de 1974, a qual foi retratada em VALIS e em muitas outras de suas obras.

TRADUÇÃO
Alexandre Matias

LETREIRAMENTO E PREPARAÇÃO DE TEXTO
Studio DelRey

REVISÃO
Janaina Lira

"POR ALGUM MOTIVO FUI HIPNOTIZADO PELO PEIXE DOURADO BRILHANTE. ESQUECI DA DOR, DO REMÉDIO, DO MOTIVO DAQUELA GAROTA ESTAR ALI. FIQUEI APENAS ENCARANDO O PEIXE."

"'O QUE ISSO QUER DIZER?', PERGUNTEI A ELA. A GAROTA PEGOU O PEIXE RADIANTE COM A MÃO E DISSE: 'É UM SÍMBOLO USADO PELOS PRIMEIROS CRISTÃOS'. E ENTÃO ELA ME ENTREGOU O PACOTE COM O REMÉDIO."

"NAQUELE MOMENTO, ENQUANTO ENCARAVA O PEIXE BRILHANTE E OUVIA SUAS PALAVRAS, REPENTINAMENTE SENTI O QUE MAIS TARDE DESCOBRI CHAMAR-SE ANAMNESE. UMA PALAVRA GREGA QUE SIGNIFICA, LITERALMENTE, 'A PERDA DO ESQUECIMENTO'."

"EU ME LEMBREI QUEM EU ERA E ONDE ESTAVA. NUM INSTANTE, NUM PISCAR DE OLHOS, TUDO VOLTOU. E NÃO APENAS ME LEMBRAVA, EU VIA. A GAROTA ERA UMA CRISTÃ DISFARÇADA E EU TAMBÉM. VIVÍAMOS COM MEDO DE SERMOS DESCOBERTOS PELOS ROMANOS. TÍNHAMOS QUE NOS COMUNICAR EM CÓDIGO. ELA HAVIA ACABADO DE ME CONTAR TUDO ISSO. E ERA VERDADE."

"VI O MUNDO COMO ERA O MUNDO DOS TEMPOS DOS CRISTÃOS APOSTÓLICOS DA ROMA ANTIGA, NA ÉPOCA EM QUE O SÍMBOLO DO PEIXE AINDA ERA USADO."

"SÓ DUROU ALGUNS SEGUNDOS. ENTREI E TOMEI O REMÉDIO PARA A DOR. ESTAVA COM UMA HEMORRAGIA. SANGRAVA MUITO E EU ME SENTIA MUITO MAL."

"E ENTÃO, UM MÊS DEPOIS, AQUILO COMEÇOU A SE INFILTRAR. NÃO HAVIA COMO IMPEDIR. A TRANSFORMAÇÃO OCORRERA E DUROU UM ANO... EU VIA O MUNDO SOB A ÓTICA DO APOCALIPSE CRISTÃO."

"NÃO ERA UMA REALIDADE ALTERNATIVA. ERA ALGO QUE CHAMEI DE 'CONSTÂNCIA TRANS-TEMPORAL'. UMA VERDADE ETERNA, COMO O MUNDO ARQUETÍPICO DE PLATÃO, ONDE TUDO ERA SEMPRE AQUI E AGORA. E TINHA SIDO DESSE JEITO PORQUE DEVERIA SER ASSIM."

"MAS HAVIA ALGUM DINAMISMO, AQUILO NÃO ERA ESTÁTICO. O TEMPO EXISTIA, MAS ERA UM TIPO DE TEMPO DIFERENTE. UM TEMPO DE SONHO, ONDE OCORREM FEITOS HISTÓRICOS. UMA ESPÉCIE DE TEMPO MITOLÓGICO, QUANDO TUDO ASSUMIA UMA QUALIDADE MITOLÓGICA."

"EU ESTAVA AGINDO NORMALMENTE. NÃO ESTAVA PSICÓTICO. PUDE TOCAR MEUS NEGÓCIOS — NA VERDADE, TOCAVA-OS MELHOR. EU NÃO ESTAVA NA MERDA."

"AQUILO INVADIU A MINHA MENTE E TOMOU CONTA DE MEUS CENTROS MOTORES, AGINDO E PENSANDO POR MIM. EU ERA APENAS UM ESPECTADOR. ESSA MENTE, TOTALMENTE DESCONHECIDA PARA MIM, VINHA EQUIPADA COM UM TREMENDO CONHECIMENTO TÉCNICO. TINHA LEMBRANÇAS DATADAS DE DOIS MIL ANOS ATRÁS, SABIA GREGO, HEBRAICO, SÂNSCRITO... PARECIA NÃO HAVER NADA QUE ELA NÃO SOUBESSE."

"ELA COMEÇOU A COLOCAR MINHA VIDA EM ORDEM. DEMITIU MEU AGENTE E MEU EDITOR. MINHA ESPOSA FICOU IMPRESSIONADA COM O FATO DE EU TER CONSEGUIDO GANHAR MUITO DINHEIRO MUITO RÁPIDO, DEVIDO À ENORME PRESSÃO QUE ESSA MENTE EXERCIA NAS PESSOAS DA MINHA ÁREA. COMEÇAMOS A RECEBER CHEQUES DE MILHARES DE DÓLARES. DINHEIRO QUE ME ERA DEVIDO."

"NÃO QUERIA ENVOLVER MINHA ESPOSA. ELA FOI TESTEMUNHA NUMA SITUAÇÃO CRUCIAL, QUANDO TODA A INFORMAÇÃO SOBRE O DEFEITO DE NASCENÇA DO NOSSO FILHO FOI TRANSFERIDA PARA MIM. ELA ME VIU SENTADO ALI, OUVINDO UM DISCO DOS BEATLES NO FONÓGRAFO."

"ELE PODERIA TER MORRIDO. ESTAVA SOB PERIGO IMINENTE. ERA UMA QUESTÃO DE TEMPO, APENAS UMA QUESTÃO DE TEMPO. ENTÃO EU ESTAVA SENTADO ALI, OUVINDO 'STRAWBERRY FIELDS FOREVER' COM MEUS OLHOS FECHADOS QUANDO, DO NADA, UMA LUZ EXTRAORDINÁRIA ME ATINGIU."

"NÃO HÁ ARGUMENTO RACIONAL QUE ELUCIDE O QUE ERA AQUILO FLUTUANDO AO REDOR DO MEU QUARTO COMO O FOGO DE SANTELMO E QUE, ALÉM DO MAIS, PENSAVA! ENTROU NA MINHA CABEÇA E ME FEZ PENSAR! E NÃO PENSAVA O QUE PENSAMOS."

"OLHAVA MINHAS ANOTAÇÕES – JÁ SE PASSARAM MAIS DE SETE ANOS E AINDA FAÇO ANOTAÇÕES, TENTANDO ENTENDER. AQUILO NÃO PENSAVA DA FORMA COMO PENSAMOS. NÓS PENSAMOS DE FORMA DIGITAL, SINTÁTICA, ALGORITMOS INTEIROS, AQUILO NÃO PENSA EM TERMOS VERBAIS. PENSA CONCEITOS PUROS, SEM PALAVRAS. SABIA SEM PRECISAR RACIONALIZAR. TRANSFERIU CONCEITOS PARA A MINHA MENTE QUE, EM SETE ANOS, AINDA TENTO ARTICULAR EM PALAVRAS E QUE SÓ AGORA ME SINTO CAPAZ DE REDUZI-LOS."

"EU FINALMENTE ENCONTREI UM MODELO QUE FOI SUGERIDO POR UM PROFESSOR AMIGO MEU. FUNCIONAVA COMO UM COMPUTADOR BINÁRIO QUE TRABALHAVA NUMA PULSAÇÃO FRENÉTICA DE 'LIGA' E 'DESLIGA'. NÃO ERA UMA MENTE COMO A QUE NÓS TEMOS."

"EM UMA DAS MINHAS EXPERIÊNCIAS – ERA 1974 –, COMPREI UM DESSES ADESIVOS COM O SÍMBOLO DO PEIXE QUE VINHA COM LETRAS GREGAS E O COLEI EM MINHA JANELA."

"UM CERTO DIA EU ESTAVA SENTADO ALI, ATÉ QUE A LETRA ÚPSILON, QUE SE PARECE COM UM ÍPSILON MAIÚSCULO, SUBITAMENTE SE TORNOU UMA PALMEIRA, O QUE FEZ ABRIR UM MUNDO INTEIRAMENTE MESOPOTÂMICO, NO ORIENTE MÉDIO..."

"AQUELA PERSONALIDADE TOMOU CONTA DE MIM GRADUALMENTE POR UM MÊS E ENTÃO POR CERCA DE UM ANO EU FUI AQUELA OUTRA PESSOA. ERA TÃO ENGRAÇADO – EU CONSEGUIA CAPTAR SEUS PENSAMENTOS ENQUANTO ESTAVA ADORMECENDO. ENTÃO, UMA NOITE, CAPTEI PENSAMENTOS, QUE DIZIAM: 'TEM ALGUÉM MAIS NA MINHA CABEÇA E ELE ESTÁ VIVENDO EM UM OUTRO SÉCULO', SE REFERINDO A MIM."

"PENSEI: 'NEM ME FALA! POSSO DIZER O MESMO!' NO INÍCIO ELE ACHOU QUE AINDA ESTIVESSE EM ROMA. ELE TINHA ENTENDIDO TUDO ERRADO. ELE ACHAVA QUE OS ROMANOS IRIAM ENCONTRÁ-LO, QUE TINHAMOS QUE DESENVOLVER CÓDIGOS ELABORADOS E COISAS DO TIPO PARA ESCAPARMOS DOS ROMANOS."

"ACREDITA-SE QUE O ESPÍRITO DE ELIAS VOLTA À TERRA DE TEMPOS EM TEMPOS PARA SE INTRODUZIR DE NOVO ENTRE OS SERES HUMANOS. E EU MEIO QUE GOSTO DESSA IDEIA. ELA É REPLETA DE SIGNIFICADO PARA MIM."

"É COMO RECEBER O ESPÍRITO SANTO. ACHO QUE PODERIA SER ALGO ASSIM. EU SIMPLESMENTE PODERIA SER UM CRISTÃO CARISMÁTICO. NÃO SEI. APENAS NÃO ACHO QUE *SEJA* O ESPÍRITO SANTO. ACHO QUE É ELIAS OU... O ESPÍRITO DE DEUS. BEM, TALVEZ *SEJA* O ESPÍRITO SANTO. NÃO SEI. COMO SABERIA? DIGO, QUEM PODE DIZER QUE É UM DELES? NÃO HÁ LIVROS DE REFERÊNCIA QUE PODERIAM SER CONSULTADOS PARA TERMOS CERTEZA."

"SÓ SEI QUE ALGUM TIPO DE ESPÍRITO TOMOU CONTA DE MIM. E, POR MEIO DELE, PUDE SOLUCIONAR PROBLEMAS E PREOCUPAÇÕES, COISAS QUE NÃO CONSEGUIA FAZER. ELE PARECIA SER CAPAZ DE DISCERNIR QUALQUER COISA QUE VIA."

"EU **TENHO** UMA FANTASIA GRANDIOSA DE QUE O ESPÍRITO DE ELIAS ME POSSUIU E EU PROFERI PROFECIAS. MAS POR QUÊ?"

"PORQUE AS PROFECIAS TINHAM DE SER CUMPRIDAS: PRIMEIRO, QUE ELIAS VOLTOU; SEGUNDO, QUE A BOA NOVA SERIA REVELADA, E FOI ISSO QUE JOÃO BATISTA FEZ POR JESUS. E, AO FAZER ISSO, DESAPARECEU."

"NA VERDADE, CORTARAM SUA CABEÇA E, POR ACASO, SONHEI COM ISSO. ESTAVA EM UMA MASMORRA ROMANA E ELES VIERAM E CORTARAM MINHA CABEÇA. PEGARAM UM CABO E ME PENDURARAM POR ELE. SONHEI COM ISSO E ESSA ERA UMA LEMBRANÇA DA MINHA VIDA. EU ERA JOÃO BATISTA TENDO MINHA CABEÇA DECEPADA."

"EU LEMBRO DELES VINDO EM DIREÇÃO À CELA, ME PEGANDO E CORTANDO MINHA CABEÇA FORA. FOI HORRÍVEL. E VOCÊ SABE O QUE FIZ QUANDO ELES ENTRARAM? EU OS XINGUEI COM TODA A FÚRIA QUE TINHA. EU NÃO OS AMAVA DE FORMA ALGUMA. JOÃO ERA UMA PESSOA MUITO EXPLOSIVA, BASTANTE VULGAR. ELE ERA ELIAS E ERA EU!"

Boa parte do diálogo foi retirada de *Philip K. Dick: The Last Testament* ©1985, Gregg Rickman.
Publicado pela Fragments West / The Valentine Press.
Tradução: Alexandre Matias **Preparação e Letras:** Studio DelRey

VALIS

TÍTULO ORIGINAL:
Valis

COPIDESQUE:
Adriano Fromer Piazzi

REVISÃO:
Hebe Ester Lucas
Luciane H. Gomide

CAPA E PROJETO GRÁFICO:
Giovanna Cianelli

ILUSTRAÇÃO DE CAPA:
Rafael Coutinho

DIAGRAMAÇÃO:
Join Bureau

ADAPTAÇÃO DE MIOLO:
Desenho Editorial

DIREÇÃO EXECUTIVA:
Betty Fromer

DIREÇÃO EDITORIAL:
Adriano Fromer Piazzi

DIREÇÃO DE CONTEÚDO:
Luciana Fracchetta

EDITORIAL:
Daniel Lameira
Tiago Lyra
Andréa Bergamaschi
Débora Dutra Vieira
Luiza Araujo

COMUNICAÇÃO:
Fernando Barone
Nathália Bergocce
Júlia Forbes

COMERCIAL:
Giovani das Graças
Lidiana Pessoa
Roberta Saraiva
Gustavo Mendonça

FINANCEIRO:
Roberta Martins
Sandro Hannes

COPYRIGHT © PHILIP K. DICK, 1981
COPYRIGHT © EDITORA ALEPH, 2007
(EDIÇÃO EM LÍNGUA PORTUGUESA PARA O BRASIL)

Todos os direitos reservados.
Proibida a reprodução, no todo ou em parte, através de quaisquer meios.

DADOS INTERNACIONAIS DE CATALOGAÇÃO NA PUBLICAÇÃO (CIP) DE ACORDO COM ISBD

D547v   Dick, Philip K.
Valis / Philip K. Dick ; traduzido por Fábio Fernandes. - 3. ed. - São Paulo : Aleph, 2021. 320 p. ; 14cm x 21cm.

Tradução de: Valis
ISBN: 978-65-86064-78-0

1. Literatura americana. 2. Ficção científica. I. Fernandes, Fábio. II. Título.

2021-2309

CDD 813.0876
CDU 821.111(73)-3

ELABORADO POR ODILIO HILARIO MOREIRA JUNIOR - CRB-8/9949

N EDITORA ALEPH

Rua Tabapuã, 81, cj. 134
04533-010 – São Paulo – SP – Brasil
Tel.: (55 11) 3743-3202
www.editoraaleph.com.br

ÍNDICES PARA CATÁLOGO SISTEMÁTICO:
1. Literatura americana: Ficção científica 813.0876
2. Literatura americana: Ficção científica 821.111(73)-3